모든 가능성을
지휘하라

모든 가능성을 지휘하라

"불가능한 것을 손에 넣으려면
불가능한 것을 시도해야 한다"

금난새 지음

예경

©고석운

2014년, 서울예고 교장실에서.

금난새, 서울예고 교장이 되다

서울예고는 2013년에 개교 60주년을 맞았다. 한국 예술계의 심장이라고 할 수 있는 서울예고의 명성에 걸맞게 개교 60주년 음악회가 예술의전당에서 치러졌다. 동문과 재학생 팔백여 명이 차례로 무대에 올랐고, 나 또한 동문의 한 사람으로 지휘를 했다.

기념행사가 끝나고 얼마 지나지 않아 서울예고 이사장이 만나자는 연락을 해왔다. 마침 서울예고 교장 임기가 끝나갈 즈음이라 적당한 사람을 추천받고 싶어서 보자는 것으로 짐작하고 약속 장소에 나갔다. 그런데 이사장은 이런저런 자기 얘기를 풀어놓을 뿐 교장 추천에 대해서는 한마디도 꺼내지 않는 것이었다. 조금 의아했지만 그의 이야기에 귀를 기울였고, 한동안 그런 대화가 이어졌다. 식사가 끝나갈 즈음, 그가 어렵게 입을 열었다.

"서울예고 교장의 임기가 곧 끝나는 것을 선생님도 잘 알고 계실 겁니다. 그래서 말인데…… 이번에 선생님께서 서울예고를 맡아주셨으면 합니다."

너무 뜻밖의 제안이라 나는 뭐라고 답해야 할지 판단이 서지 않았다. 그러나 곧 정중하게 사양했다.

"이사장님, 저를 잘 아시지 않습니까? 저는 지금 벌여 놓은 일이 많아서 서울예고 교장을 맡고 싶어도 맡을 여유가 없습니다. 제안은 감사하지만 어려울 것 같습니다."

실제로 일 년에 130회가 넘는 연주회 일정이 잡혀 있는 내가 서울예고 교장을 맡는다는 것은 불가능에 가까웠다. 그러자 이사장은 다시 한 번 진지하게 부탁했다.

"잘 압니다. 지금 하시는 일을 그만두고 교장을 맡아달라는 얘기가 아닙니다. 지휘자로서 할 일은 하시고 나머지 시간에 우리 예고를 맡아주십시오. 매일 출근하지 않아도 좋습니다. 일 년에 삼 일만 나오셔도 됩니다."

"일 년에 삼 일이요?"

내가 묻자 그는 고개를 끄덕였다.

"그렇습니다. 입학식, 졸업식, 개교기념일 삼 일만 나오셔도 저는 뭐라 하지 않겠습니다. 대신 우리 학교가 세계적인 수준으로 도약할 수 있는 아이디어를 내주십시오. 지금 우리에겐 매일 출근하는 교장보다 새로운 방향을 제시해줄 수 있는 교장이 필요합니다."

서울예고가 세계적인 수준으로 발전하는 데 필요한 방향이라…….

사실 나는 오래전부터 예술교육에 관심을 가지고 있었다. 청소년들에게 클래식을 좀 더 가깝게 들려주고 싶어서 해설이 있는 음악회를 기획했고, 유로아시안 필하모닉 오케스트라와 인천시향 음악감독으로 바쁜 와중에도 시간을 쪼개 덕원예고와 경북예고, 서울예고 오케스트라를 객원 지휘해왔다. 예술가가 되고 싶은 청소년을 제대로 교육하는 것이 내 소명 중 하나라고 여겼기 때문이다. 하지만 서울예고 교장 직을 맡는다는 것은 그런 나조차도 전혀 생각해보지 않은 일이었다.

물론 나는 서울예고에 남다른 애정을 가지고 있다. 나 자신이 11회 졸업생으로서 학교의 장단점을 누구보다 잘 알고 있기 때문이다. 서울예고 졸업생들은 음악뿐 아니라 미술, 무용에 이르기까지 우리나라 예술계에서 활발하게 활약하고 있다. 이는 분명 자랑할 만한 일이다. 실제로 오케스트라를 지도하면서 예고 학생들의 연주를 들어보면 그들의 실력이 세계 어디에 내놔도 부끄럽지 않을 정도라는 것을 실감한다. 하지만 이렇게 탁월한 실력을 갖춘 학생들에게 아쉬운 부분도 적지 않았다.

다른 나라 예술인들과 교류를 하다 보면 그들은 두 가지 면에서 한국의 젊은 예술인들에게 놀란다고 한다. 첫째는 이 작은 나라의 젊은이들이 재능이나 기교 면에서 상당히 뛰어난 기량을 갖고 있다는 점. 그리고 또 하나는 그렇게 뛰어난 젊은이들이 자기 혼자 하는 일은 잘하지만, 더불어 해야 하는 일에서는 상대적으로 서툴고, 다른 분야에 대한 안목 또한 형편없어서 놀란다는 것이다.

앞으로의 시대는 융합의 시대라고들 한다. 창조적인 예술가로 살아가고자 하는 젊은이라면 자기 분야만 깊게 파고들어서는 안 된다. 독주를 잘하는 것도 중요하지만, 다른 이들과 협연을 할 때도 역량을 발휘할 줄 알아야 한다. 그런 이유에서 나는 서울예고가 그동안 훌륭한 인재를 배출해왔다는 사실에 만족할 게 아니라 재능 있는 인재들을 어떻게 하면 글로벌한 인재로 키울 수 있을지를 더 깊이 고민해야 한다고 생각해왔다. 그들이 세계 어디에 내놔도 부끄럽지 않을 소양과 안목을 겸비할 수 있도록 돕고 싶은 마음도 있었다.

'어쩌면 지금이 그런 일을 펼칠 기회가 아닐까?'

내 대답을 기다리고 있는 이사장에게 말했다.

"이사장님 생각이 정 그러시다면 한번 생각해보겠습니다."

돌아오는 길에 내가 서울예고를 위해 무엇을 할 수 있을지를 생각했다. 그러다 보니 자연스레 내 학창 시절이 떠올랐다. 나는 고등학교 입학할 때까지만 해도 예고에 가겠다는 생각을 해본 적이 없었다. 서울예고에 들어간 것은 경기고등학교 입학시험에서 떨어졌기 때문이다. 하지만 원했던 학교에서 떨어졌다는 좌절감도 잠시, 나는 누구보다도 서울예고에 잘 적응했다.

서울예고는 내 성향에 아주 잘 맞는 학교였다. 항상 음악이 흘러넘쳤고, 수업시간도 내가 좋아하는 과목들로 채워져 있었다. 감수성이 뛰어나고 상상력이 넘쳤던 나는 물 만난 고기처럼 신나게 학교생활을 해나갔다.

서울예고의 몇 안 되는 남학생 중 하나였던 나는 깔끔하고 단정하지만, 조금은 유약한 인상을 풍기는 소년이기도 했다. 그러나 외모에서 풍기는 이미지와는 달리 생각은 당돌하리만치 거침없었고 내 주장을 당당히 표현하는 아이였다. 나는 항상 이런 생각을 품고 다녔다.

'내가 서울예고 교장이라면 가장 먼저 무엇을 할까?'

그러고 보면 인생이란 참 재미있다. 이런 생각을 품었던 소년이 오십 년 후에 정말로 서울예고 교장 직을 제안 받았으니 말이다. 단순히 우연으로 웃고 넘기기엔 묘하다는 생각이 들었다.

나는 학교 다닐 때 남들이 당연하게 받아들이는 것들에 대해 종종 '왜?'라는 의문을 품곤 했다. 그중 하나가 음악 감상실 사용 문제였다. 서울예고는 음악과와 미술과, 무용과로 이루어져 있는데 음악 감상실은 음악과 학생들이 수업할 때만 쓸 수 있었다. 나는 미술과와 무용과 학생들도 음악과 수업이 없을 때는 음악 감상실을 자유롭게 사용할 수 있었으면 좋겠다고 생각했다. 예술가를 꿈꾸는 학생이라면 전공 이외의 인접 분야와 접촉하며 서로 자극을 받아야 더 성장할 수 있는 거라고 여긴 것이다. 그러려면 음악을 하는 학생이든 미술이나 무용을 하는 학생이든 듣고 싶을 때 언제든지 음악을 들을 수 있어야 한다고 판단했다.

그뿐만이 아니었다. 당시 서울예고는 대부분의 학교처럼 타 학교 학생들이 출입할 수 없도록 엄격하게 통제하고 있었다. 나는 그것도 내심 불만이었다. 내가 생각하는 예술은 누구든 함께 나누고 즐기는 것이었다. 그런데 학교에서 배우는 음악은 전공하는 이들만의 전유물이었고, 다른 학생들은 쉽게 접근하기 어려웠다. 가장 자유로워야 할 예술학교에서 그런 통제라니. 그래서 나는 매주 토요일 오후에 토요음악회를 열기로 했다. 미술이나 무용을 전공하는 다른 과 친구들은 물론이고, 다른 학교 학생들까지 초대해 함께 즐길 수 있는 음악회를 연 것이다.

재미있는 것은 피아니스트 유영욱 씨의 어머니가 당시 우리 학교 미술과에 다니는 학생이었는데, 그 토요음악회에 참석한 적이 있다는 사실이다.

나는 그 사실을 얼마 전에 우연히 전해 듣고 얼마나 기뻤는지 모른다. 그때 내가 토요음악회를 연 것은 인접한 예술 분야를 전공하는 학생들끼리 서로의 분야를 더 깊이 이해할 수 있기를 바라서였다. 그런데 훗날 미술을 전공한 어머니에게서 음악을 전공한 아들이 나왔으니 그런 나의 노력이 조금은 영향을 미친 것 아닐까. 마치 오십 년 전에 뿌린 씨앗 하나가 그제야 결실을 맺은 것처럼 기뻤다. 그 사실은 내가 품었던 생각이 결코 터무니없는 것이 아니었다는 증거처럼 여겨졌다.

서울예고 교장 직을 수락하고 나서 나는 시간 날 때마다 학교에 들러 여러 가지 실험을 시도하고 있다. 서울예고를 변화시키는 것은 단순히 예고 하나만을 변화시키는 것이 아니라 우리나라 예술계 전체를 변화시키는 일이 될 것이다.

교장이 되고 나서 몇 달 후 학부모들과 면담 자리가 있었다. 나는 그 자리에서 이렇게 말했다.

"서울예고 교장 자리를 제안 받았을 때 이사장님은 제가 일 년에 삼 일만 나와도 된다고 하셨습니다. 그런데 벌써 삼십 일 넘게 학교에 나왔으니 저는 이미 십 년 치 임무를 마친 것이나 다름없습니다."

내 농담에 학부모들이 미소를 지었다.

"여러분들 앞에서 밝히고 싶은 것이 하나 있습니다. 제가 서울예고 교장으로 월급을 받고 있지만, 저는 돈을 보고 이 일을 수락한 것이 아닙니다. 그러니 제 월급을 학교를 위한 일에 쓰겠습니다."

내 말에 학부모들은 적잖이 놀란 눈치였다. 왜 그런 결정을 했는지 모르겠다는 표정이었다.

"저는 지휘자입니다. 지휘자로서 무대에 설 때는 당연히 돈을 받지만 서울예고 교장으로 강단에 서는 동안은 돈을 받지 않는다는 것이 제 철학입니다. 독일에서 공부했을 때 저는 육 년 동안 지도교수님께 레슨비를 준 적이 한 번도 없었습니다. 그래도 독일 선생님은 저를 성심성의껏 가르쳐 주었고, 덕분에 저는 지휘자의 꿈을 이룰 수 있었습니다. 교육은 그래야 한다고 생각합니다. 제가 지금 그 지도교수님께 레슨비를 드릴 수는 없지만, 제 월급을 모교 발전과 학생들을 위한 장학금 등에 사용한다면 그때 진 빚을 조금은 갚는 게 되지 않을까요?"

내 말에 학부모들은 고개를 끄덕이며 박수를 쳐주었다. 나는 단순히 명예나 경제적인 부를 누리기 위해 서울예고 교장 직을 수락한 것이 아니었다. 우리 예술계에 제대로 된 예술교육을 실현해보겠다는 바람, 그리고 이번 기회에 예술계에서 벌어지고 있는 고질적인 문제들을 바꿔보고 싶다는 마음으로 서울예고를 맡은 것이다. 연봉을 모아 학교와 학생들을 위해 쓰겠다는 것은 그런 생각을 반영한 하나의 아이디어였다.

나는 오랫동안 음악으로 이 사회를 채우는 일을 해왔다. 음악이 소수만의 전유물이 아니라고 믿었기에 앉아서 청중을 기다리는 대신 찾아가는 음악회를 기획했다. 안주하는 예술가는 성장할 수 없다는 생각으로 누구도 상상하지 못한 벤처 오케스트라를 창단해 성공적으로 운영해오고 있다. 음악을 위해 청중이 존재하는 것이 아니라 청중이 있기에 음악이 존재한다는 믿음으로 해설이 있는 음악회를 기획했고, 육 년 연속 매진 기록을 세웠다.

포스코 로비에서, 울릉도에서, 뉴욕의 작은 카페에서 다양한 청중들을 만났고, 좋은 음악이 사회의 밑거름이 될 수 있다는 확신을 가지고 농어촌 아이들, 대학생들과도 매년 오케스트라 연주를 해왔다.

그렇게 많은 일을 벌이다 보니 내 음악 인생은 유독 바빴다. 음악이 우리 사회를 밝힐 수 있을 거라고 믿고 실천해온 삶은 녹록치 않았다. 그럼에도 불구하고 나는 음악으로 세상을 채우는 삶이 즐겁다. 유쾌하고 행복하다.

한동안 우리 사회에 위로와 힐링이 넘쳐났다. 힘들고 어려운 상황을 위로하고 다독이는 일은 물론 중요하다. 하지만 문제의 본질을 외면한 채 달콤한 위로에만 매몰되는 것, 환부 전체를 들여다보기보다 개인적인 '힐링'에 치중하는 것은 우리 자신에게도, 이 사회에도 결코 도움이 되지 않을 것이다.

나는 우리 사회에 위로는 이미 충분하다고 생각한다. 아니, 이제 우리에겐 위로 이상의 것이 필요하다. 앞날에 대한 희망을 제시하지 못하는 위로는 펄떡이는 청춘의 발목을 잡을 뿐이다. 통증을 덜어주는 데만 치중하는 힐링은 아파야 할 때 제때 아프지 못하게 하고, 결국 세상과 당당히 맞설 동력마저 흩어버릴 수 있다. 위로는 같이 앉아 울어주는 데 그치지 않고, 그래도 길 떠날 여지가 있음을 일깨워주는 데까지 나아가야 한다.

사십 년 가까운 음악 인생 동안 나는 단순히 지휘자라는 생각만으로 무대에 오른 적이 없다. 각박하고 상상력이 부족한 세상에 음악으로 삶의 영감을 주는 것이 내 소명이라고 생각하며 매번 무대에 섰다. 내가 전하는 음악이 이 시대를 힐링하거나 위로하는 것이기보다는 당당하게 세상과 맞서는 것이기를 바랐다. 안 된다고 주저앉아 있기보다는 한 번 더 도전할 수 있는 힘이 되기를 바랐다.

이제 서울예고 교장으로 부임한 지 어느덧 일 년이 다 되어간다. 그간 학교에서 다양한 예술 교육을 실험해왔고, 여전히 내 자리에서 맡은 일을 하면서 24시간을 바쁘게 살아가고 있다. 혹자는 나에게 어떻게 그렇게 많은 일을 정력적으로 동시에 해낼 수 있느냐고 묻는다. 이 책은 아마도 그 물음에 대한 내 나름의 답이 되지 않을까 한다.

나는 젊은 세대들을 위로하고 힐링하는 사람이기보다 가능하다면 이 사회가 가진 문제들을 정확하게 진단하고 올바른 처방전을 내리는 사람이고 싶다. 원하는 꿈을 어떻게 자기 것으로 만들 수 있는지 구체적인 방법을 제시하고 싶다. 세상이 그래서 어쩔 수 없었다고, 나 혼자서는 아무것도 바꿀 수 없었다고 지레 포기하고 안주하기보다는, 바로 그렇기 때문에 우리가 할 수 있는 일이 많은 거라고 말해주고 싶다.

이 땅에서 살아가는 수많은 젊은이들이 어떻게 자기만의 상상력으로 현실을 변화시킬 수 있는지, 세상의 고정관념과 편견에 맞서 어떤 방식으로 삶을 개척해야 하는지 내 경험을 바탕으로 들려주고 싶었다. 마음껏 날개를 펴고 싶지만 현실에 가로막혀 있는 이들에게 이 책이 유쾌한 상상력으로 자기만의 삶을 창조하는 영감이 되기를 바란다.

2015년 봄, 금난새

1장

실패와 도전

햄릿보다는 돈키호테로 산다

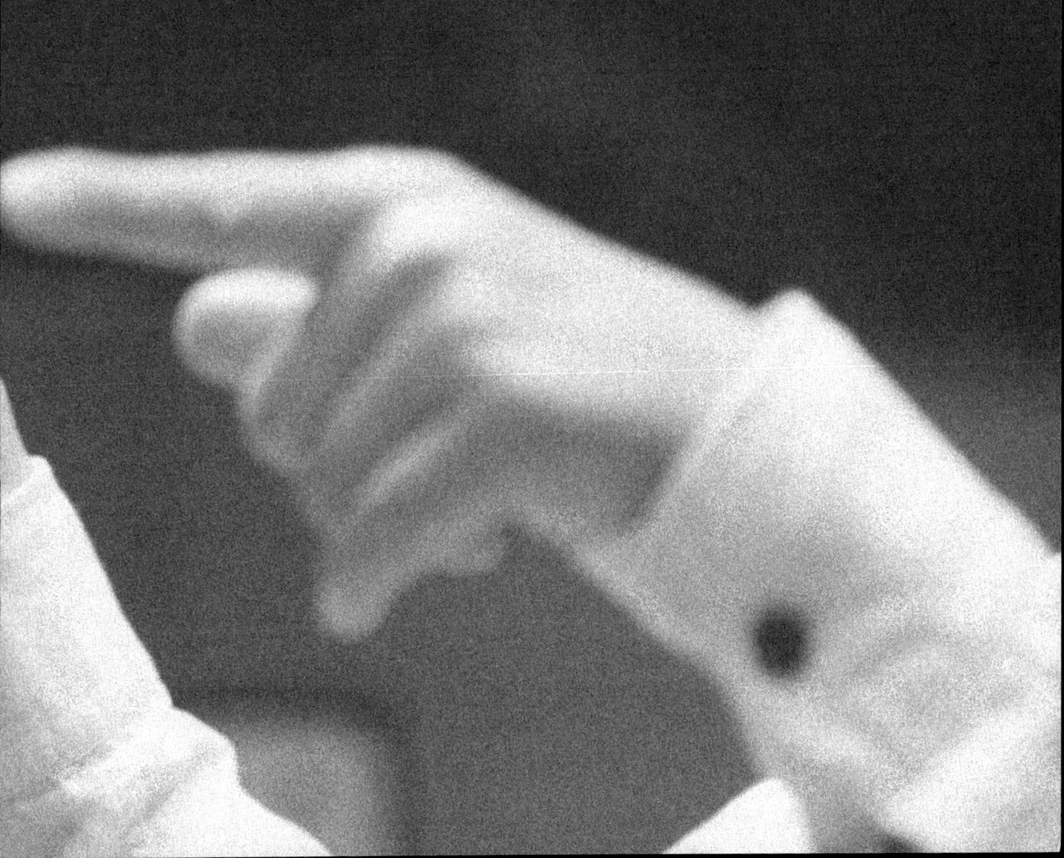

깃털만큼도 손해보고 싶지 않은 이들에게

먼저,
무엇을 줄 수 있을지를
생각하라

돌아보면 내 인생은 도전의 연속이었다. 언제나 남들이 하지 않은 것을 시도하고 그것을 이뤄내기 위해 열정을 다했다. 중학교 때 번스타인의 지휘와 해설을 보고 지휘자가 되기를 꿈꿨지만 실은 그 나이대의 나는 하고 싶은 것이 많았다. 외교관도 되고 싶고, 디자인 쪽에도 관심이 많아 미술 분야의 진로도 꿈꿨다. 한번은 텔레비전 안테나 파이프를 가지고 액자를 만들어 몬드리안의 그림처럼 벽에 붙여놓기도 했다. 그래서인지 아버지는 삼형제 중 내가 제일 상상력이 풍부하다고 말씀하시곤 했다.

하지만 그에 못지않게 내게는 반항적인 기질도 다분했다. 왜 형제들 중 첫째는 침착하고 모범적인 데 비해 둘째는 반항적이고 도전적인 성향이 많다고 하지 않나. 그래서인지 몰라도 나는 남들이 당연하게 여기는 것들을 곧이곧대로 받아들이지 않았다. 아마도 그런 성향은 우리 부모님에게 물려받은 기질이 아니었나 싶다. 내 기억에 우리 부모님은 현실에 적당히 순응하는 분들이 아니었다. 서울예고 학생 시절이었다. 한번은 학교에서 시험을 치렀는데, 반 아이들 중 절반이 넘게 낙제 점수를 받은 적이 있었다. 선생님도 문제가 심각하다고 느꼈는지 낙제한 아이들의 부모를 학교로 오시게 해서 상담을 하셨다. 내 부모님도 호출 대상이었다. 대개 그렇게 학교에 불려온 아이들의 부모는 연신 머리를 조아리며 이렇게 말하곤 한다.

"입이 열 개라도 드릴 말씀이 없습니다. 다 아이를 잘못 가르친 제 탓입니다. 다음부턴 이런 성적을 받지 않도록 아이를 잘 지도하겠습니다."

그러면 선생님은 이해한다는 표정을 지으며 학부모들에게 아이를 잘 지도해주기를 당부하면서 집으로 돌려보내는 것이다.

그러나 내 부모님은 달랐다.

"만약 반 아이들 중 일, 이십 퍼센트 정도가 낙제를 했다면 그건 개인의 문제일 수 있습니다. 그렇지만 오십 퍼센트 이상이 낙제를 했다면 그건 아이들 문제가 아니라 학교에서 아이들을 잘못 가르친 것 아니겠습니까? 도대체 아이들을 어떻게 가르쳤기에 이렇게 낙제를 한단 말입니까?"

부모님의 당당하고 논리 정연한 일침에 오히려 당황해서 사과하는 쪽은 선생님이었다. 권위에 순종하기보다 주체적으로 문제를 바라볼 줄 아는 이런 부모님을 보고 자라서인지 나도 남들이 당연하다고 생각하는 것들을 당연하게 여기지 않고 잘못된 것들을 내 힘으로 바꿔 나가려는 성향을 갖게 되었다. 부모님의 삶의 태도가 알게 모르게 내 인생을 주도적으로 개척해 가는 데 많은 영향을 미친 셈이다.

어렸을 때 내 가치관에 크게 영향을 미친 또 하나의 경험이 있다. 나는 1960년대에 중학교를 다녔다. 1961년 존 F. 케네디가 미국 역사상 최연소로 대통령에 취임하면서 이렇게 취임 연설을 했다.

"국민 여러분, 조국이 여러분을 위해 무엇을 할 수 있을지 묻지 말고, 여러분이 조국을 위해 무엇을 할 수 있을지 스스로에게 물어보십시오."

너무나 유명해서 이제는 낡은 문구가 되어 버린 이 연설을 열네 살의 나는 이렇게 바꾸어 생각해 보았다.

"세상이 나에게 무엇을 해주기를 기대하기보다 내가 세상에 어떤 영향을 미칠지를 생각하라."

내 삶을 한마디로 요약한다면 이 문장을 빼놓을 수 없을 것이다. 나는 케네디의 말을 국가를 위해 무조건 희생하라는 의미로 받아들이기보다는 삶에서 요행을 바라지 않고 스스로 인생을 개척해나가라는 의미로 받아들였다. 그런 내 삶이 어디로 튈지 모를 도전의 연속이었기에 사람들은 나를 '돈키호테' 같다고 하는지도 모르겠다.

요즘처럼 의무를 다하기보다 권리를 챙기는 것이 능력으로 여겨지는 시대에 이 말이 얼마나 설득력이 있을지는 잘 모르겠다. 하지만 적어도 내가 남들이 가지 않은 길을 택해 도전에 도전을 거듭할 수 있었던 것은 이 문장이 품고 있는 적극적이고 주도적인 삶의 태도가 영향을 끼쳤다는 것만은 분명하다.

그리고 나중에야 깨달았지만, 그런 삶의 태도가 언뜻 보기에는 손해인 듯 보여도, 길게 보면 자기 자신에게 본질적인 도움이 된다.

사람들은 돈 많은 부모 밑에서 태어나기를 바라고, 출발선에서부터 이미 성공이 보장된 삶이기를 바란다. 하지만 뜻대로 되지 않는 것이 인생이다. 실제로는 남이 나에게 무엇을 해주기를 기대할 수 없을 때라야 비로소 자기 안에 잠들어 있는 잠재력을 일깨울 수 있는 확률이 높다. 부모에게 물려받을 유산이 없다는 것을 알았을 때 자수성가의 의지를 다질 수 있는 것과 마찬가지다.

요즘 우리 사회에는 이런 적극적이고 주도적인 삶을 사는 사람이 참 드물다. 많은 이들이 의무를 다하기보다 권리를 챙기는 것을 우선시한다. 적게 일하고 많이 버는 일이 좋은 직업이라고 하고, 발전이 없더라도 안정적인 직장이 최고라고 입을 모은다.

그렇지만 스스로 노력해서 무언가를 얻어 본 사람은 안다. 자신이 일군 한 평 땅이 남의 집 만 평 땅보다 애틋하다는 것을. 나는 지금도 벤처 오케스트라를 이끌며 일 년에 100회가 넘는 연주를 다니고 있다. 그 많은 연주 중에서 거저 주어지는 것은 하나도 없었다. 직접 발로 뛰고, 사람들에게 감동을 선사하기 위해 기획 단계부터 심혈을 기울였을 때 그것이 다음 연주로 이어지곤 했다.

만약 그 연주들이 거저 주어졌다면 내가 이만큼 당당하게, 자부심을 가지고 지휘할 수 있었을까? 매번 포디움에 설 때마다 처음 지휘를 시작했던 때처럼 설레는 마음으로 임할 수 있었을까?

분명한 것은 무엇을 얻기를 바라기보다 무엇을 줄 수 있을까를 먼저 생각하는 삶을 살다 보면 굳이 손익을 따지지 않아도 절로 행복해진다는 사실이다. 매순간 내게 어떤 이익이 돌아올까를 재기보다 청중들에게 어떤 감동을 줄 수 있을지, 더 본질적인 것을 묻게 된다. 그런 마음으로 연주에 임할 때 비로소 돈으로는 살 수 없는 만족감과 행복감을 얻을 수 있었다. 그건 누가 인정하기 전에 이미 내 안에서 채워지는 보상 같은 것이다. 그리고 누가 시켜서가 아니라 스스로 자기 삶을 개척한 사람만이 누릴 수 있는 특권이기도 했다. 만약 내가 한국인들에게 가장 인기 있는 지휘자로 꼽힌다면, 그러한 진심이 관객들에게 통했기 때문일 것이다.

끝날 때까지는 끝난 게 아니다

서울예고는 입학생 중에 결원이 생기면 편입생으로 채우는 제도가 있다. 작년에는 십여 명의 빈자리가 생겨 사십여 명이 편입시험을 치렀다. 선생님들은 합격한 열 명에게 관심을 갖겠지만 나는 합격하지 못한 학생들과 학부모를 따로 불러 면담하는 자리를 가졌다. 그들이 이번 시험에는 성공하지 못했을망정 앞으로 어떤 미래를 열어갈지는 아무도 모른다. 그래서 나는 이들이 한 번의 실패에 대해 지나치게 많은 의미를 부여하지 않기를 바랐다.

사람들은 나를 성공한 지휘자로만 기억하지만 실은 내게도 원치 않는 실패가 참 많았다. 내가 학교를 다닐 때만 해도 중학교와 고등학교에 입학하기 위해서는 시험을 봐야 했다. 나는 중학교 때 경기중학교 시험을 봤는데 그만 떨어지고 말았다. 지금은 웃으면서 할 수 있는 얘기지만, 당시 예민한 사춘기의 자존심으로는 받아들이기 힘든 결과였다.

경기중학교에서 떨어지고 나서 할 수 없이 경희대학교 병설 경희중학교에 입학했다. 경희중학교는 내가 입학하던 해에 처음으로 신입생을 받은 신생학교였다. 새로 생긴 학교라 학풍을 만들기 위해 제법 노력했는데, 특히 독일어, 영어, 불어 3개 국어를 동시에 가르칠 만큼 외국어 교육에 심혈을 기울였다. 1차에 떨어져서 차선으로 간 학교였지만, 경희중학교의 교육방식이 내게는 많은 도움이 되었다.

중학교에 입학하고 나서 얼마 지나지 않았을 때의 일이다. 영어 시간에 쪽지시험을 봤는데, 서너 명을 제외하고는 모두 어느 정도 영어를 읽고 쓸 줄 알았다. 나는 영어를 모르는 서너 명에 속했다. 선생님께 불려나가 손바닥을 맞았는데, 손바닥을 맞은 사실보다 영어도 제대로 쓸 줄 모른다는 사실이 창피했다. 집으로 돌아오는 길에 마침 개천 옆 판잣집에 '영어교습'이라고 써 붙인 쪽지를 발견했다. 나는 그 길로 어머니께 달려갔고, 그렇게 해서 난생 처음으로 영어 과외를 받게 되었다.

과외 선생님은 연세대 정치외교학과에 다니는 대학생이었다. 변변한 살림살이도 없는 가난한 학생 부부였지만, 실력만큼은 무시할 수 없었다. 선생님은 특히 웅변을 잘했고, 내게도 영어 스피치 훈련을 집중적으로 시켰다. 나는 선생님의 지도 덕분에 그해 가을 교내 웅변대회에 나가 전교 1등을 했다. 만약 내가 쪽지시험에서 그럭저럭 괜찮은 점수를 받았다면 영어 공부에 대한 필요성을 그만큼 절실하게 느끼지는 못했을 것이다. 남들보다 형편없는 점수를 받았기에 그것을 만회하기 위해 적극적으로 방법을 찾았고, 결국 좋은 과외 선생님을 만나 영어웅변대회에서 1등을 하게 되었다.

영어웅변대회에서 1등을 한 것은 단순히 상을 하나 더 받은 것과는 차원이 다른 경험이었다. 출발선에 섰을 때는 반에서 가장 형편없었던 내가 전교 1등을 했으니 그 성취감은 말로 다 표현할 수 없었다. 그리고 전교생 앞에서 웅변을 한 덕분에 남들 앞에 잘 나서지 않던 내가 아무런 망설임 없이 남들 앞에 나설 수 있게 되었다. 실패가 오히려 전화위복이 된 셈이다.

두 번째 실패는 고등학교 입학 때였다. 고등학교 때는 경기고등학교 시험을 봤는데, 이마저 떨어지고 말았다. 의기소침해서 집안에만 틀어박혀 있던 내게 부모님은 서울예고에 응시해보는 게 어떻겠느냐고 하셨다. 서울예고도 이미 시험이 끝났지만, 결원이 생겨 추가 모집을 하고 있었던 것이다. 나는 마지못해 부모님의 권유를 받아들이기로 했다. 음악에 큰 뜻이 있었던 것은 아니지만, 작곡과 시험을 보는 것은 그다지 어려운 일이 아니었다. 작곡가 아버지를 둔 덕에 어렸을 때부터 피아노를 배웠고, 공기처럼 자연스럽게 음악을 접하면서 자랐던 탓이다.

비록 2차에 응시한 것이지만, 시험을 보러 학교에 갔을 때 나는 서울예고가 무척 마음에 들었다. 일반 고등학교와 달리 자유롭고 독특한 분위기가 내 마음에 쏙 들었다.

서울예고에 입학하고 나서 얼마 지나지 않아 나는 인문계 고등학교에 가지 않은 것을 오히려 다행으로 여기게 됐다. 우려와는 달리 학교 다니는 것이 너무 즐거웠고, 음악이 적성에 아주 잘 맞았기 때문이다. 부모님도 학교생활에 잘 적응하는 나를 매우 흡족해 하셨다.

경기고등학교에서 떨어졌다는 마음의 상처가 아물자 나는 곧 새로운 꿈을 꾸기 시작했다. 나는 중학교 때 AFKN에서 청소년을 대상으로 하는 클래식 음악 프로그램을 우연히 본 적이 있었다. 영어를 모두 알아들은 것은 아니었지만, 지휘자가 청소년들에게 연주할 곡을 상세하게 설명해주는 모습이 무척 인상적이었다. 그 지휘자가 바로 뮤지컬 〈웨스트사이드 스토리〉를 작곡한 레너드 번스타인이었다. 그의 지휘 아래 흘러나오는 뉴욕 필하모닉의 멋진 클래식 연주는 내 마음을 들뜨게 하기에 충분했다. 나는 릴 테이프에 그 프로그램을 녹음해서 테이프가 늘어질 때까지 반복해서 듣곤 했다. 아마 그때부터 번스타인이 내 삶의 롤 모델이 되었을 것이다. 사실 AFKN을 시청할 때만 해도 지휘자가 뭔지 제대로 알지도 못했지만, 그래도 번스타인 같은 멋진 지휘자가 되고 싶었다.

만약 내가 경기중학교와 고등학교에 떨어지지 않았다면 어떻게 됐을까? 혹은 서울예고에 가지 않았다면? 무엇을 하든 나름대로 최선을 다했겠지만, 지금처럼 좋아하는 음악을 업으로 삼고 살아갈 수 있었을까? 그 첫 시작이 입학시험에서 떨어진 것이었으니, 어떻게 그것을 마냥 실패라고만 할 수 있을까?

삶이란 그런 것 같다. 행운의 모습을 하고 오지만, 막상 겪어보면 행운이라고 말할 수 없는 것들이 있고, 지금 당장은 처절한 패배처럼 느껴지지만 뒤돌아보면 전화위복이 되는 경우도 있다. 마찬가지로 실패와 좌절 역시 어떻게 받아들이느냐에 따라 전혀 다른 결과로 귀결될 수 있다. 중학교 첫 영어 시험 덕분에 영어를 더 잘하게 된 것이나 경기고에서 떨어진 덕분에 적성에 맞는 서울예고에 갈 수 있었던 것처럼 말이다.

물론 몇 년 동안 준비했던 시험에서 떨어졌다면 지금의 실패가 뼈아플 것이다. 하지만 인생은 그렇게 짧지 않다. 야구팬들이 늘 하는 말처럼 끝날 때까지는 끝난 게 아니다. 포기하지 않고 다음 걸음을 걷는 이들에게는 지금의 실패가 더 큰 도약의 밑거름이 될 수도 있다. 부디 오늘의 실패가 인생의 마지막 장이 아니라 그 실패로 인하여 다음 장이 궁금해지는 그런 인생을 써나가기를 바란다.

너무 늦어서 안 될 거라고 말하는 사람들에게

"자네, 나이가 너무 많군"

'과연 지휘자가 될 수 있을까…….'

이제 막 사회에 나온 스물여섯 청년에게 미래는 터널처럼 어둡고 막막하기만 했다. 아무리 지휘를 하고 싶은 열정이 깊다고 해도 할 수 있는 방법이 없었다.

많은 사람들이 내가 음악가 가정에서 자라나 탄탄대로를 밟으며 유학까지 가서 무난하게 지휘자가 된 줄 안다. 하지만 내 꿈은 결코 쉽게 이루어지지 않았다.

중학교 때 처음 번스타인의 청소년 음악회를 보고 지휘자가 되고 싶다는 바람을 갖게 된 이후 그 꿈이 현실이 되는 데는 생각보다 훨씬 긴 시간이 필요했다. 당시 우리나라에는 지휘를 배우고 싶어도 가르쳐주는 곳이 없었다.

아무리 하고 싶은 일이라고 해도 가르쳐주는 곳조차 없다면 포기할 법도 한데, 그 꿈은 좀처럼 내 마음 속에서 수그러들지 않았다. 나는 지휘 경험을 쌓고 싶어서 지휘를 해달라는 곳이 있으면 어디든 마다않고 달려갔다.

나의 첫 지휘는 이화여중 학생들의 합창을 지도한 것이다. 지금은 서울 예고가 평창동에 있지만 내가 학교를 다닐 때는 정동의 이화여고 맞은편에 있었다. 어느 날, 이화여중에서 합창대회를 하는데 지휘를 해줄 사람이 필요하다고 우리 학교에 도움을 요청해왔다. 나는 지휘를 해보고 싶은 욕심에 앞뒤 재지 않고 선뜻 하겠다고 나섰다. 내게는 그런 경험이 너무나도 절실했다.

대학에 입학해서도 마찬가지였다. 당시 우리나라에는 지휘과가 없어 아쉬운 대로 작곡과에 들어갔다. 그리고 친구들과 함께 만든 대학생 오케스트라를 지휘했다. 하지만 지휘를 체계적으로 배워본 적이 없기에 내가 어느 정도 수준인지 가늠하기 어려웠고 외국에 나가 공부하고 싶다는 열망이 커져만 갔다. 그때는 지금처럼 마음만 먹으면 자유롭게 유학을 갈 수 있는 시대가 아니었다. 게다가 대학은 졸업했지만 재능을 검증 받지도 못한 내가 무턱대고 유학을 가는 것은 현실적으로 어려웠다.

그렇게 진로에 대한 고민과 유학에 대한 갈망이 커져가던 어느 날, 독일에서 공부하고 돌아온 메조소프라노 김청자 씨의 귀국 독창회가 있었는데, 내가 지휘를 맡고 있던 '서울 영 앙상블' 오케스트라가 반주를 맡게 되었다. 나는 기쁜 마음으로 지휘에 나섰고, 독창회는 서울, 대구, 광주, 춘천 등 지방 순회공연을 다닐 만큼 성황리에 마무리되었다. 그 공연이 계기가 되어 나는 서울예고 교사 자리를 제안 받게 됐다. 서울에서 있었던 독창회에 당시 서울예고 임원식 교장 선생님의 부인이 오셨다가 내 지휘를 보시곤 적극 추천해주셨던 것이다.

덕분에 나는 모교에서 교편을 잡을 수 있게 되었다. 우연한 기회에 지휘를 할 수 있게 되었고, 첫 직장까지 구했으니 무척 운이 좋은 셈이었다. 하지만 지휘자로서의 꿈을 품고 있던 내게는 항상 마음 한편에 아쉬움과 갈증이 남아 있었다.

'교사로서 아이들을 가르치는 것도 보람 있는 일이지만, 내가 정말 하고 싶은 것은 지휘를 공부하는 것인데, 이러다가 영영 지휘자의 꿈에서 멀어지는 것은 아닐까?'

아무리 생각해도 지휘자가 되는 일은 요원해 보였다. 답답함이 쌓여가던 어느 날, 운 좋게 외국에 나갈 기회가 생겼다. 교장 선생님을 대신해서 스웨덴에서 열리는 세계청소년음악연맹의 국제회의에 참석하게 된 것이다. 외국에 나갈 기회가 생겼다는 것은 나를 들뜨게 하기에 충분했다. 요즘에야 인터넷으로 무엇이든 검색할 수도 있고 누구나 맘만 먹으면 해외에 나갈 수도 있지만 그때는 지휘 공부에 필요한 정보를 어디서도 구할 수 없었다. 나는 외국에 나간 김에 지휘를 공부할 수 있는 학교를 직접 알아보고 유학 가능성이 있는지 타진해봐야겠다고 마음먹었다.

일주일간의 스톡홀름 일정을 마무리 짓고 나서 나는 바로 베를린으로 향했다. 지휘에 관한 정보를 얻으려면 아무래도 가장 유명한 오케스트라가 있는 곳을 찾아가야 할 것 같았다. 베를린에는 그 유명한 베를린 필하모닉 오케스트라가 있었다. 처음에는 관광도 할 겸 쉬엄쉬엄 입학 정보를 알아보려고 했는데, 막상 베를린에 도착하니 한시라도 빨리 학교에 가보고 싶었다. 나는 그 길로 베를린 예술대학을 찾아갔다. 베를린 예술대학은 고풍스러운 옛 모습을 간직하고 있으면서도 현대식으로 잘 정비된 건물이었다. 제2차 세계대전 때 파괴된 시설을 전후에 다시 복구한 것이라고 했다.

지나가는 학생에게 물어 음대 건물을 찾아갔다. 음대 사무실에서 일하는 직원에게 그간 궁금했던 것을 차례로 묻기 시작했다. 학교에 지휘 전공이 있는지, 있다면 어떤 교수님이 계신지, 그분들을 지금 만날 수 있는지 서툰 영어와 독일어를 섞어가며 재차 물었다.

사무실 직원은 지금 당장 교수님을 만날 수는 없다고 했지만, 친절하게 연락처를 적어주었다. 쪽지에는 두 명의 교수 이름이 적혀 있었다. 라벤슈타인과 알렌도르프. 어느 분에게 연락을 드려야 좋을지 망설이던 나는 일단 라벤슈타인 교수에게 전화를 걸어보기로 했다. 이유는 아주 단순했다. 라벤슈타인이라는 이름이 피아니스트 루빈스타인과 비슷해서 왠지 음악적 느낌이 더 강렬했기 때문이었다.

전화를 걸자 라벤슈타인 교수가 직접 전화를 받았다. 나는 자초지종을 설명하고 혹시 시간을 내줄 수 있는지 물었다. 선생은 의외로 흔쾌히 시간을 내주었다. 다음날 오후 4시, 라벤슈타인 교수를 찾아가는 내 마음은 불안과 기대로 가득 찼다. 오랫동안 바라던 꿈에 비로소 한 걸음 다가선 것이었다.

내가 문을 두드리자 선생은 동양에서 온 젊은이를 따뜻하게 맞아주었다. 선생은 내 용건을 듣고 나서 물었다.

"자네, 피아노 칠 줄 아나?"

그러고는 아무 곡이나 한번 연주해보라고 했다. 나는 준비가 되어 있지 않았다. 처음에는 당황했지만, 평소 즐겨 연습했던 바흐의 〈이탈리안 협주곡〉과 베토벤의 〈비창〉을 연주했다. 그렇지만 내가 생각해도 다소 불안하게 느껴졌다.

연주를 마치자 이번에는 지휘를 할 수 있느냐고 물었다.

"네? 여기서 말입니까?"

나는 완전히 당황하고 말았다. 물론 한국에서 여러 차례 지휘를 해본 적이 있었다. 하지만 내 실력은 내가 잘 알았다. 지휘를 잘하기 때문에 여기 온 게 아니라 제대로 배우고 싶어서 이 먼 곳까지 찾아온 것 아닌가. 이런 대가 앞에서의 지휘라니, 나는 망설였다. 라벤슈타인 선생은 그런 내 마음을 아는지 모르는지 피아노 앞에 앉아서 나를 재촉했다.

"내가 비창을 쳐볼 테니 자네가 지휘를 한번 해보게."

어쩔 수 없었다. 나는 느린 도입부로 시작하는 비창을 순전히 내 음악적 감각에 의지해 지휘했다. 지휘를 마치자 선생이 빙긋 웃으면서 뭐라고 말했다. 하지만 나는 너무 긴장한 나머지 바로 알아듣지 못했다. 알고 보니 청음 테스트를 하고 싶다는 것이었다. 곧바로 청음 테스트가 이어졌다. 선생이 말했다.

"재능이나 자질은 비교적 괜찮은 것 같군. 그런데 지휘를 공부하기에는 나이가 너무 많아."

일말의 기대를 가지고 찾아온 나는 가슴이 철렁 내려앉았다. 이 먼 곳까지 와서 결국 들은 소리가 '나이가 너무 많아'라니. 아, 정말로 그것 때문에 안 되는 걸까.

그때 라벤슈타인 교수가 덧붙였다.

"그래도 아직 서른이 넘지 않았으니 입학은 할 수 있을 거야. 만약 자네가 학교에 들어온다면 가르칠 생각은 있네."

한순간에 천당과 지옥을 오르내린 기분이었다. 스물일곱이라는 나이가 지휘를 공부하기에는 늦은 나이였지만, 선생은 일말의 가능성이 있다고 말하고 있었다. 나는 가슴이 잔뜩 부풀어 올랐다. 베를린에 온 것이 정말 다행이라고 여겨졌다. 물론 독일에서 공부하려면 아직 해결해야 할 것이 많았다. 하지만 그런 문제는 더 이상 중요하지 않았다. 나는 어떻게 해서든 독일에 머물며 지휘 공부를 해야겠다고 마음먹었다.

교장 선생님 대신 국제회의에 참석하러 갔다가 그 길로 독일에 눌러 앉아 버린 나의 유학은 너무나 갑작스럽게 이뤄진 일이었다. 그런 사실을 알면 사람들은 어떻게 그럴 수 있었는지 놀라워한다. 그러나 내게는 그리 어려운 결정이 아니었다.

고등학교 1학년 때 지휘자로 진로를 결정한 후로 내게는 좀처럼 기회가 오지 않았다. 지휘자의 꿈을 꾼 지 십 년이 지나서야 비로소 꿈을 이룰 수 있는 첫 발을 뗄 수 있게 되었으니 어떻게 그 기회를 마다할 수 있었겠는가. 어떤 의미에서 내게는 선택의 여지가 없었다.

흥미로운 것은 번스타인처럼 청소년을 위한 해설이 있는 음악회를 하게 된 것은 그로부터 또 이십 년이 지난 후의 일이라는 사실이다. 청소년을 위한 해설이 있는 음악회는 1994년에 예술의전당의 제안으로 이루어졌다. 당시 예술의전당은 형식적으로 치러지던 청소년 음악회를 새롭게 바꿔보고자 조심스럽게 나에게 제안을 해왔다. 나는 거절할 이유가 없었다. 그건 내가 삼십 년 전부터 마음속으로 품었던 꿈이었으니까 말이다.

원하는 일이 현실에 이루어지기 위해서는 시간이 필요하다. 어떤 것은 하루 이틀 만에도 이루어지지만, 어떤 것들은 아주 오랜 시간이 지나고 나서야 현실이 된다. 심지어 어떤 것은 자기 세대가 아닌 다음 세대에 겨우 결실을 맺을 수도 있다. 그렇지만 중요한 건 그때가 언제인지 모른다 할지라도 가능성을 믿고 지금 내가 할 수 있는 최선을 다하는 것 아닐까. 그런 사람만이 미래를 자기 것으로 만들 수 있다고 나는 믿는다.

음악은 조율하고 화합하는 과정 그 자체다.
1991년 차이코프스키 심포니 녹음 중 레닌그라드 필하모닉 수석 첼리스트와 함께.

한 번의 실패로 여지없이 무너진 사람들에게

누구도 나의 1974년을 기억하지 않는다

라벤슈타인 선생을 만나고 돌아온 날 밤, 나는 서울에 계신 부모님께 편지를 썼다. 지휘자의 길을 가기 위해 베를린에 남아서 공부하겠다는 내용이었다. 내가 그렇게 성급하게 결정을 한 데는 라벤슈타인 선생의 영향이 컸다. 그는 내게 이렇게 말했다.

"자네는 지휘 공부를 하기에 이미 늦은 나이야. 지금 다시 한국으로 돌아가서 유학 준비를 하는 건 너무 늦지 않겠나. 지금 여기서 당장 시작하게."

나는 그 조언을 받아들여 베를린에 남았다. 하지만 아직 해결해야 할 일이 많았다. 다행히 친척뻘 되는 목사님이 베를린에 계셨기에 거처를 마련하는 일은 어렵지 않았다. 게다가 독일의 대학은 장학 제도가 잘 되어 있어 학비가 들지 않는다고 했다. 숙식만 해결할 수 있다면 경제적인 부분도 크게 문제가 될 것 같지 않았다.

가장 큰 문제는 서울예고에 어떻게 사직 의사를 밝히느냐 하는 거였다. 내 입장에서는 그토록 원하던 꿈을 이루기 위한 선택이었지만, 서울예고 입장에서는 난처한 일이 아닐 수 없었다. 나를 믿고 채용해준 교장 선생님과 동료 선생님들에게 누를 끼치는 일이었고, 가르치던 학생들에게도 책임을 다하지 못한 꼴이 되었다. 그렇다고 이번 기회를 놓치고 한국으로 돌아간다면 언제 다시 기회가 주어질지 알 수 없었다.

나는 고민 끝에 아버지께 편지를 드렸다. 학교에도 정중하게 사직 의사를 밝혔다. 다행히 아버지가 교장 선생님과 동료 교사들을 잘 설득해주었고, 사직 처리는 무리 없이 진행되었다. 오히려 사정을 듣고 내 꿈을 응원해준 분들도 적지 않았다고 했다.

서울예고 사직은 잘 처리되었지만 더 큰 문제가 남아 있었다. 바로 비자였다. 나는 1회에 한해 외국에 드나들 수 있는 단수여권을 가지고 나왔기 때문에 반드시 귀국해야 했다. 귀국하지 않고 독일에 계속 남을 수 있는 방법을 알아보았으나 별다른 방법이 없었다. 며칠 동안 끙끙 앓다가 한국 영사관에 찾아갔다. 아버지의 먼 친척 분이 한국 영사관에 주재 중이었기에 방법을 찾을 수 있을지 모른다는 생각에서였다. 그런데 내 사정을 듣자 그는 탐탁지 않은 표정을 지었다. 당시에는 독일이 통일되기 전이라 베를린에 체류하는 것이 정치적으로 민감한 문제가 될 수 있었기 때문이다. 어렵게 찾아갔지만 오히려 한국으로 돌아가라는 말만 듣고 나왔다.

그토록 원하던 지휘 공부를 시작하게 되었는데, 고작 비자 때문에 포기해야 한다니 도저히 받아들이기 어려웠다. 나는 포기하지 않고 방법을 찾았다. 그러던 중 베를린 음대에 입학하면 체류 비자를 받을 수 있다는 사실을 알게 되었다. 나는 급하게 베를린 음대 입학시험을 보기로 했다.

베를린 음대의 입학시험은 이론과 실기를 병행하는 시험이었다. 음대 내의 여러 강의실을 오가며 이론과 실기 시험을 치렀다. 독일어가 서툴기는 했지만, 한국에서 독일어 공부를 조금 한 적이 있어서 이론 시험은 그런 대로 답을 쓸 수 있었다. 하지만 실기는 생각처럼 쉽지 않았다. 벼락치기로 준비할 수 있는 것도 아니고, 악보를 보고 그 자리에서 연주해야 하는 초견 시험 같은 것은 상당히 어렵게 느껴졌다.

당시의 내 실력으로 베를린 음대에 입학하려면 행운이 따라줘야 했다. 시험을 준비하기에는 시간이 부족했고, 실력도 장담할 수 없었다. 나는 운을 믿을 수 밖에 없었다. 학교는 이미 사직했고, 지구를 반 바퀴나 돌아서 베를린까지 왔으니 운명의 신이 내 손을 들어주기를 바랐다. 하지만 현실은 냉정했다. 결과는 낙방이었다. 음악 이론은 합격 점수를 받았지만, 예상대로 피아노 실기에서 과락을 면치 못했다.

지나고 나서 생각해보면 시험에서 떨어지는 것은 너무나 당연했다. 베를린에 와서 부랴부랴 시험 준비를 했다고는 하지만 벼락치기 공부는 음대 시험에 별 도움이 되지 않는다. 독학하는 데도 한계가 있고, 무엇보다 시간이 턱없이 부족했다. 한국에서는 이런 시험에 대비해 공부를 해본 적이 없었기 때문에 시험 방식에도 익숙하지 않았다.

이제 베를린에 남을 수 있는 방법은 없었다. 나는 그만 맥이 탁 풀려버리고 말았다. 잘 다니던 직장도 그만두고 베를린 유학을 선택했는데, 모든 것이 틀어져버린 것이다. 나는 아무것도 하지 않고 집 안에만 틀어박혔다. 어서 고국으로 돌아가고 싶었다. 그렇지만 가족들에게 뭐라고 말해야 할지, 나를 응원해준 동료 선생님들의 얼굴은 어떻게 볼지 난감하기만 했다.

그때 라벤슈타인 선생에게서 연락이 왔다. 나는 그를 찾아가 한국으로 돌아가겠다고 말했다. 베를린에서 공부할 수 있는 가능성을 열어준 분이었지만, 한편으로는 실력도 없는 내게 헛된 기대를 불어넣어준 것이 야속하기도 했다. 선생은 그런 나를 설득하기 시작했다.

"너무 낙심하지 말게. 다행히 이론 과목에는 합격했으니 작곡과 청강생으로 학교에 다닐 수 있어. 청강생 자격으로 강의를 듣다가 다음 학기에 다시 시험을 치르면 되지 않겠나. 독일의 유명한 음악가 중에도 우리 학교에 청강생으로 들어왔다가 최고의 반열에 오른 사람이 많아. 그러니 이제부터 다시 시작하게. 처음부터 잘하는 사람이 어디 있나?"

라벤슈타인 선생은 나를 위로했지만, 나는 대답조차 하고 싶지 않았다. 그래서 선생의 말을 듣는 둥 마는 둥 하고 밖으로 나왔다. 다음 학기에 다시 시험을 본다고 해도 붙는다는 보장이 없었다. 한 번 시험에 떨어지고 나니 모든 것에 자신감을 잃고 말았다. 그런데 돌아오는 길에 그가 했던 마지막 말이 계속 내 뇌리를 맴돌았다.

"사람들은 자네가 훌륭한 지휘자가 됐을 때 비로소 관심을 보이지 지금의 실패에는 아무런 관심을 가지지 않아. 누구도 자네의 1974년이 어땠는지 모른다고. 그러니 힘을 내게."

나는 마음속으로 되뇌었다. 누구도 나의 1974년을 기억하지 않는다. 1974년의 실패에는 나 자신만이 관심을 가질 뿐이다. 무엇보다 나는 실패의 기억을 안고 한국으로 돌아가고 싶지 않았다.

라벤슈타인 선생의 격려에 힘입어 나는 베를린 음대에 청강생으로 등록했다. 등록을 마치고 그를 찾아갔을 때, 그는 이제까지와는 전혀 다른 근엄한 표정으로 말했다.

"이제 모든 것은 자네의 노력 여하에 달렸네. 특히나 자네는 늦게 시작했으니 더 열심히 해야 하네. 아무도 자네를 도와주지 않아. 그러니 자네 인생을 걸고 공부하도록 하게."

나는 선생의 말씀대로 미친 듯이 공부하기 시작했다. 내 인생에서 그렇게 무언가를 열심히 해본 적이 있었나 싶을 정도로 열심히 했다. 음대의 피아노 연습실은 내 전용 공부방이나 마찬가지였다. 밤을 새워 음악 공부를 하고 나서 창밖으로 새어 들어오는 아침햇살을 맞는 날도 수없이 많았다. 이국땅에서 보내는 낮과 밤은 외롭기 짝이 없었지만, 한편으로 나는 어느 때보다 열정적이었고, 행복했다. 모르는 것이 있으면 나보다 먼저 지휘과에 입학한 친구들에게 서슴없이 물었다. 그들은 모두 내 음악의 동료이자 스승이 되어주었다.

그런 노력이 결실을 맺은 것일까. 나는 이듬해 베를린 음대 지휘과의 정식 학생으로 당당히 입학할 수 있었다. 쓰디쓴 실패 뒤에 맛보는 달콤한 성공이었다.

사람들은 내가 독일에 가서 처음부터 재능을 인정받고 승승장구한 줄 알지만, 실제로는 그렇지 않았다. 그저 나의 1974년이 어땠는지 모를 뿐이다. 그들은 나의 빛나는 성공에만 관심을 갖지 그 성공이 있기까지 어떤 일들이 있었는지에는 관심을 두지 않는다.

혹시 처절한 실패를 맛본 이들이 있다면 내 선생님이 내게 그랬듯 나도 그들에게 일러주고 싶다. 사람들은 당신의 실패와 좌절의 시간들을 기억하지 않는다고. 그러니 부끄러워하지 말고 의기소침해 하지도 말고 다시 일어서라고. 온 힘을 다하여 부딪쳐본 사람에게 실패는 쓰리고, 내상도 그만큼 클 것이다. 그들에게는 절망할 권리가 있다. 하지만 언제까지고 절망의 늪 속에 주저앉아 있을 수만은 없다. 절망을 훌훌 털고 일어나야 한다. 절망은 그것을 딛고 일어섰을 때 비로소 의미가 있기 때문이다.

그곳이 어디든 지금 여기는 아니라고 말하는 사람들에게

넘어진 그 자리에서 다시 시작한다

꿈에 그리던 베를린에서 지휘 공부를 하게 됐지만, 늦깎이 유학생의 타향살이는 쉽지 않았다. 독일 교수들은 한마디로 말해서 인정사정없는 데가 있었다. 라벤슈타인 선생은 평소에는 그렇게 친절하고 자상하다가도 수업에만 들어갔다 하면 학생들을 한계까지 밀어붙였다. 선생이 내준 과제는 하루 종일 연습해도 마치기 어려울 정도로 벅찼다. 하루라도 과제를 게을리하면 다음 수업을 따라가기가 쉽지 않았다. 열심히 한다고 했지만, 나보다 재능 있는 친구들을 볼 때면 내 머릿속은 아득해지곤 했다.

'괜히 실력도 없으면서 이 먼 곳까지 와서 시간을 낭비하는 건 아닐까?'

때로는 내 능력에 대한 의심과 회의가 일기도 했다. 그럴 때면 외국에 혼자 나와 있는 외로움까지 겹쳐 슬럼프가 길어졌다. 하지만 어찌 됐든 나는 이곳 독일에서 살아남아야 했다. 베를린처럼 음악하기 좋은 환경에서도 제대로 하지 못한다면 그건 환경 탓이 아니라 내 능력이 그것밖에 되지 않는다고 자인하는 꼴이었다.

음대 공부를 하느라 바쁜 일과 속에서도 나는 거의 매일 베를린 시내에 있는 음악홀에 가는 것을 잊지 않았다. 음대의 연습실은 밤 아홉 시만 되면 문을 닫는다. 그래서 저녁 시간에는 음악회를 보는 것으로 일과를 마무리했다. 지휘를 공부하는 학생으로서 음악회에서 연주를 감상하는 것도 더 없이 훌륭한 공부였다. 연주회에서 직접 만난 베를린 필하모닉 오케스트라는 말 그대로 세계 최고였다. 베를린 필을 지휘하는 지휘자 역시 세계 최정상급이었다. 로린 마젤, 베르나르트 하이팅크, 주빈 메타, 헤르베르트 폰 카라얀, 카를 뵘……. 당대 최고의 지휘자들이 내 눈 앞에서 지휘봉을 휘둘렀다.

어떨 때는 같은 공연을 몇 번씩이나 반복해서 보기도 했다. 그럴 때면 독일 친구들은 나에게 묻곤 했다.

"헤이, 금! 오늘도 연주회에 가는 거야? 어제와 같은 레퍼토리인데 지겹지도 않니?"

하지만 나는 그런 것은 개의치 않았다. 오히려 어제의 연주와 어떻게 다른지, 그 미묘한 차이를 알아내기 위해 온 신경을 집중해서 연주를 감상했다. 그것이 내겐 더할 나위 없이 소중한 배움의 기회였다. 그렇게 모든 시간을 음악 공부에 쏟아 붓자 어느 순간 실력이 쑥쑥 느는 게 느껴졌다.

지휘자로서 실력을 쌓아가고 있던 1977년, 프랑스에서 브장송 콩쿠르가 열린다는 소식이 들렸다. 브장송은 세계적인 음악 콩쿠르가 열리는 프랑스의 작은 도시였다. 음대 재학생으로서 콩쿠르에 참가해 자신의 실력을 가늠해보고 싶지 않은 사람은 없을 것이다. 한창 실력에 자신감이 붙던 때라 나 또한 브장송 콩쿠르에 참가하기로 했다.

나는 그 전 해 여름에 니스에서 지휘자 코스를 밟은 적이 있었다. 그때 프랑스 친구들의 수준이 그리 높지 않다고 느꼈기에 내심 자신감을 가지고 있었다. 가벼운 마음으로 콩쿠르 1회전을 마치고 명단을 확인했는데, 내 이름이 보이지 않았다. 몇 번이나 게시판을 확인했지만 어디에도 내 이름은 없었다. 예선에서 탈락한 것이다.

아무 성과 없이 독일로 돌아온 나는 예선 탈락이라는 참담한 결과를 한동안 받아들이기 어려웠다. 삼 년 가까이 열심히 공부했고, 어느 정도 실력도 쌓았다고 자부했는데, 어째서 예선도 넘지 못한 걸까. 지금 생각해보면 내 자만심이 화근이었던 것 같다. 예선은 당연히 통과하리라 자신하고, 최종전에만 신경 쓴 것이 탈락의 원인이었던 것이다. 결국 나는 내 실력이 그것밖에 안 된다는 사실을 인정하고 더 겸허해져야 했다. 넘어진 자리에서 일어서는 것 말고는 다른 방법이 없었다.

그 해 9월 카라얀 콩쿠르가 열렸다. 처음 카라얀 콩쿠르를 참관한 것은 독일에 간 다음해인 1975년이었다. 카라얀 콩쿠르는 2년 주기로 열리는데, 첫 해에는 지휘자 콩쿠르가 열리고 그 다음해에 오케스트라 경연이 열렸다. 1975년에 지휘자 콩쿠르가 열렸기에 내가 참가할 수 있는 기회는 1977년 단 한 번뿐이었다. 지휘자 콩쿠르의 참가 연령이 만 30세로 제한되어 있었기 때문이다.

처음 카라얀 콩쿠르를 참관했을 때부터 언젠가 꼭 카라얀 콩쿠르에 직접 참가해보고 싶다는 바람을 갖게 되었다. 물론 그때까지만 해도 입상에 자신이 있었던 것은 아니지만 열심히 공부한다면 세계 각국에서 온 경쟁자들과 당당하게 실력을 겨뤄볼 수는 있을 거라고 생각했다.

콩쿠르에는 수많은 서류 심사 뒤 최종적으로 선발된 90여 명이 참가했다. 콩쿠르는 2주간 열렸는데, 1회전을 거쳐 32명이 2회전에 출전했고, 다시 2회전에서 12명, 3회전에서 6명으로 압축되었다. 최종 5회전까지는 그야말로 피를 말리는 치열한 경합이었다. 베를린 음대에서는 나를 비롯해서 독일과 그리스 친구가 콩쿠르에 참가하고 있었다.

나는 브장송 콩쿠르 때의 경험을 잊지 않고 있었다. 다시는 같은 실패를 되풀이하고 싶지 않았다. 그래서 이번에는 예선전부터 철저하게 준비했다. 예선에서 떨어진다면 아무리 실력이 있어도 그것을 보여줄 기회조차 없었다.

매 무대에서 최선을 다한 덕분인지 이번에는 4회전에 진출한 여섯 명 중에 내 이름이 있었다. 4회전에서 살아남으면 최종 5회전에 진출하게 되는데, 5회전 진출은 바로 입상을 의미했다. 삼 년 전 처음 독일에 왔을 때라면 감히 상상할 수도 없는 일이 내게 벌어지고 있었다.

카라얀 콩쿠르에서는 최종 5회전에서만 카라얀이 심사를 하는데, 만약 입상을 하게 된다면 베를린 필을 직접 지휘할 수 있는 영광이 주어졌다. 베를린 필하모닉 오케스트라를 선망하며 매일 저녁 연주회를 보러 다녔던 내게는 그보다 더 설레는 일이 없었다.

4회전을 마치고 초조하게 결과를 기다렸다. 물론 4회전까지 진출한 것만 해도 꿈같은 일이었다. 하지만 꼭 5회전까지 진출해 내 손으로 베를린 필을 지휘해보고 싶었다. 마침내 내 이름이 불려졌다. 5회전에 진출하게 된 것이다.

5회전에서는 카라얀이 직접 고른 드뷔시의 〈바다〉를 지휘하게 되었다. 어떤 곡이든 쉬운 곡이 없지만, 〈바다〉는 지휘하기가 상당히 까다로운 곡이었다. 이 곡을 소화하기 위해 두 번의 연습 시간이 주어졌는데, 내게는 턱없이 부족한 시간이었다.

최종 5회전이 치러지던 날, 나는 마음을 비우고 무대에 올랐다. 기대에 가득 찬 청중들에게 바다처럼 넓고 깊은 울림이 전해지기만을 바랐다. 내 지휘봉이 공간을 가르자 오케스트라는 서서히 안개를 가르며 바다로 나아갔다. 마치 내 손끝에서 흘러나오는 듯한 황홀한 선율이 홀을 가득 채웠다.

연주를 마치고 돌아서자 객석에서 박수갈채가 쏟아졌다. 그 순간, 수많은 청중 가운데 나를 향해 열렬히 박수를 보내고 있는 라벤슈타인 선생이 눈에 들어왔다. 그는 내게 엄지손가락을 치켜세웠다. 잘 알지도 못하는 나라에서 찾아온 나를 아무 편견 없이 받아주고 지도해준 라벤슈타인 선생에게 나는 깊은 감사의 인사를 건넸다.

5회전에 진출하게 된 세 명은 이미 입상이 정해진 것이나 다름없었다. 5회전은 다만 순위를 정하는 데 의미가 있었다. 카라얀의 최종 심사 결과, 1등은 없었고, 나는 세 번째 입상자가 되었다. 입상자 가운데 나만 학생이었고, 다른 두 명은 모두 오케스트라를 맡고 있는 현직 지휘자였다. 그래서인지 카라얀은 나를 가리키며 큰 오케스트라를 지휘해 본 것이 처음인 학생이라며 아주 훌륭한 연주였다고 격려해주었다.

카라얀 콩쿠르 입상은 내게 너무도 큰 기쁨이었다. 물론 콩쿠르에서 입상한다고 해서 곧바로 훌륭한 지휘자가 되는 것은 아니다. 콩쿠르 입상은 그저 좋은 음악가가 될 수 있다는 자극에 불과했다. 그럼에도 불구하고 한국에서 대학을 마친 음악도가 국제적인 지휘 콩쿠르에서 입상한 것은 처음 있는 일이었다. 어린 시절부터 지휘자를 꿈꾸며 십 년 넘게 고군분투해왔던 내 노력이 비로소 보상을 받는 기분이었다.

내 입상 소식은 외신을 타고 한국에도 전해졌다. 마침 국립 교향악단에서 나를 위한 초청 연주회를 마련해주었다. 나는 카라얀 콩쿠르 입상으로 받은 메달과 상금을 들고 기쁜 마음으로 한국행 비행기에 올랐다. 한국을 떠난 지 사 년만의 귀국이었다.

그럴듯한 기회가 아니면 움직이지 않는 사람들에게

큰 바다는 작은 물줄기도 가리지 않는다

서른 셋, 독일 유학을 마치고 돌아온 나는 국립교향악단의 전임 지휘자가 되었다. 국립교향악단은 우리나라를 대표하는 오케스트라였다. 연공서열을 중시하는 나라에서 젊은 나이에 국립교향악단의 지휘를 맡게 된 것은 파격적인 일이었다. 나는 최연소 지휘자라는 기대를 한 몸에 받으며 음악가로서 첫 발을 내딛었다.

1981년에 국립교향악단은 KBS로 이관되었다. 일본을 대표하는 NHK교향악단처럼 방송국의 적극적인 지원을 받아 보다 수준 높은 악단을 만들자는 취지였다.

나는 KBS에 몸담고 있는 십이 년 동안 많은 것을 배웠다. KBS는 많은 사람들이 부러워할 만한 부족할 것 없는 직장이었다. 하지만 지휘자의 입장에서 보면 아쉬운 부분도 없지 않았다. KBS라는 큰 조직에 속해 있다 보니 행정적인 면에서 자유롭지 않았다. 예를 들어 음악회에 관련된 아이디어를 제안해도 그것이 실현되기까지는 복잡하고 까다로운 절차를 거쳐야 했다. 때로는 그런 과정에서 공들여 제안한 아이디어가 무산되기도 했다. 오케스트라를 더 발전시키고 싶은 실무자 입장에서는 답답하게 느껴지는 점이 없지 않았다.

아마도 이런 아쉬움은 조직 자체의 문제라기보다는 내 기질에서 비롯된 문제였을 것이다. 안정적이고 규칙적인 것보다 자유롭고 창조적인 것을 좋아하는 내 개인적인 성향이 조직과 맞지 않았던 것이다. 하지만 그런 아쉬움 속에서도 나는 조직 구성원으로서의 책임감을 가지고 인내하며 KBS교향악단을 이끌었다.

그러던 어느 날, 한 통의 전화가 걸려왔다.

"금 선생님, 지금 우리 오케스트라는 지휘자가 일 년째 공석입니다. 단원들 간에 내분도 심해서 시에서는 이번 기회에 오케스트라를 아예 없애려고 하고 있어요. 어떻게든 오케스트라를 살리고 싶은데, 금 선생님께서 좀 도와주실 수 없겠습니까?"

수원시립교향악단의 사무국장이 위기에 몰린 수원시향의 사정을 솔직하게 털어놓으며 도움을 청해온 것이다.

나는 KBS에 있으면서 국내 최고의 오케스트라를 지휘하고 있었지만, 우리나라 문화 정책에 항상 아쉬움을 갖고 있었다. 내가 정책 결정권자라면 적절한 인재들을 지방으로 보내 열악한 지방의 문화 수준을 끌어올리는 데 힘쓸 것 같은데, 그런 정책이나 제도는 어디에도 없었다.

수원시향 사무국장의 전화는 그간 내가 갖고 있던 문제의식을 건드리는 것이었고, 무의식중에 내가 기다리던 요청이었다.

하지만 KBS에 양해를 구하고 수원시향의 지휘를 맡는 것은 생각처럼 간단한 일이 아니었다. KBS교향악단은 KBS 밖에서 하는 활동을 탐탁지 않게 여겼다. 수원시에서도 내가 상임이 아닌 객원으로 지휘를 하려면 조례를 바꿔야 하는 복잡한 절차를 거쳐야 했다. 일이 어렵게 되어간다 싶을 때 느닷없이 신문기사가 났다. 내가 수원시향 상임 지휘자로 가게 되었다는 것이었다. 그러자 KBS에서는 수원시향이든 KBS교향악단이든 하나만 선택하라고 나를 종용했다. 입장이 난처해지고 말았다. 나는 KBS에 하루만 생각할 시간을 달라고 요청했다.

현실적인 잣대로 보면 누구나 인정하는 최고의 오케스트라를 그만두고 열악한 지방 오케스트라로 간다는 것은 있을 수 없는 일이었다. 더구나 예산도 넉넉지 않고 시설도 열악한 존폐 위기의 지방악단이었다.

그때 나는 이 결정이 내 음악 인생의 중요한 이정표가 되리라는 예감이 들었다. KBS교향악단에서 보낸 십이 년의 세월이 머릿속을 스쳐 지나갔다. 어느 한곳에 머물러 있는 시간치고는 꽤 긴 시간이었다. 무엇보다 예술가에게 조직 사회에 그렇게 오래 머물러 있는 것은 득보다는 독이라는 데 생각이 미쳤다. 나는 지금이 바로 떠날 때라고 직감했다.

KBS교향악단에 있는 동안 나는 오케스트라를 어떻게 운영해야 하는지에 대한 노하우를 얻을 수 있었다. 단원들과의 관계는 어떻게 풀어가야 하는지, 음악활동이나 행정, 공연을 기획하고 음반을 만드는 일은 어떻게 해야 하는지를 전부 거기서 배웠다. 그뿐만이 아니다. 어떤 순간에서도 상대방을 먼저 생각해야 한다는 삶의 자세와 일을 추진할 때는 떳떳하고 당당하게 의도한 바를 관철시켜야 한다는 것도 배웠다. 돌아보면 KBS에서 한국 사회를 온몸으로 겪었다고 해도 과언이 아니다. KBS교향악단은 한마디로 내게 사회를 가르쳐준 스승이나 다름없었다.

그럼에도 불구하고 내 마음은 수원시향 쪽으로 기울고 있었다. 나는 거대한 조직의 일원으로 안주하기보다 내 힘으로 쓰러져가는 조직을 일으켜 보고 싶었다. 물론 산소 호흡기를 달고 있는 오케스트라를 소생시킨다는 것은 생각보다 더 어려운 일일 수도 있었다. 실패한다면 그동안 쌓아올린 모든 것이 물거품이 될 수도 있는 결정이었다. 그러나 이제껏 조직 생활을 하면서 배운 것들을 통해 내 힘으로 바꿔보고 싶은 마음이 컸다. 무모한 일이었지만, 아무도 하지 않은 일이기에 더 가치 있는 일이 될 수도 있었다.

수원시향으로 옮기기로 마음의 결정을 내리고 나서 처음으로 한 일은 수원시향의 연주회를 보러 간 것이었다. 마침 수원문예회관에서 수원시향의 정기연주회가 있었다. 공연장에 들어서자 객석이 휑했다. 오백 석 남짓한 좌석은 공연 시간이 넘도록 백여 좌석도 채워지지 않았다.

이윽고 연주가 시작되었다. 나는 객석에 앉아 그들의 연주를 감상했다. 수원시향의 연주 실력은 그다지 나쁜 편은 아니었다. 다만 무대에서 공연의 열기가 느껴지지 않았다. 2부가 시작되었을 때 나는 그들의 면면을 제대로 살펴보기 위해 객석 2층으로 올라갔다. 2층에서 내려다 보니 어느새 청중이 절반으로 줄어 있었다. 짐작컨대 1부에 출연한 피아노 협연자의 지인들이 공연을 보러 왔다가 1부가 끝나자 자리를 뜬 모양이었다. 팔십 명의 연주자가 사십여 명의 청중 앞에서 연주를 하고 있었다. 말 그대로 청중보다 연주자가 더 많은 공연이었다. 처음부터 끝까지 지켜봤지만 수원시향의 연주는 어떤 독창성이나 예술성도 느낄 수 없는 그냥 평범한 연주였다.

다음 날 나는 수원시향 상임지휘자라는 직함을 달고 처음으로 단원들 앞에 섰다. 그리고 이렇게 말했다.

"어제 여러분의 연주를 들었는데…… 나쁘지 않았습니다. 나는 부동산도 모르고 증권도 모르는 사람입니다. 하지만 오케스트라 운영에 대해서는 여러 가지 아이디어가 있어요. 그러니 나를 믿고 내게 투자해주기를 바랍니다."

단원들은 내 말에 별다른 반응을 보이지 않았다. 그들의 눈빛에선 어떤 열정도 찾아볼 수 없었다. 나는 수원시향의 실력을 향상시켜 청중들에게 사랑받는 오케스트라로 만들고 싶었다. 그러자면 수원시향의 무기력한 분위기부터 바꿔야 했다.

나는 수원시향으로 갈 때 연봉 얘기는 아예 꺼내지도 않았다. 실제로 수원시향의 지휘자 연봉은 KBS교향악단의 3분의 1밖에 되지 않았다. 만약 내가 원하는 금액을 요구했다면 그들은 그 정도는 들어주었을 테지만 내게는 그게 중요한 문제가 아니었고, 오직 내가 가진 아이디어를 수원시향에서 어떻게 실행할 수 있을지가 관심사였다. 이 사실을 아는 이들 중에는 내가 현실 감각이 없다고 생각한 사람도 있을지 모르겠다. 하지만 내가 다른 것을 전혀 요구하지 않았기에 수원시에서는 내가 돈 때문에 옮긴 것이 아니라는 사실을 믿었고, 그러니 내가 하는 일을 믿고 따라보자는 분위기가 조성되었다. 그것이 수원시향에서 내 구상을 풀어나가는 데 많은 도움이 되었다.

나는 먼저 오케스트라 내부에서부터 문제를 풀어나가기로 했다. 단원들이 연주에 열정이 없는 이유를 나는 단원들 개인의 문제가 아니라 시스템의 문제로 보았다. 단원들은 대충 시간을 때워도 월급이 꼬박꼬박 나왔고 하던 대로만 하면 몇 년이고 그 자리에 눌러앉을 수 있었다. 그러다 보니 어느 순간부터 그들은 연습에 대한 의지나 열정을 잃어버렸다. 정기 연습도 서로 바쁘다는 핑계로 대강 넘어가기 일쑤였다. 오케스트라는 무엇보다 조화가 우선인데, 그들에게는 조화로운 하모니가 없었다. 그러니 당연히 청중은 더 이상 수원시향을 찾지 않았다. 청중에게 외면 받는 오케스트라가 자부심을 느낄 수 없는 것은 당연했다.

나는 단원들에게 다시 열정을 불어넣고 싶었다. 다행히 수원에서의 첫 무대는 세간의 관심을 끌기에 충분했다. 한 나라를 대표하는 오케스트라에 몸담고 있던 내가 지방 교향악단으로 옮기고 나서 처음 서는 무대였으니 청중들은 부쩍 관심을 가졌다. 덕분에 첫 무대는 천팔백 석의 객석이 꽉 찼다. 나는 물론이고 그간 백 명도 안 되는 청중 앞에서 연주하던 단원들에게도 새로운 경험이었다. 연주를 해본 사람은 알겠지만, 감동적인 연주는 연주자의 노력만으로 이뤄지는 것이 아니다. 감동은 연주자와 관객이 함께 교감하는 가운데 형성된다. 관객들의 호응을 받기 시작하자 단원들의 눈빛부터 달라졌다.

그 다음으로는 수원시향의 대외적인 이미지를 바꿔나가는 데 한층 더 신경을 썼다. 당시 수원시향은 나조차도 들어본 적이 없는 존재감 없는 오케스트라였다. 존폐 위기에 처한 오케스트라가 재기에 성공하려면 어떻게 해야 할까? 나는 강력한 승부수를 던져야 한다고 생각했다. 지방악단이라도 마음만 먹으면 충분히 실력을 발휘할 수 있고, 무엇이든 해낼 수 있다는 것을 보여주고 싶었다. 그래서 마라톤 콘서트를 제안했다. 두 시간이면 끝나는 연주회가 아니라 여섯 시간에 걸쳐 진행되는 장시간의 연주회를 하자고 제안한 것이다.

단원들은 당혹스러워하면서 그게 과연 가능할지 자신 없어 했다. 연주자들은 통상 두 시간 정도의 연주를 하는 것이 보통이다. 그런데 그 세 배가 넘는 연주를 제안했으니 그럴 만도 했다. 실제로 오케스트라 입장에서 여섯 시간 동안 공연을 한다는 것은 단원과 지휘자가 한 마음으로 힘을 합치지 않으면 불가능한 프로젝트였다. 하지만 내 생각은 달랐다. 대중들은 언제나 새로운 것을 선호한다. 그런 새로운 시도를 해야 이미 굳어진 수원시향의 이미지를 깰 수 있을 것이었다. 수원시향이 더 이상 문제의 오케스트라가 아니라 한 몸이 된 팀이라는 것을 대외적으로 보여줘야 했다.

그제야 단원들도 내 제안을 받아들였고, 우리는 본격적으로 연습에 돌입했다. 반대하던 단원들도 뭔가 보여주겠다는 각오로 치열하게 연습하기 시작했다.

그런 노력 덕분에 마라톤 연주회는 뜨거운 반응 속에 막을 내릴 수 있었다. 여섯 시간 동안 자리를 뜨지 않고 지켜본 관객만 천 명이 넘을 정도였다. 언론은 항상 새로운 사건에 호기심을 가지는 법이다. 아무도 하지 않았던 장시간의 콘서트를 시도하자 언론은 수원시향에 대해 대서특필하기 시작했다. 한동안 마라톤 콘서트가 세상을 떠들썩하게 했다. 한국기네스협회에서는 국내 최장시간 연주 기록을 달성했다는 기념 증서를 수원시향에 전달하기도 했다.

이제 수원시향은 더 이상 보잘것없는 오케스트라가 아니었다. 단원들의 무기력했던 눈빛은 어느새 신뢰의 눈빛으로 바뀌어 있었다. 남들이 어떻게 보느냐는 더 이상 문제가 되지 않았다. 우리 스스로 우리 자신의 가치를 증명해낸 것만으로 충분했다.

수원시향으로 옮긴 것은 나 자신에게도 성공을 장담할 수 없는 무모한 도전이었다. 하지만 주어진 기회를 외면하지 않고 정면으로 받아들였기에, 나는 나 자신의 가능성을 시험해볼 수 있었고, 스스로를 증명하는 기회로 삼을 수 있었다. 기회란 늘 거창한 얼굴로 다가오지 않는다. 보잘 것 없는 일을 기회로 만드는 것은 어디까지나 자기 자신에게 달렸다. 기회의 크기에 연연하지 말고 그것을 통해 자기 역량의 크기를 가늠해 보는 것은 어떨까. 큰 바다는 작은 물줄기라고 외면하지 않는 법이다.

지휘자로 경영자로 교육자로, 도전하는 만큼 오롯이 내 삶이 된다.

이 정도면 됐다고 말하는 사람들에게

안주라는 독을 뱉어라

어느덧 일흔을 바라보는 나이가 되었다. 지금까지 내가 지치지 않는 열정을 가지고 다양한 일을 할 수 있었던 것은 한자리에 머무르지 않았기 때문이다. 내 앞에는 언제나 새로운 도전이 놓여 있었다. 그 앞에서 나는 이 정도면 됐다고 안주할 수도 있었을 것이다. 한국에는 지휘과가 없으니, 할 만큼 했다고 단념하고 예고의 음악 선생으로 만족할 수도 있었다. 독일에 가서 베를린 음대의 첫 시험에 떨어졌을 때, 오디션 한번 본 게 어디냐고 자족했을 수도 있었을 것이다. 브장송 콩쿠르 예선에서 고배를 마셨을 때도 세계적인 실력자들과 겨뤄봤다는 것에 위안 삼았을 수도 있었을 것이다. 귀국 후에는 우리나라 최고의 인재들이 모여 있는 KBS교향악단에서 정년퇴임할 수도 있었을 것이다. 수원시향으로 이직했을 때도 마찬가지다. 존폐 위기에 몰린 수원시향을 성공적으로 키워낸 데 만족하면서 거기 머물 수도 있었다. 하지만 나는 그렇게 하지 않았다. 한 번의 도전이 성공하면 망설임 없이 다음 단계를 꿈꿨다. 이런 나의 도전은 2000년, 유로아시안 필하모닉 오케스트라의 창단으로 이어졌다.

유로아시안 필하모닉 오케스트라는 정부의 지원을 받지 않고 스스로의 힘으로 운영되는 벤처 오케스트라다. 내가 세계에서 유례를 찾아보기 힘든 벤처 오케스트라를 창단한 데는 그만한 이유가 있다.

나는 제도권 오케스트라를 이끄는 내내 하나의 문제의식을 가지고 있었다.

'왜 스스로의 힘으로 운영되는 오케스트라는 없을까?'

그때까지 많은 예술단체들이 시와 정부로부터 재정 지원을 받아서 운영되고 있었다. 물론 예술가들에게 금전적인 지원이 이뤄진다는 것은 반대할 일이 아니다. 다만 오랫동안 제도권 오케스트라를 이끌다 보니 그런 관행이 반드시 예술가들에게 긍정적인 것만은 아니라는 생각이 들었다. 정부나 관의 지원은 예술가들이 자본에 구애받지 않고 자유로운 예술 활동을 할 수 있도록 하기 위한 것이다. 하지만 이런 시스템 속에서는 자칫 예술가들이 현실에 안주하게 될 가능성이 높다.

그간 우리나라 음악계는 제도권의 지원을 받는 것을 당연하게 여겼다 실제로 대부분의 오케스트라가 80퍼센트 이상의 예산을 정부나 지자체에서 지원 받고 있다. 유로아시안 필하모닉 오케스트라를 창단하면서 나는 이러한 지원과 보호에서 벗어나기로 결심했다. 외부의 지원을 받지 않고 자생

하는 오케스트라, 그것이 유로아시안 필하모닉 오케스트라의 창단 원칙이었다.

내가 오케스트라의 운영 방식을 밝혔을 때 가장 당황한 것은 오케스트라 창단 멤버들이었다. 그들은 내가 수원시향에서 물러날 때 아무 조건 없이 나를 믿고 따라와 준 이들이었다. 사실 연주자들이 지휘자를 따라 소속 악단을 옮기는 것은 흔치 않은 일이다. 그들은 오직 나에 대한 믿음 하나로 따라와 준 것이었다. 그것이 큰 에너지였다. 나는 그들과 함께 정부나 시의 지원이 없어도 오케스트라를 운영하는 것이 가능하다는 사실을 증명해 보이고 싶었다. 지금까지 당연하게 여겨오던 현실에 반기를 든 셈이다.

우리 오케스트라는 음악계의 고질적인 관행을 깨나가기 시작했다. 외부의 재정 지원을 받지 않는 것은 물론, 단원들도 기존 오케스트라처럼 연주를 하든지 안 하든지 정해진 월급을 받는 시스템에서 벗어나 연주를 하는 만큼 더 많은 인센티브를 받아간다.

제도권 오케스트라는 공연을 많이 하든지 적게 하든지 월급이 꼬박꼬박 나온다. 이런 시스템 속에서는 연주를 적게 하는 게 더 이익일 것이다. 실제로 유로아시안 오케스트라가 일 년에 100회가 넘는 연주를 하는 데 비해 제도권 오케스트라는 30회를 하든 50회를 하든 똑같이 월급이 나온다. 그러니 관객이 백 명이 오건 천 명이 오건 별로 관심이 없다. 어찌 보면 제도가 바뀌지 않는 이상 발전할 수 없는 시스템이라고 할 수 있다.

만약 오케스트라가 외부의 지원 없이 홀로 서야 한다면 단원들은 스스로 살아남기 위해 치열하게 연습할 것이다. 천 명의 관객을 끌어 모으기 위해 온 마음을 다해 아이디어를 짜낼 것이다. 노력한 만큼 수익이 나오는 오케스트라의 단원들은 고단하기는 해도, 분명 경쟁력 있는 오케스트라로 성장할 수밖에 없다. 나는 그런 오케스트라를 시험해보고 싶었다. 시스템을 바꿀 수 없다면 시스템 밖에서 대안을 제시하는 것, 그것이 내 스타일이었다.

물론 젊은 세대 중에는 일은 적게 하고, 월급을 많이 받는 직장에 취직하는 것을 지상 최대의 과제로 생각하는 이들도 있을 것이다. 사회가 각박해지고, 안정적인 직장을 찾기 어려운 요즘에는 그런 경향이 더욱 도드라지는 것 같다. 하지만 적게 일하고 많은 연봉을 받는 회사는 현실적으로 찾기도 어렵거니와, 설사 그런 회사가 있다 하더라도 그것이 개인의 성장에 얼마나 도움이 될지 장담하기 어렵다. 안정적인 삶은 자칫 스스로를 시스템에 종속시키고, 순응하게 만들 수 있기 때문이다. 적게 일하고 많은 월급을 받고 싶은 마음이야 이해하지만, 그것이 스스로의 발전을 가로막을 수도 있다는 사실 또한 염두에 두어야 한다.

특히 예술가가 되고 싶은 이들이라면 안정적인 시스템 속에 머무르기보다는 자신을 한계까지 밀어붙여야 할 때가 있다. 매 한계를 뛰어넘으며 스스로를 단련시키는 것이 더 높은 예술의 경지에 이르는 길이기 때문이다. 예술가에게 현실에 안주하는 것만큼 치명적인 독은 없다. 현실에 안주해 독창성과 창조성을 잃어버리는 순간, 예술은 빛을 잃는다. 나는 제도권 오케스트라를 지휘하면서 이런 현상을 늘 목격해왔고, 그것이 결코 예술가들에게 도움이 되지 않는다는 생각을 해왔다. 오히려 긴장할 수밖에 없는 조건 속으로 스스로를 내몰 때, 끊임없이 실력을 향상시키면서 좋은 예술가로 살아남을 수 있다. 유로아시안 필하모닉 오케스트라는 그런 마음으로 창단했고, 십오 년이 흐른 지금, 어느 오케스트라와 비교해도 뒤지지 않을 만한 경쟁력을 갖고 있다고 자신한다.

한 가지 더 보람 있는 일은 내가 이 시대에 꼭 필요한 오케스트라 브랜드를 만들었다는 자부심을 갖게 된 것이다. 유로아시안 필하모닉 오케스트라가 창단되고 활발한 연주 활동을 통해 성공적으로 발전해 나가자 우리 뒤를 이어 크고 작은 오케스트라들이 여러 개 생겨나기 시작했다. 아무도 가지 않은 길을 먼저 걸어갔기에 우리 스스로 누군가의 앞선 발자국이 되었던 것이다.

물론 유로아시안 필하모닉 오케스트라가 지금에 이르기까지 나 혼자만의 노력으로는 불가능했을 것이다. 자본금도 없이 벤처 오케스트라를 창단한 나를 믿고 순순히 따라와 준 우리 단원들이 없었다면 이 무모한 도전은 현실이 될 수 없었을 것이다. 아마도 나뿐만 아니라 우리 단원들의 마음속에도 음악에 대한 열정과 '벤처 정신'이 있었기에 가능한 일이었을 것이다.

사는 게 원래 다 그렇다고 말하는 사람들에게

불만은
나의 힘!

남들은 나를 부드럽고 유한 사람으로 보지만, 가까이에서 나를 접한 사람들은 내가 겉보기와 상당히 다른 사람이라는 것을 알고 놀란다. 옳다고 믿는 일을 기어이 현실에 이루어내고 마는 나의 돈키호테 같은 기질은 어디서 비롯된 것일까?

어디로 튈지 모르는 성향은 아버지에게서 물려받은 듯하다. 우리 세대라면 모르는 사람이 없는 〈그네〉라는 가곡을 지은 작곡가 금수현이 바로 나의 아버지다. 아버지는 음악을 공부한 분이었지만 작곡가에 머물지 않고 다양한 분야에서 활동하셨다. 교육자, 문교부 편수관을 거쳐 정계에 입문하기도 했고, 오랫동안 음악 잡지를 발행하는 편집인이기도 했다.

아버지는 돈키호테형 인물이었다. 자신이 필요한 곳이면 어디든 달려가 쓰이기를 마다하지 않는 분이었다. 물론 그러한 시도가 항상 성공한 것은 아니어서 때로는 우리 가족을 경제적 궁핍 속으로 몰아넣기도 했다. 하지만 그런 아버지를 통해 나는 결과에 연연하지 않고 도전할 수 있는 진취적인 태도를 배울 수 있었다.

내 성격을 이루는 데 작용한 또 하나의 요인은 아마도 둘째 콤플렉스일 것이다. 나는 4남 1녀 중 둘째로 태어났다. 보통 장남은 책임감이 강하고, 동생들을 잘 챙기는 모범적인 기질이 강하다. 나보다 두 살 위의 나라 형이 바로 그런 사람이었다.

형은 어릴 적부터 무엇이든 잘하는 우리 집안의 자랑이었다. 학과 공부뿐 아니라 악기 다루는 재능도 뛰어났고, 과외활동에도 적극적이었다. 반면에 둘째인 나는 형과는 딴판이었다. 나는 모범생도 아니었고, 반항적인 기질도 강했다.

둘째 기질은 종종 비판적인 성격으로 드러났다. 똑같은 것을 보고도 나는 곧이곧대로 받아들이지 않고 다르게 생각하는 편이었다. 중학교에 들어가자 어른들이 이렇게 말하곤 했다.

"학교에 가면 좋은 친구를 사귀어야 한다."

그러면 나는 속으로 이렇게 생각했다.

'내가 먼저 좋은 친구가 되어야 하는 거 아니야?'

예고에 다닐 때는 실력이 아니라 배경에 따라 차별 받는 경우가 많다는 게 너무도 부당하다고 생각했다. 대학교에 가서도 이런 성향은 변하지 않았다. 음대 시절에는 학생회장이 되어 여러 학교 학생들이 참가하는 서머 뮤직 스쿨을 우리 힘으로 추진했다가 교수들이 반대하자 물러섬 없이 강경

하게 맞서기도 했다.

지금 생각하면 무엇 하나 무던하게 넘기지 못하고 옳다고 믿는 것을 끝까지 밀어붙이는 성격이었다. 그런 기질은 본질적으로 지금도 크게 달라지지 않았다. 지금도 우리나라 음악계의 고질적인 관행을 바꿔보고자 부단히 새로운 시도를 하고 있는 것을 보면 말이다.

어쨌든 이런 내가 보기에 나라 형은 거의 완벽에 가까운 존재였다. 나라 형은 키가 크고 외모도 훤칠했다. 무엇보다 집안의 든든한 기둥이었고, 장남다웠다. 동생들이 어려워하는 일들을 솔선해서 도와주었고, 궂은일도 마다하지 않았다. 무슨 일이든 이유를 대고 비판하는 나와는 전혀 달랐다. 1960년대에 이미 외국을 돌아다니면서 공부할 기회가 있었지만 조국으로 돌아왔고, 좀 넉넉한 집안 자녀들이 군대에 가지 않으려고 이리저리 피해 다닐 때 아무 말 없이 군대에 지원했으며, 살아 돌아온다는 보장이 없었던 월남전에 선뜻 참전하기도 했다. 정말 남자답고 멋있는 형이었다. 그런 형에 비하면 나는 무엇 하나 잘하는 게 없는 평범한 둘째였다.

내가 철이 든 것은 그렇게 마음속으로 동경하던 형이 베트남전 때 제대 하루 전에 일어난 교통사고 후유증으로 병마에 시달리다 끝내 이를 떨쳐버리지 못하고 허무하게 세상을 떠난 다음이었다. 그 무렵 나는 독일에 있었기에 형의 마지막을 곁에서 지키지 못했다. 그리고 한동안은 나라 형이 정말 이 세상이 없다는 사실을 실감하지 못했다. 하지만 형이 떠나고, 이제 내가 집안의 장남 역할을 해야 한다는 사실을 깨달았을 때, 무거운 책임감이 어깨를 짓눌렀다. 이제껏 나 자신만을 생각하고 살았던 나에게 형의 죽음은 나를 둘러싼 가족들과 이 세계를 새롭게 인식하는 계기가 되었다. 스스로 부족한 부분을 채워 형의 몫까지 살아야 한다는 부채감이 느껴졌다.

그때부터 나는 현실을 비판만 하던 태도에서 벗어나 스스로 잘못된 현실을 바꿔 나가는 사람이 되기로 했다. 그리고 한참이 지나고 나서야 현실에 문제의식을 가진 사람만이 현실을 바꿀 힘이 있다는 사실을 깨닫게 되었다.

그럭저럭 견딜 만하다고 생각하는 사람은 현실을 바꿀 생각을 하지 않는다. 일찌감치 시스템에 종속돼, 사는 게 원래 그렇다고 말하는 사람들은 변화를 기대하지 않는다. 나 혼자 바뀐다고 뭐가 달라지느냐고 반문하는 이들은 현실을 바꿀 힘이 없다. 현실을 바꿀 수 있는 사람은 현실에 순응하는 사람이 아니라 어떤 식으로든 현실에 문제의식을 가지고 있는 사람이다. 현실 문제에 관심을 갖고 더 좋은 방법을 고민하는 사람은 그 고민 속에서 대안을 찾는다. 벽에 부딪치면서 그 답답함과 좌절을 변화의 동력으로 삼는 것이다.

나는 인생의 어느 시점에 이르러서야 그 사실을 깨닫게 되었다. 그리고 불만 많고 반항적인 내 기질이 어쩌면 단점이 아니라 현실을 변화시킬 수 있는 저력이기도 하다는 사실을 이해하게 되었다.

물론 무조건적인 현실 비판만으로는 아무것도 달라지지 않는다. 그 비판을 통해 현실을 변화시킬 대안을 발견해야 한다. 현실의 장벽에 부딪쳐 답답함과 대책 없는 좌절감을 정면으로 마주했을 때, 비로소 현실을 변화시킬 실마리를 붙들 수 있다.

2장

창 조 와 상 상

유쾌한 상상력으로 세상을 지휘한다

ne
ema
wsky, Op. 33
I.
Vl.
II.
Vla.

독일 사회가 나에게 가르쳐준 것들

교육학에서는 여덟 살 이전에 부모에게 전폭적인 사랑을 받아야 이후의 인생을 당당하게 살아갈 수 있는 자존감을 확립할 수 있다고 한다. 아직 자아가 형성되기 전에 무조건적인 사랑과 지지를 받았던 정서적인 경험이 건강한 성인으로 살아가는 데 중요한 자양분이 된다는 말이다.

비슷한 맥락에서 나는 젊은 시절에 전폭적인 지지와 후원을 받아야 건강한 사회 구성원으로 살아갈 수 있다고 생각한다. 한 살이라도 젊을 때 마음껏 시도해보고, 그런 시도를 지지하고 응원해주는 경험을 가질 때 사회인으로서 제 역할을 다할 수 있다고 보는 것이다. 사랑을 받아본 사람이 사랑을 베풀 수 있는 것과 비슷한 이치다.

내가 독일 사회에서 경험한 것이 바로 그런 것이었다. 비유가 조금 촌스러울 수도 있지만, 독일에 처음 갔을 때 나는 마치 고아가 된 기분이었다. 지금 생각해보면 정서적으로 의지할 곳도 없고, 모든 결정을 혼자 해야 하는 막막한 상황들이 그런 기분을 느끼게 했던 것 같다.

더구나 그때 나는 실제로 보여줄 게 아무것도 없었다. 재능을 검증 받은 것도 아니었고, 공부를 하고 싶다고 해서 넉넉하게 학비를 대줄 수 있는 가정 형편도 아니었다. 가진 것이라곤 그저 지휘를 하고 싶다는 막연하고 무모한 열정뿐이었다. 그런 내게 독일은 아무 조건 없이 배움의 기회를 주었고, 부족한 것 없이 공부할 수 있는 환경을 제공해주었다. 그것은 내가 한국에서도 쉽게 받아보지 못한 것들이었다.

나는 지금도 편견 없이 나를 받아주고 레슨비 한 번 받지 않고 성심성의껏 가르쳐준 라벤슈타인 선생과 이런 교육 환경이 가능하도록 만들어준 독일이라는 나라의 위대함에 이루 말할 수 없이 감사한 마음을 간직하고 있다. 처음 만났을 때 그는 한국이 어디 붙어 있는 나라인지도 몰랐다. 그래도 우연히 찾아온 낯선 동양 청년을 따뜻하게 환대해주었고, 늦기 전에 공부를 시작하라고 격려해주었다.

나는 지금도 그런 만남이 어떻게 가능했는지 의아해하곤 한다. 이해관계에 따라 움직이는 인간관계는 어디서든 흔하게 마주칠 수 있다. 반면 아무 조건 없이 허심탄회하게 받아들여지는 관계는 쉽게 찾아보기 어렵다. 라벤슈타인 선생은 아무 계산 없이 진정한 스승으로서의 모습을 보여주었다. 그가 보여준 인간에 대한 태도는 지금도 내게 깊은 인상으로 남아 있다. 만약 누군가 이상적인 선생의 롤 모델을 묻는다면 나는 주저하지 않고 그의 이름을 댈 것이다.

라벤슈타인 선생뿐 아니라 독일 사회도 그랬다. 내가 독일에 가장 고맙게 생각하는 것은 외국인이라고 해서, 혹은 가난한 유학생이라고 해서 내가 차별 당하거나 소외감을 느끼지 않고, 하고 싶은 공부를 마음껏 할 수 있게 해주었다는 사실이다.

잘 알려진 대로 독일은 교육비가 들지 않는 나라다. 그러니 의지와 열정만 있으면 누구든 경제적인 제약을 받지 않고 공부를 시작할 수 있었다. 가진 자와 못 가진 자의 격차가 갈수록 커지고, 부유층 자녀들이 일류대학에 합격하는 비율이 점점 늘어가는 우리나라와는 분위기가 사뭇 달랐다. 독일에서는 고아든 재벌 2세든 모든 사람에게 공평하게 기회가 열려 있었다.

그런 차이는 사회 곳곳에서 드러났다. 예를 들어 도서관만 해도 그렇다. 내가 서울대에 다닐 때 빌리고 싶은 장서가 있었는데, 단 한 권만 소장하고 있어서 대여가 되지 않았던 적이 있다. 혹 대여가 되더라도 충분한 분량을 보유하고 있지 않은 적이 많았고, 내 차례가 오기까지 한참을 기다려야 했다. 반면 독일의 도서관은 그런 불편을 겪을 일이 거의 없었다. 누구나 볼 수 있도록 장서를 충분히 구비해두는 것은 물론 대학생이 아닌 지역사회 주민들까지도 마음껏 이용할 수 있도록 도서관이 활짝 열려 있었다.

갑작스럽게 베를린에 정착하는 바람에 유학 초기에 나는 문자 그대로 아무것도 가지고 간 것이 없었다. 하지만 독일에서 부족함과 아쉬움을 느낄 일이 없었다. 유학 기간 내내 나는 보고 싶은 책이나 음반을 넘치도록 볼 수 있었다. 내 책상 위에는 항상 도서관에서 빌린 책과 음반이 쌓여 있었다. 전공 책 말고도 건축가와 현대미술가의 작품집을 손에 잡히는 대로 빌려와 읽곤 했다. 돈이 없어도 보고 싶은 책과 듣고 싶은 음반을 마음껏 빌려 볼 수 있다는 것은 배움에 굶주린 유학생에게 너무나 고마운 혜택이었다.

그뿐만이 아니었다. 독일에서는 가난한 유학생 처지에서도 부담 없이 연주회를 볼 수 있었다. 학생 티켓이 5마르크, 한국 돈 삼천 원 정도로 매우 저렴했다. 나는 저녁이 되면 하루가 멀다 하고 연주회에 갔는데, 만약 티켓 가격이 싸지 않았다면 그런 호사를 누리기 어려웠을 것이다. 티켓을 살 돈조차 없으면 인터미션 시간에 잠입할 수도 있었다. 베를린 필하모닉 홀은 넓은 공원처럼 되어 있어서 중간에 입장해도 별 무리가 없었다. 인터미션 때 사람들이 입장하는 틈을 타 연주회장에 들어가는 일도 종종 있었다. 음대생들이 주로 이용하는 긴 벤치 같은 합창단석은 지정석이 아니라서 중간에 들어가도 별 문제가 되지 않았다.

독일 사회에서 음악은 돈 많은 소수만의 전유물이 아니었다. 음악은 듣는 이들 모두에게 속한 것이었다. 나는 그런 식으로 일 년에 백여 회가 넘는 연주회를 관람하곤 했다. 지휘를 공부하는 학생에게 음악 속에 푹 파묻힐 수 있는 환경은 돈으로 환산할 수 없는 배움의 기회였다. 의지만 있다면 누구나 그렇게 할 수 있었고, 나는 스펀지가 물을 빨아들이듯 음악 공부에 몰두할 수 있었다.

심지어 나는 베를린 필의 연습 장면도 구경할 수가 있었다. 지휘자가 되기를 원하는 음대생들에게는 실제 연주보다 연습 장면이 훨씬 더 큰 공부가 되기도 한다. 어느 순간부터 나는 베를린 필의 공식 연주만으로는 성에 차지 않아 리허설 연습장까지 드나들었다. 연주회장에는 단원들만 출입하는 문이 따로 있었다. 나는 그 문으로 들어가 세계적인 오케스트라가 화음을 만들어가는 과정을 지켜보았다. 베를린 필의 상임 지휘자였던 카라얀이 어떻게 오케스트라를 지휘하면서 소리를 만들어 가는지를 직접 보면서 배웠다. 그런 의미에서 보면 나에게 가장 큰 영향을 미친 음악적 스승은 베를린 필인지도 모른다.

베를린 필의 수많은 연주 중에서 가장 기억에 남는 것은 베토벤의 〈전원교향곡〉이었다. 베를린 필의 연주로 들었던 〈전원교향곡〉은 이제까지 들어왔던 곡과는 사뭇 달랐다. 섬세하고 부드러운 도입부로 시작해 폭풍우가 치는 듯한 강렬한 클라이맥스를 지나 심장의 고동소리마저 멎게 하는 마무리까지, 나는 완전히 연주에 압도되고 말았다. 음악에 감동해 눈물을 흘린 것은 그때가 처음이었다.

유학 시절, 타향에 혼자 떨어져 외롭고 힘들 때도 많았지만, 한편으로 나는 제도가 잘 받쳐주는 나라에서 음악적으로나 정서적으로 내밀한 행복감과 감사함을 수시로 느꼈다.

물질적인 혜택도 중요하지만 나는 그런 정서적인 경험이야말로 살아가면서 절대 놓쳐서는 안 되는 것이라고 믿고 있다. 그런 경험이 돈 몇 푼보다 인생을 훨씬 풍요롭게 하고 가치 있게 하기 때문이다.

독일은 내게 위대한 사회란 어떤 사회여야 하는지 그 실체를 보여주었다. 내가 생각하기에 위대한 사회는 겉으로만 잘사는 게 아니라 가능한 많은 사람들에게 기회를 베푸는 사회였다. 설사 빈부의 격차가 있다 하더라도 그것이 차별로 이어지지 않고, 누구나 당당하게 살아갈 수 있도록 제도적으로 뒷받침하는 사회였다. 나는 독일에 있는 동안 내가 가난하다는 사실을 피부로 느껴본 적이 없었다.

나는 아직도 연주회를 보고 돌아오던 그 숲길을 떠올릴 때면 어제인 듯 행복감에 젖어든다. 버스에서 내려 집으로 돌아오는 길은 꿈결 같았다. 숲길은 은은한 달빛에 물들어 있고, 호젓한 밤길을 걷는 내 마음속에는 조금 전에 들었던 〈전원교향곡〉이 흐르고 있다.

'나도 그들과 같은 소리를 창조할 수 있을까.'

영원히 도달하지 못할 것 같은 거리감이 느껴졌지만, 아무래도 좋았다. 그저 예술이 주는 순수한 감동을 만끽하고 있다는 사실만으로 충분했다. 그 순간만큼은 내가 무엇을 이루기 위해 베를린에 왔는지는 중요하지 않았다. 그저 인생의 소중한 한순간을 온전히 지나고 있다는 사실만이 중요했다.

지금 생각해보면 내가 독일에서 배운 것은 단순한 음악이 아니었다. 나는 음악이라는 나무를 보러 독일에 갔지만, 독일 사회는 문화를 사랑하는 성숙한 시민의식이 깃든 사회라는 숲을 내게 보여주었다.

젊은 시절 독일에서 보낸 육 년의 시간은 그 이후에 내가 예술가로 살아갈 수 있는 창조의 근원이자 에너지원이 되어주었다.

세상은 언제나 새로운 상상력을 품은 사람을 기다리고 있다

얼마 전 농어촌 청소년들로 구성된 키도KYDO 오케스트라를 지도하기 위해 강원도 화천에 들렀다가 매우 아름다운 호수 하나를 지나게 되었다. 호수가 너무 아름다워 젊은이들이 이런 자연 속에서 음악을 비롯한 여러 예술 장르를 경험할 수 있도록 호숫가에 문화센터를 지으면 어떨까 하는 생각을 해보았다. 나는 그 아이디어를 그냥 흘려버리지 않고, 적당한 상황이 오기를 기다렸다. 마침 지역의 군수와 식사 자리를 갖게 되었다. 나는 군수에게 대뜸 이렇게 말했다.

"오다 보니 화천에 정말 아름다운 호수가 있더군요. 마치 유럽의 호숫가를 지나오는 것처럼 멋진 풍경이었습니다. 그래서 말인데요, 군수님, 그 호숫가 근처의 땅 만 평만 저에게 주십시오."

내 말에 군수는 어지간히 놀랐을 텐데도 그것을 표정에 드러내지 않고 이렇게 물었다.

"선생님, 그 땅을 어디에 쓰시려고 그러십니까?"

나는 기다렸다는 듯이 내 생각을 밝혔다.

"아까 그 호수를 지나오는데, 호수 옆에 청소년들을 위한 문화센터를 지으면 정말 좋겠다는 생각이 들었습니다. 거기서 매년 음악 캠프 같은 걸 열면 어떨까요? 환상적인 대자연 속에서 음악과 함께한다면 우리 청소년들이 굉장한 행복감을 맛볼 수 있을 텐데요."

내 말에 그는 비로소 웃음을 지으며 말했다.

"그런 뜻에서라면 못 드릴 이유가 없지요. 선생님이 쓰십시오."

군수의 말에 옆에 앉아 있던 군청 직원이 덧붙였다.

"그 호수가 파로호라고 하는데, 겨울에 얼음이 얼면 겨울 낚시하러 오는 인파만 해도 한 달에 백 만 명이 넘는 곳입니다."

나는 반색했다.

"그래요? 그렇다면 겨울에 낚시하러 오는 사람들에게 클래식 연주도 들려줄 수 있겠네요. 그러면 화천에 한번쯤 가볼 만한 명소가 하나 더 생기는 것이니 정말 좋지 않을까요?"

내 말에 모두들 고개를 끄덕였다.

물론 이 일이 구체화되기까지는 시간이 걸리겠지만, 중요한 것은 내가 이런 아이디어를 냈을 때, 누군가 그 진의를 알아주고, 함께 나눌 수 있다는 사실이다. 군수가 내 의견을 선뜻 받아들여준 것은 아마도 내가 하고 있는 농어촌 청소년 오케스트라 활동을 그가 적극 동감하고 있기 때문이었을 것이다. 나 또한 나 자신을 위해서가 아니라 청소년들을 위해 그 땅을 쓰고자 하는 뜻을 비쳤기에 그런 제안이 구체적인 논의에 이를 수 있었다. 어쨌든 그 제안이 긍정적으로 받아들여져 나는 농어촌 청소년들을 위한 새로운 꿈을 꿀 수 있게 되었다.

나는 이런 식으로 즉흥적인 아이디어를 제안하는 것을 좋아한다. 머릿속에 떠오르는 아이디어들을 그냥 흘려버리지 않고, 그런 상상을 반길 만한 사람들을 찾아 사심 없이 털어놓는 것이다. 그럴 때 세상이 그런 아이디어를 기다리기라도 한 듯 적극 수용하는 것을 여러 번 경험했다.

혹 나의 제안이 흔쾌히 받아들여진 것은 내 유명세 때문이 아닌가 생각하는 사람도 있을 것이다. 그런 이들에게 내 대학 시절 경험담을 들려주고 싶다.

나는 1966년에 서울대학교 음대 작곡과에 입학했다. 지휘자를 꿈꿨던 내가 작곡과를 지원한 것은 당시 우리나라에 지휘과가 없었기 때문이었다. 작곡과에서는 작곡 이론이나 피아노 치는 법을 배울 수는 있었지만, 정작 내가 배우고 싶은 지휘를 배울 수는 없었다.

대학에 입학한 후 오리엔테이션을 하는데, 대학은 창조적인 공부를 하는 곳이라는 말이 귀에 들어왔다. 나는 지휘 공부를 스스로 하는 것이야말로 내가 할 수 있는 가장 창조적인 공부가 아닐까 하는 생각이 들었다.

'하지만 어떻게 지휘 공부를 하지?'

피아노를 치고 싶거나 바이올린을 켜고 싶다면 악기점에 가서 악기를 사면 되었다. 하지만 지휘를 하려면 오케스트라가 필요한데, 오케스트라를 파는 상점은 없었다. 그러다 문득 아주 좋은 아이디어가 떠올랐다.

'그래, 오케스트라를 살 순 없어도 직접 만들 순 있잖아!'

마침 서울대 음대에는 서울예고를 졸업한 동창들이 제법 많았다. 나는 그 친구들을 한 사람씩 만나 설득하기 시작했다.

"대학은 창조적인 공부를 하는 곳이잖아. 그런데 교수님이 가르쳐주는 공부만 하는 건 너무 고리타분하지 않니? 지금이야말로 학교 수업만 할 게 아니라 우리가 하고 싶은 것들을 시도해봐야 하지 않을까? 그래서 말인데, 너, 오케스트라 같이 안 할래?"

온갖 감언이설로 친구들을 설득한 끝에, 약 스무 명의 단원을 모을 수 있었다. 물론 절반 정도는 특별히 오케스트라가 하고 싶었다기보다는 내가 하도 열정적으로 권유하니 못 이기는 척 따라와 준 것이었다. '서울 영 앙상블'은 그렇게 해서 만들어졌다.

서울 영 앙상블은 서울대뿐 아니라 여러 대학 학생들이 모여 만든 오케스트라였다. 그러다 보니 서로 간의 입장도 달랐고, 각자 처한 환경에 따라 요구하는 것도 달랐다. 음악을 사랑하고 좋아하는 사람들이 모이기는 했지만 그 안에서 벌어지는 의견 대립까지 음악으로 해결할 수는 없었다. 나는 지휘자로서 서로 다른 입장을 수렴하고 조정하는 역할을 해야 했다. 그런 과정을 통해 지휘자에게 필요한 리더십을 배울 수 있었다.

연습실을 마련하는 것도 내 몫이었다. 처음 만들었을 때만 해도 서울 영 앙상블은 연습할 장소가 마땅치 않았다. 이리저리 장소를 옮겨 다니며 연습을 하는 게 마음에 걸리던 차에 우연히 미국 공보원에 들르게 됐다.

당시 미국 공보원은 광화문 근처의 10층짜리 건물에 자리하고 있었다. 1층은 도서실로 사용하고 있었고, 2층은 강당, 3, 4, 5층은 학생들의 영어 스터디 장소로 쓰였다. 당시 나는 음반이나 악보를 빌리러 1층에 있는 도서실에 자주 들르곤 했는데, 가만 보니 3, 4, 5층은 항상 학생들로 북적이는데, 2층 강당은 갈 때마다 문이 닫혀 있었다.

'저 강당을 연습실로 쓰면 참 좋겠는데…….'

볼수록 욕심이 났다. 서울의 중심가에 연습실이 있다면 여러 학교에 흩어져 있는 단원들이 모이기에 편할 것 같았다. 나는 무슨 용기가 생겼는지 8층에 있는 사무실로 찾아갔다. 조금 기다리니 공보원의 책임자 테너 씨가 나왔다. 그는 키가 굉장히 큰 사람이었다. 나는 그에게 내 소개부터 했다.

"저는 지휘를 공부하는 학생입니다. 제가 이끌고 있는 대학생 오케스트라가 하나 있는데, 보니까 2층 강당은 아무도 사용하지 않더라고요. 그 공간을 연습실로 쓸 수 있을까요?"

처음에는 호의적이던 그의 표정이 점점 일그러졌다. 내가 2층 강당을 무료로 쓰고 싶다고 했기 때문이다. 대학생 입장에서 대여료를 지불하고 연습실을 빌릴 처지는 못 되었다. 그는 어서 이 면담이 끝나기만을 바라는 표정이었다. 물론 미국 공보원이 자선사업 하는 단체가 아니라는 사실은 나도 잘 알고 있었다. 하지만 한번 얘기를 꺼내볼 수 있는 문제였다. 나는 마지막으로 그에게 제안했다.

"우리는 연습만 하려는 게 아니라 두 달에 한 번씩 발표회를 할 겁니다. 만약 연습실을 빌려주신다면 모차르트 같은 클래식 연주뿐 아니라 미국 음악을 곁들여서 소개하려고 합니다. 어떠세요?"

그러자 내내 심드렁하던 그의 표정이 달라졌다.

"That's Good Idea!"

그의 대답이었다.

그렇게 해서 우리는 미국 공보원의 2층 강당을 연습실로 쓸 수 있게 되었다. 이 사건을 통해서 나는 인생에서 원하는 것을 얻는 아주 중요한 방법을 배우게 되었다. 세상은 새로운 상상력을 가진 사람을 목말라 하고 있다는 것, 그리고 원하는 것을 얻고 싶다면 내가 상대방이 원하는 것을 주거나 나눌 수 있어야 한다는 것이었다.

공보원은 우리나라에 미국을 알리는 역할을 하는 곳이다. 당시 그들은 한국 학생들에게 영어를 가르치는 것으로 미국을 알리고 있었다. 하지만 단순히 언어를 가르치는 데 그치지 않고, 음악을 통해 미국 문화를 알릴 수 있다면 어떤 의미에서는 영어 보급보다 훨씬 효과적이고 가치 있는 일을 하게 되는 셈이었다. 말하자면 그들이 미처 생각지 못한 아이디어를 내가 제공했던 것이다. 그러니 그들도 마다할 이유가 없었다. 그것은 내가 잘 알려진 사람이거나 능력이 뛰어나서가 아니라 그들이 원하는 것을 줄 수 있기에 가능한 일이었다.

우리는 강당을 빌려 쓰고 약속대로 두 달에 한 번씩 연주회를 가졌다. 그렇게 한 지 반년이 지났을 무렵, 이번에는 테너 씨가 나를 찾았다.

"당신이 지휘하는 오케스트라 연주를 봤는데, 훌륭하더군요. 그래서 말인데, 사실 우리 문화원은 서울에만 있는 게 아니라 광주에도 있고 부산에도 있습니다. 여기서 했던 레퍼토리 그대로 지방에서도 연주를 해줄 수 있을까요? 필요한 경비는 우리가 대도록 하겠습니다."

이제는 입장이 바뀌어 그가 나에게 부탁을 하고 있었다. 그의 부탁에 나는 이렇게 답했다.

“That’s Good Idea!”

그렇게 해서 서울 영 앙상블은 미국 문화원이 있는 부산, 대구, 광주를 비롯해 판문점 순회 연주까지 하게 되었다. 이 연주회는 문화원에서 발행하는 잡지에 커버스토리로 소개되었고, 나중에는 미국 음악을 소개한 공로로 공로상까지 받았다.

나는 늘 이런 방식으로 일을 꾸미기를 좋아한다. 무심코 어느 지방을 지나다가, 어느 회사 로비에 들렀다가 유쾌한 아이디어를 떠올린다. 예술가는 그런 상상력으로 세상을 채우는 사람이 아닐까? 삭막한 세상에 음악으로, 그림으로, 몸짓으로 생명력을 불어넣는 사람. 세상은 그런 상상력을 가진 사람을 몹시도 기다리고 있다. 그러니 언제든 머릿속에 떠오르는 아이디어들이 제풀에 시들지 않도록 필요한 사람들과 공유하도록 하자. 모든 상상이 백 퍼센트 현실로이루어지지는 않겠지만, 그러면 어떤가. 일단 해보는 것이다. 시도해서 손해 볼 일은 없으니까 말이다. 설령 내 제안이 상대방으로부터 거절당한다 하더라도 당장은 실망감이 밀려오겠지만 그 자체가 내 생각을 키우고 미래를 준비하는 과정이기 때문에 가까운 장래에 전혀 예기치 못한 기회나 가치 혹은 성공으로 되돌아오게 될 거라고 믿는다.

예술가가 되기를 꿈꾸는 게 아니라 어떤 예술가가 될 것인지를 꿈꿔라

많은 사람들이 예술가로서 창조성을 발휘하려면 타고난 감각과 재능이 있어야 한다고 짐작한다. 일견 맞는 말이다. 다만 내 경험에 비추어 보면 창조성은 재능이나 감각 이전에 어떤 철학과 가치관을 가지고 예술을 대하느냐에서 비롯되는 것 같다.

나는 독일 유학 삼 년 만에 카라얀 콩쿠르에서 입상해 지휘자로서 상당히 좋은 첫발을 내딛었다. 하지만 베를린 필의 지휘자였던 카라얀은 이렇게 말했다.

"지휘자가 되는 데 십 년이 걸리고, 좋은 지휘자가 되는 데 또 십 년이 걸립니다."

지휘자가 되기도 어렵지만, 좋은 지휘자가 되는 것은 더 어렵다는 말이었다. 나 또한 콩쿠르에서 입상했다는 것만으로는 좋은 지휘자가 될 수 없다는 사실을 곧 받아들여야 했다. 콩쿠르 입상은 그저 지휘자가 될 수 있는 가능성을 검증 받은 것일 뿐, 어떤 음악 활동을 할 것인지는 순전히 스스로 정해야 하는 문제였다. 어떤 선택을 하느냐에 따라 내가 좋은 지휘자가 될 수 있을지 아니면 그저 그런 지휘자에 머물지 결정되는 것이었다.

앞으로의 행보를 고민하던 내게 음악적 소명을 깨닫게 해준 사람은 바로 슈트레제만 박사였다. 그는 베를린 필하모닉 오케스트라의 총 감독이자 카라얀 콩쿠르의 심사위원장이기도 했다. 그는 콩쿠르 내내 나에게 특별한 호의를 보여주었고, 콩쿠르 삼 일째 되던 날 리셉션에서는 직접 나를 카라얀에게 소개해주기도 했다.

콩쿠르 입상 후 그와 면담할 기회가 있었다. 면담에 들어가기 전, 나는 내심 기대로 가득 차 있었다. 슈트레제만 박사는 오래전부터 내가 존경해오던 분이었고, 음악계에서 상당한 영향력을 가진 사람이었다. 그는 내게 유럽에서 어떻게 활동하는 것이 좋을지 조언해줄 수도 있었고, 콩쿠르 입상 경력을 바탕으로 실질적인 추천을 해줄 수도 있는 사람이었다.

카라얀 콩쿠르에 입상했을 때만 해도 나는 대부분의 초심자들이 그렇듯 다소 들뜬 상태였다. 그래서 그에게 유럽에서 활동하고 싶다는 뜻을 조심스럽게 내비쳤다. 그런 내게 슈트레제만 박사는 차분한 어조로 어떤 음악가가 되어야 할지에 대해 조언해주었다.

"한국에서 왔다고 했지요? 나는 카라얀과 함께 매년 일본으로 연주 여행을 떠납니다. 그런데 갈 때마다 일본이 엄청난 속도로 발전하고 있는 것을 목격하고 놀라곤 합니다. 내 생각에는 한국도 머지않아 강하고 큰 나라가 될 것 같은데, 당신 같은 유능한 인재가 그런 나라와 함께 발전해간다면 정말 멋진 일 아닐까요?"

그는 내가 유럽에서 활약하는 것보다 한국에 돌아가 할 일이 더 많을 것이라고 충고하고 있었다. 그때까지 나는 한국으로 돌아갈 생각은 전혀 하지 않고 있었다. 그럴 만도 한 것이 유럽과 달리 사십 년 전의 한국은 클래식 음악의 불모지나 다름없었다. 한국과 유럽의 음악 수준이 다르니 세계적인 음악가가 되려면 유럽에서 활약하는 것이 낫다고 생각했던 것이다. 그런데 그는 그런 내게 한국으로 돌아가라고 조언하고 있었다.

처음에는 그의 말을 별로 귀담아 듣지 않았다. 기대와 다른 조언에 실망했던 것도 사실이다. 하지만 세계 최고의 오케스트라를 이끌고 있는 대가의 말을 흘려들을 수는 없었다. 나는 그의 진의가 무엇인지 심사숙고했다. 그리고 곧 그가 나의 음악적 사명에 대해 이야기하고 있다는 사실을 깨달았다. 그는 내가 어떤 음악가가 되어야 할지에 대해 이야기하고 싶었던 것이다. 국제적인 명성을 좇기보다는 클래식의 불모지를 새로 개척하는 것이 더 가치 있는 일이라고 말하고 있었다. 그의 조언은 내게 흘려듣기 어려운 무게로 다가왔다. 나라고 왜 유럽에 남아서 세계적인 명성을 쌓고 싶은 욕망이 없었겠는가. 다만 궁극적으로 내가 어떤 예술가가 되어야 할지를 숙고했을 때, 세계적인 명성을 얻는 것은 음악가로서 나의 본질적인 목표는 아니었다. 나는 슈트레제만 박사의 조언을 듣고 나서 아이러니하게도 독일 사회를 떠올렸다.

가난한 유학생 신분이다 보니 나는 유학생활 내내 끊임없이 아르바이트를 해야 했다. 그 과정에서 독일 사회를 이루는 근간이 무엇인지 직접 목격할 수 있었다. 아저씨 합창단을 지휘하면서, 은퇴한 사람들로 구성된 아마추어 오케스트라를 지휘하면서, 그리고 유치원 아이들의 발레 연습 때 피아노 반주를 하면서 나는 독일 사회에서 음악이 어떤 역할을 하는지 똑똑히 보았다. 저녁마다 연습실에서 빠져 나와 연주회를 관람하면서 독일의 청중들이 얼마나 음악을 사랑하고 즐기는지를 직접 느낄 수 있었다.

나는 그런 과정에서 내가 음악가로서 해야 할 일이 무엇인지 어렴풋이 느낄 수 있었다. 슈트레제만 박사의 말대로 이미 성숙할 대로 성숙한 유럽 사회에서 동양의 지휘자가 할 일은 별로 없었다. 그보다는 클래식 음악의 불모지나 다름없는 한국에 돌아가서 내가 할 일이 더 많을 것이었다.

무엇보다 나는 내가 사랑하는 음악을 많은 사람들과 함께 나누고 싶었다. 독일 사람들이 삶 속에서 음악을 누리고, 수준 높은 문화의식으로 성숙한 사회를 일구었듯이 내가 태어나고 자란 한국 땅에서도 음악을 통해 그러한 사회를 실현하고 싶었다.

그렇게 마음의 정리가 되어가고 있을 무렵, 여러 군데서 지휘 요청이 들어왔다. 그중에는 후에 KBS관현악단이 된 국립교향악단의 지휘자가 될 생각이 없느냐는 제안도 있었다. 내가 이런 제의를 받아들여 국립교향악단의 지휘를 맡게 된 데에는 슈트레제만 박사의 충고가 큰 힘이 되었다.

내가 외국 활동을 접고 귀국하자 놀라는 사람들이 많았다. 특히나 처음에는 부모님께서 내 결정을 반대하셨다. 어렵게 얻은 국제적인 명성을 포기하고 한국으로 돌아오는 것을 이해할 수 없다는 것이었다. 하지만 나는 이미 결심이 선 상태였다. 자식이 잘되기를 바라는 부모님의 마음을 모르는 것은 아니지만, 그보다는 지휘자로서 어떤 길을 가는 것이 더 가치 있는

지 알려준 슈트레제만 박사의 조언을 따르기로 했다.

만약 그때 유럽에 남았다면 지금보다 유명한 지휘자가 되었을지도 모른다. 한국으로 돌아왔다고 해도 이 땅에 클래식 음악을 즐기는 청중들이 충분히 많았다면 음악가로서 나의 행보도 사뭇 달랐을 것이다. 하지만 한국은 소수의 마니아층만 클래식 음악을 즐기는 사회였고, 그런 사회에서 우선되어야 하는 것은 클래식 음악을 즐기는 저변을 확대하는 것이었다. 예술가라고 해서 자기가 태어난 시대적 요구를 외면할 수는 없다. 누군가는 클래식 음악을 알리는 일을 해야 하고, 누군가는 그 저변을 넓히는 일에 헌신해야 한다.

많은 사람들이 마음속에 꿈을 품고 그 꿈을 이루기 위해 부단히 노력한다. 그런데 자칫 그 꿈이 품고 있는 내적인 가치보다는 그저 '무엇'이 되는데 초점이 맞춰져 있는 것은 아닌지 돌아볼 일이다. 열심히 공부해서 일류대학에 합격하거나 높은 경쟁률을 뚫고 좋은 직장에 취직하면 그것으로 꿈을 이뤘다고 착각하는 이들이 많기에 그렇다.

내가 카라얀 콩쿠르에서 입상한 것이 지휘자로서의 첫 걸음에 불과했듯이 원하는 대학에 합격하거나 번듯한 직장에 들어가는 것은 인생의 출발점에 지나지 않는다. 무엇이 될지도 중요하지만, 어떻게 살아가야 할지는 더욱 중요하다.

예술가도 마찬가지다. 연주자들 중에는 유명한 오케스트라의 단원이 되면 그걸로 끝이라고 생각하는 사람들이 간혹 있다. 정작 그때부터 한 사람의 음악가로서 어떤 음악을 펼쳐나가야 할지 치열하게 고민해야 할 때인데도, 고생해서 안정적인 직장을 얻었으니 거기에 만족하고 눌러앉아 버리는 것이다.

좋은 대학에 들어가는 것이 인생 목표였던 사람은 대학 입학 후에 목표를 상실하고 다시 스펙 쌓기 전쟁에 내몰릴 수밖에 없다. 마찬가지로 최고의 관현악단에 들어가는 것 자체가 목표인 사람은 그 이후의 삶에서 예술가로서의 동력을 상실하기 쉽다.

만약 우리가 이룰 만큼 이루고도 행복하지 못하다면 자기가 하는 일에 대한 철학과 소명의식이 부재한 것은 아닌지 돌아봐야 한다. 소명의식이라는 것이 거창하고 대단할 필요는 없다. 독일에서 경험했던 음악이 흐르는 사회를 만들고 싶어서 내가 한국으로 돌아왔듯이 누구나 자신을 이끄는 동기가 있게 마련이다. 그런 내면의 동기를 민감하게 알아채는 것이 중요하다.

세상에 감각이 넘치고 표현력이 뛰어난 예술가는 많다. 그러나 자신에게 주어진 재능으로 어떤 예술을 하고자 하는지 명확하게 아는 예술가는 흔치 않다. 예술가로 오랫동안 살아남으려면 자신이 가진 재능과 감각을 통해 무엇을 이루고 싶은지가 명확해야 한다. 그러한 결정을 내리지 않으면 언제든 자본주의의 가치에 휩쓸리고 만다. 그래서 나는 예술가를 지망하는 학생들에게 단순히 예술가가 되기를 꿈꾸지 말고 어떤 예술가가 될지를 꿈꿔야 한다고 말하는 것이다.

좋은 음악이 좋은 사회의 밑거름이 될 수 있을 것이라는 믿음, 그 실천이 나의 음악이다.

'너 때문에'가 아니라 '나로 인해' 세상이 달라진다면

예전에 유럽에 갔을 때 한 경제학자가 광고 제작 방식에 대해 새로운 제안을 한 적이 있었다. 그는 광고주가 광고를 의뢰하는 방식은 광고기획자의 창조성을 죽인다는 점에서 효과적이지 못하다고 지적했다. 광고주가 요구하는 것을 다 들어주다 보면 기획자의 독창성이 죽기 때문이라는 것이다. 그런 의미에서 새로운 방식의 광고를 제안했는데, 매우 창의적이었다.

말하자면 광고회사가 자신이 만들고 싶은 광고를 먼저 제작하고, 그 광고로 일정 수준 이상 매출이 오르면 수입의 일부를 광고 제작비로 받도록 하자는 것이었다. 현재의 시스템에서는 실현되기 어려운 제안이었지만, 창조적인 일을 하는 사람으로서 그의 말에 깊이 공감했던 기억이 난다.

보통 자본주의 사회에서 창조적인 일을 하는 사람들은 대개 전자의 경우를 경험하게 된다. 비용을 대는 사람의 입맛에 맞게 이리저리 뜯어고치다 보면 어느새 창조적인 아이디어는 빛을 잃어버리고 상업적인 의도만 남는다. 그렇다고 해서 현실을 탓할 수만은 없다. 광고주 또한 비용을 대는 만큼 원하는 것을 요구할 권리가 있기 때문이다. 다만 현실이 그렇다 할지라도 자신의 창조성이 현실에 짓눌려 고갈되지 않도록 관리할 필요는 있을 것이다. 그러려면 상대방의 의견에 무조건 맞추기만 할 게 아니라 자기 의견을 밀고 나갈 때는 밀고 나갈 수 있는 훈련이 필요하다. '너 때문에' 못한 것이 아니라 '나로 인해' 조금이라도 나아지길 바라는 마음으로 말이다.

오케스트라 운영에서도 비슷한 일이 벌어진다. 보통 수원시향 같은 지방 오케스트라는 재정의 90퍼센트를 지자체에서 지원받는다. 이런 시스템은 안정적으로 운영할 수 있다는 장점이 있지만, 오케스트라 자체적으로 다양한 활동을 벌이기에는 제약이 따른다. 그러다 보니 시향의 활동도 정기연주회를 갖거나 시에서 주관하는 행사에 불려 다니는 것이 고작이었다. 그런데 이런 관행을 깰 수 있었던 계기가 있었다.

내가 수원시향에 간 것은 1992년이었다. 수원시향은 비록 규모는 작은 오케스트라였지만, KBS라는 큰 조직에 있으면서 마음껏 역량을 펼치지 못하던 내게 무엇이든 시도해볼 수 있는 기회를 주었다. 나는 수원시향에 가서야 비로소 머릿속으로 생각만 하던 것들을 실행해볼 수 있었다.

수원에 처음 갔을 때 사람들에게 수원의 자랑이 무엇이냐고 물은 적이 있다. 그러자 한 사람이 자신 있게 "갈비!"라고 답하는 것이었다. 아, 한 도시를 대표할 수 있는 자랑거리가 '갈비'밖에 없다니. 그 말을 듣자 수원에

산다는 것에 진심으로 자부심을 느낄 만한 자랑거리가 있었으면 좋겠다는 생각이 들었다. 그래서 단원들에게 말했다.

"아무리 갈비가 맛있다지만 수원이 갈비로만 기억되는 건 좀 그렇잖아요. 우리 오케스트라가 수원의 자랑이 되어봅시다."

물론 반쯤은 농담으로 한 말이었지만, 나는 그런 생각의 변화가 중요하다고 생각한다. 한 도시의 규모가 얼마나 큰지, 얼마나 경제성장을 이뤘는지도 중요하지만, 오케스트라가 자랑거리가 될 만큼 문화수준이 높은 도시가 되는 것도 멋진 일 아닐까.

나는 수원시향이 최고의 오케스트라가 되기보다는 수원시민들에게 가까이 다가갈 수 있는 친구 같은 오케스트라가 되기를 바랐다. 수원시향은 수원시민들의 세금으로 운영되는 것이니 시민들에게 행복을 주는 오케스트라가 되는 것이 가장 본질적인 존재 이유라고 보았던 것이다. 그래서 기회가 될 때마다 수원시향이 수원시민들의 자랑거리가 되게 하겠노라고 약속하곤 했다.

수원시향으로 옮기고 얼마 지나지 않아 해가 바뀌었다. 1993년 1월 3일, 시청에서 시무식이 열렸다. 나는 KBS에 있을 때부터 늘 시무식이 형식적이고 딱딱한 통과의례처럼 느껴진다는 게 아쉬웠다.

"한 해를 맞이하는 첫 행사인데, 시청 직원들에게 좀 더 기분 좋은 기억으로 남을 수는 없을까?"

못 말리는 나의 상상력이 발동하기 시작했다.

당시 수원시청은 3층짜리 건물을 새로 지었는데, 중앙에 자리한 로비가 천장까지 뚫려 있는 구조였다. 오며 가며 눈여겨보고서는 근사하다고 생각했는데, 별안간 좋은 아이디어가 떠올라 단원들에게 한 가지 제안을 했다. 나는 미리 시장의 허락을 받아 오케스트라 단원들과 합창단을 시청 로비에 대기시켰다. 그리고 시무식이 끝나기를 기다렸다.

시무식이 끝나자 오백여 명의 직원들이 일제히 강당 문을 열고 나왔다. 그것이 신호라도 되듯 경쾌한 오케스트라 연주가 울려 퍼지고, 시청 직원들은 갑자기 울리는 클래식 선율에 걸음을 멈춘 채 어리둥절해 했다. 그러나 이내 우리의 음악을 듣고 즐거워하기 시작했다.

우리는 시청 직원들에게 한 해를 맞이하는 희망찬 분위기를 전해주고 싶어서 일부러 신나는 왈츠와 친근한 가곡을 선곡해서 들려주었다. 시무식에서 했던 연주는 누가 시켜서 한 것이 아니라 우리 스스로 자발적으로 한 것이었다. 그 효과는 기대 이상이었다. 수원시 직원들은 생각지도 못한 우리의 깜짝 선물에 놀랐고, 그동안 있는지 없는지도 모르고 지냈던 오케스트라에 대한 인식을 바꾸게 되었다.

재미있는 것은 직원들의 호응에 고무된 시장이 그 자리에서 단원들의 보너스를 백 퍼센트 올려주었다는 사실이다. 물론 우리가 보너스를 바라고 연주를 한 것은 아니다. 순수한 마음으로 직원들에게 음악을 선물하고 싶었던 것인데, 그런 진심이 전달되자 기대하지 않았던 보상까지 받게 된 것이다.

지금 생각하면 내가 수원시에서 얻은 가장 큰 자산은 뭐니 뭐니 해도 자신감과 추진력이었다. 군말 없이 나를 따라와 준 단원들과 우리 일이라면 무엇이든 적극적으로 지원해준 수원시 덕분에 나는 그동안 해보고 싶던 일들을 참 많이도 해볼 수 있었다. 많은 아이디어를 실행에 옮기면서 수원시향은 단순히 지시만 따르는 집단이 아니라 스스로 하고 싶은 연주를 할 수 있는 오케스트라로 성장해갔다.

많은 사람들이 불합리한 현실이 바뀌었으면 좋겠다고 말하면서도 정작 변화의 주체가 되는 것은 두려워한다. 만족스러운 결과가 나오지 않을 때 '너 때문에'라고 말하는 사람은 많아도 그런 상황이 '나로 인해' 변화되기를 바라는 사람은 드물다.

모름지기 예술가라면 스스로의 힘으로 세상을 조금 더 아름답게 가꿔나갈 수 있는 힘이 있어야 한다. 그런 힘은 '너 때문에' 못했다고 합리화할 때가 아니라 '나로 인해' 세상이 더 좋아졌으면 하고 바랄 때 나온다. 나는 수원시향이라는 존폐 위기의 오케스트라를 이끌면서 '나로 인해' 달라질 수 있는 것들이 무엇인지 고민했고, 차근차근 변화를 주도해나갔다. 이래서 안 되고 저래서 안 된다고 이유를 달다 보면 결국 조직 전체를 무너뜨리는 무기력한 분위기만 조성될 뿐이다. 그러나 변화 또한 아주 작은 계기를 통해 일어날 수 있다. 그런 작은 시도를 통해 세상이 조금 더 흥미로워지고 재미있어진다면 그 또한 해볼 만한 일 아닐까.

아이디어는 청중 속에 있다

수원시향에 있을 때 기억나는 일 중에 청소년 음악회가 있다. 원래 이 음악회는 예술의전당에서 매년 주관해오던 것이었다. 청소년들을 대상으로 무료로 진행하는 음악회였는데도 생각보다 잘되지 않고 있었다.

어느 날 예술의전당 측에서 나에게 청소년 음악회를 맡아줄 생각이 없는지 물어왔다. 청소년 음악회는 중학교 때 AFKN에서 번스타인의 음악회를 시청할 때부터 내가 오랫동안 해보고 싶었던 것이었다. 마다할 이유가 없었다.

재미있는 것은 삼십 년 전 모스크바에서 미국인 연주자들과 공연 뒤풀이를 한 적이 있는데, 그 자리에서 음악을 하게 된 계기를 나누다 보니 나처럼 AFKN에 나온 번스타인을 보고 음악가가 된 사람이 한둘이 아니었다는 사실이다. 골프에서 박세리 키드가 나오고, 피겨 스케이팅에서 김연아 키드가 자라고 있는 것처럼 번스타인은 우리 세대 음악가들에게 적잖은 영향을 미친 것이다. 내가 청소년을 대상으로 하는 연주회나 음악교육에 지대한 관심을 가지고 있는 것도 이런 영향력을 무시할 수 없기 때문이다.

예술의전당의 제안은 오랫동안 내가 기다려온 것이었기에 나는 청소년 음악회를 성공으로 이끌고 싶었다. 그때부터 연주회를 어떻게 치를지 치밀하게 연구하기 시작했다.

첫 번째로 우리는 청소년들에게 가깝게 다가갈 수 있는 타이틀을 달기로 했다. 그전까지 청소년 음악회는 '청소년 음악회 정기연주'라는 딱딱한 이름을 달고 진행됐다. 나는 그 타이틀을 청소년이 흥미를 가질 만한 '금난새와 함께하는 세계음악여행'으로 바꿨다. 음악으로 세계여행을 떠난다는 콘셉트로 연주회에 대한 기대감을 높인 것이다.

두 번째는 청소년들이 자기 용돈으로 공연을 보는 습관을 기를 수 있도록 티켓을 유료로 전환했다. 물론 티켓 가격은 그리 부담되지 않는 이천 원 수준이었다. 당시 우리나라 청중들은 영화는 돈을 내고 봐도 음악회는 초대권을 받아서 가는 것을 당연하게 여겼다. 하지만 무료로 뿌려지는 초대권으로 공연을 보는 사람과 적은 돈이라도 자기 돈을 들여 공연을 보러 오는 사람은 자세부터 다르다. 나는 클래식 음악을 즐기는 청중들이 많아지려면 청소년 시절부터 스스로 티켓을 구매하는 습관을 길러야 한다고 생각했다.

그 다음으로는 클래식을 잘 모르는 청소년들이 클래식을 쉽게 접할 수 있도록 해설을 곁들이기로 했다. 만약 과학에 관심 있는 아이들을 대상으로 캠프를 진행한다면 처음부터 어려운 과학 이론을 외우라고 하는 것보다는 청소년들이 흥미를 가질 만한 장치들을 가지고 분해하고 조립하는 등의 재미있는 활동을 하는 게 좋을 것이다. 클래식도 마찬가지 아닐까. 자칫 지루하고 어렵게 들릴 수 있는 클래식 음악이 어떤 악기들로 구성되어 있고, 어떤 테마로 하나의 곡이 완성되는지 설명해준다면 청소년들이 클래식 음악을 좀더 가깝게 느낄 수 있으리라고 기대했다. 말하자면 기획에서 진행까지 모든 부분을 철저하게 청소년의 눈높이에 맞춰서 생각하고 다듬은 것이다.

그리고 그 결과는 기대 이상이었다. 첫해 공연에서 예술의전당 2300석이 전부 매진되는 기록을 세웠다. 이후에도 내가 진행한 청소년을 위한 해설이 있는 음악회는 일 년에 9회씩 연주하며 육 년 연속 매진이라는 기록을 세웠다.

사람들은 청중들이 유독 내 연주회에 열광하는 이유가 무엇인지 궁금해한다. 어찌 보면 비결은 아주 단순하다. 내가 철저히 청중의 입장에 서서 공연을 기획하기 때문이다. 청중이 어떤 음악회를 원하는지, 어떤 음악을 듣고 싶어 하고, 어디서 감동을 받는지를 염두에 두고 레퍼토리를 짠다. 엄청난 돈을 들여 무대를 꾸미지 않더라도 되도록 생동감 있는 연주가 되도록 심혈을 기울이는 것은 물론이다.

예를 들어 청소년 음악회를 진행할 때는 합창단을 관객으로 위장시켜 객석에 앉아 있게 했다가 즉흥적으로 연주를 하기도 했다. 발레곡을 연주할 때는 무용단이 무대 위에 등장하는 등 다채로운 시도를 선보였다.

청소년 음악회의 마지막 연주 때는 오페라 〈라보엠〉 해설과 함께 여러

곡의 아리아를 들려줄 예정이었다. 객석이 들어차고, 지휘를 하러 단상에 오른 나는 무대 전체를 둘러보고 나서 관객들을 향해 이렇게 말했다.

"오늘은 오페라 연주를 들려주려고 하는데, 무대가 조금 썰렁한 것 같지 않나요?"

나는 스태프에게 이렇게 요청했다.

"미안하지만 여기 책상과 카펫을 가져다줄 수 있나요?"

스태프들은 난데없는 내 주문에 당황한 것처럼 보였다. 하지만 지휘자의 요청을 거부할 수는 없으니, 부랴부랴 소품을 찾기 시작했다. 관객들의 시선은 자연스럽게 스태프에 쏠렸고, 얼마 지나지 않아 그들은 무대 뒤에서 책상과 카펫을 구해왔다. 나는 무대 밖으로 나가는 스태프를 다시 불러 세웠다.

"귀찮게 해서 미안한데, 응접실에 의자가 없으니 허전하네요. 의자도 하나 갖다 줄래요?"

스태프는 번거롭다는 표정을 지으면서도 의자도 하나 갖다놓고 내려갔다. 아무튼 이렇게 해서 그럴듯한 응접실이 만들어졌다.

"훨씬 좋군요. 그럼 시작해볼까요?"

나는 비로소 지휘봉을 치켜들고 연주를 시작했다. 무대 위에 세트가 만들어지는 것을 주의 깊게 바라보던 청중들도 어느새 음악 속으로 빠져들었다.

이 무대 세팅은 공연 중에 즉흥적으로 한 것처럼 연출했지만, 실은 리허설 중에 생각해낸 아이디어였다. 리허설 무대에 올랐을 때 나는 청소년 관객들이 조금이라도 연주를 즐기려면 오페라 연주에 걸맞은 무대 세팅이 필요하겠다고 느꼈다. 그래서 공연 스태프들을 불러 모아 이렇게 요청했다.

"오늘 오페라 연주를 하는데, 오페라 기분이 나게 무대에 조그만 응접실을 준비했으면 합니다."

내 말에 스태프들은 무척 난감해했다. 공연에 쓸 소품이 있으면 공연 전에 미리 준비해놓는 것이 보통이다. 그런데 내가 공연이 채 몇 시간도 남지 않은 상황에서 소품을 구해달라고 했으니 난처했던 것이다.

"대단한 것을 원하는 건 아니고, 응접실로 꾸밀 수 있는 책상 하나와 의자 정도면 됩니다. 빨리 준비해주세요."

내 말이 끝나기가 무섭게 그들은 소품을 구하러 백방으로 뛰어다녀야 했다. 나중에 들으니 공연 시간 가까이까지 소품을 공수하러 다니느라 끼니도 걸렀다고 한다. 공연 시간이 거의 다 되었을 즈음, 가까스로 구해온 소품들이 무대에 세팅되기 시작했다. 그것을 바라보고 있다가 새로운 아이디어가 떠올랐다.

"그러지 말고, 아예 소품을 구하러 다니는 모습을 공연 중에 연출해보면 어떨까요?"

대부분의 공연은 무대 세팅이 이미 이루어진 상태에서 진행된다. 하지만 청소년 관객들이 무대 위에서 세트가 구성되는 장면을 직접 본다면 그 또한 흥미롭지 않을까? 나는 공연이 시작되기 전에 세트로 쓸 소품들을 무대 뒤에 준비시켜놓고, 즉흥적으로 무대 세트를 만들어가는 것처럼 퍼포먼스를 하기로 했다.

내막을 모르는 청소년들은 이 퍼포먼스가 실제 상황인지 준비된 것인지 헷갈려하는 표정으로 무대가 만들어지는 과정을 지켜보았다. 나는 뛰어난 기교로 청중들을 감탄케 하거나 값비싼 무대 장치를 준비하지 않는다 하더라도 이런 작은 퍼포먼스가 관객들의 주의를 끌고 그들을 음악 속으로 몰입시킬 수 있다는 것을 안다. 그래서 공연이 시작되기 바로 직전까지 관객의 입장에서 무대를 바라보면서 거듭 점검하고, 사소한 것 하나까지 챙긴다. 그러다 아이디어가 떠오르면 주저하지 않고 무대에 적용하려고 노력한다. 공연이 끝난 다음에는 청중에게 설문지를 돌려 그들의 요구를 듣는다. 청중들이 무엇을 원하는지, 어떤 공연에 감동하는지 철저하게 분석해 다음 연주에 반영하기 위해서다.

때로는 내 깐깐한 요구에 스태프들이 애를 먹을 때도 있다는 것을 안다. 그렇다 해도 쉽게 타협하지 않는다. 한 공연을 성공으로 이끌기까지 모든 면에서 최선을 다하는 게 내가 해야 할 일이고, 관객을 위해 새롭고 멋진 무대를 만드는 것이 다른 모든 것에 우선하기 때문이다.

프로는 절대 'NO'라고 말하지 않는다

사람들은 대단한 철학이나 신념이 있어야 그럴듯한 인생을 살아갈 수 있다고 믿는지도 모르겠다. 하지만 내가 보기에 인생에 영향을 미치는 것은 의외로 작고 소박한 것들이다. 자기에게 다가온 작은 경험들에서 배우고, 그것들을 평생 실천하면서 살아갈 때 그것이 그대로 그 사람의 인생이 되는 것이다.

친구도 그런 존재 중의 하나일 것이다. 내 가장 가까운 곳에 있으면서 가랑비에 옷 젖듯 천천히 스며들어 내 인생에 영향을 미치는 존재. 대부분 오랫동안 친하게 지내는 '사람'만을 친구라고 생각하는 경향이 있는데, 내 생각은 조금 다르다. 어렸을 때부터 남달리 상상력이 풍부했던 나는 감명 깊게 읽은 책의 한 구절이나 영화의 한 장면도 충분히 평생 함께할 친구가 될 수 있다고 생각했다. 내게는 그런 친구가 여럿 있는데, 앞서 이야기한 케네디의 취임 연설도 그런 친구 중 하나였다. 나는 그 문구를 항상 왼쪽 호주머니에 넣어 두고, 어디를 다니든 함께 다니면서 항상 새기려고 노력했다.

또 한 친구는 1985년경 런던에 갔을 때 영국 신사에게 배운 'Never say No!'라는 문구다. 어느 날 런던의 한 경제학 교수와 우연히 차를 마시게 됐다. 나는 음악 얘기를 하고, 그는 경제 이야기를 하던 중에 그가 '비즈니스에서는 NO가 없다'고 말하는 것이었다. 언뜻 이해가 가지 않아 그게 무슨 말이냐고 묻자 그는 자기 경험담을 들려주었다.

그는 한 재단의 이사였는데, 자기 회사에서 엑스포를 열게 되었다고 한다. 엑스포에 후원해줄 회사를 찾기 위해 업체를 돌아다니면서 의사를 타진했는데, 그중에 코닥이라는 회사가 있었다. 후원 의사를 물었을 때 코닥은 어렵겠다고 했다. 할 수 없이 이 회사는 그보다 조금 작은 업체인 코니카에 후원 요청을 했고, 코니카는 흔쾌히 후원을 약속했다.

코니카에게 보답의 의미로 무엇을 해줄까 고민하다가 그는 엑스포에 입장하는 관람객들에게 코니카 필름을 무료로 나눠주기 시작했다고 한다. 당시만 해도 카메라 필름은 상당히 좋은 기념품이었다. 필름 프로모션은 엑스포 참가자들에게 굉장히 좋은 반응을 얻었고, 코니카는 예상치 못한 광고 효과를 톡톡히 봤다. 이 소문이 코닥에 들어가자 코닥 담당자가 뒤늦게 하소연했다.

"우리는 후원만 하라는 줄 알았지, 그렇게 대대적인 프로모션까지 해주는 줄 몰랐습니다. 알았다면 진즉에 후원했을 텐데, 아쉽습니다."

그러자 이 영국신사는 코닥 담당자에게 이렇게 말했다는 것이다.

"안 될 것 없죠. 우리는 육 개월 간 엑스포를 개최할 예정인데, 코닥도 얼마든지 후원할 수 있습니다."

그렇게 해서 코닥도 뒤늦게 스폰서로 참여하게 되었다. 과연 이 재단은 경쟁업체인 코닥과 코니카를 어떻게 동시에 프로모션했을까? 방법은 아주 간단했다. 엑스포장은 입구가 여러 곳으로 나눠져 있다. 그는 서문으로 들어오는 사람들에게는 코니카 필름을, 동문으로 입장하는 이들에게는 코닥 필름을 나눠줬다는 것이다.

차를 마시면서 나는 그의 이야기를 아주 흥미 있게 들었다. 비즈니스에서는 안 되는 일이 없다. 무엇이든 가능하다. 코닥과 코니카가 경쟁사라고 해서 후원을 동시에 못할 이유가 없다. 나는 그의 이야기가 아주 마음에 들었다. 그래서 그 말을 늘 오른쪽 포켓에 넣어서 데리고 다니기로 했다.

그러다 2000년에 '유로아시안 필하모닉'이라는 벤처 오케스트라를 운영하게 되었다. 대부분의 오케스트라가 정부나 지자체의 지원을 받아 운영되는 데 비해, 유로아시안 필하모닉은 그런 지원 없이 순수하게 오케스트라 활동만으로 운영되는 새로운 모델이었다. 말하자면 나는 오케스트라 연주라는 상품을 파는 벤처회사의 CEO가 된 셈이다.

지금은 연 100회가 넘는 연주회를 하면서 자리가 잡혔지만, 초창기에는 오케스트라 운영이 쉽지 않았다. 창업한 지 삼 년째 되던 어느 날, 한 회사에서 연주 의뢰를 해왔다. 그런데 그 회사는 우리가 보통 받는 연주비의 오십 퍼센트를 제시했다. 담당직원이 전화를 끊고 나서 내게 말했다.

"선생님, 이 사람들이 우리 연주비용을 잘 모르나 봐요. 터무니없는 가격에 연주를 해달라고 하네요."

그는 어이가 없다는 듯 흥분해서 말했다. 하지만 내 생각은 좀 달랐다. 그리고 내 오른쪽 포켓에 항상 데리고 다니던 'Don't say No!'라는 친구를 떠올렸다. 벤처 오케스트라를 창업한 이상 안 된다고 말하고 싶지는 않았다.

"안 될 것 없지."

내 말에 직원은 목소리를 높였다.

"선생님, 오케스트라 단원이 팔십 명이 넘는데, 어떻게 절반 가격에 연주를 해요?"

나는 아랑곳 않고 그에게 일렀다.

"그러지 말고 그 회사에 다시 한 번 의사를 타진해 봐요. 보통은 오케스트라 연주를 할 때 팔십 명이 하는데, 사십 명의 인원만으로 연주를 해도 되겠느냐고 말이에요."

그러자 직원은 내 말을 알아듣고 곧 그 회사에 전화를 했다. 그리고 이렇게 말했다.

"선생님께서 지휘를 해주시면 사십 명도 괜찮답니다."

그렇게 해서 우리는 절반의 인원을 꾸려서 연주를 무사히 마칠 수 있었다. 물론 사십 명이 연주를 했다고 해서 연주의 질이 떨어지는 것은 절대 아니다. 사십 명이서 할 수 있는 적당한 레퍼토리를 구성하면 얼마든지 가능한 일이다.

예상대로 연주는 매우 성공적이었다. 반응이 좋아서 그 회사는 다음번 연주도 맡아달라고 요청을 해왔다. 그리고 이번에는 팔십 명의 오케스트라가 원래 받던 비용으로 연주를 해달라고 했다.

그 일이 있은 후부터 나는 오케스트라를 다양한 방식으로 구성해 필요할 때 언제든 연주할 수 있도록 운영해오고 있다. 오케스트라 연주가 필요할 때는 팔십여 명이 전부 동원되지만, 그보다 작은 규모의 연주일 때는 실내악단 정도의 규모로 연주를 하기도 한다. 언제 어디서나 필요한 고객들의 요청에 대응할 수 있도록 레퍼토리도 다양하게 짜놓고 있다. 그것이 우리 오케스트라가 지원을 받지 않고도 이십 년 가까이 유지될 수 있는 비결이다.

이처럼 생각을 바꾸면 무엇이든 가능하다. 안 된다고 생각하는 사람은 안 될 이유를 먼저 찾지만, 가능하다고 생각하는 사람은 안 될 일도 가능하게 하는 방법을 찾는다. 모든 것은 생각하기 나름이다.

나는 지금도 삼십여 년 전 영국 신사가 가르쳐준 문구를 항상 가지고 다니면서, 그 문장이 내 삶 속에서 주문처럼 이뤄지기를 바란다. 평생을 동행하는 그런 든든한 친구들이 있다면 인생이 조금 더 풍요로워지지 않을까.

사소한 것에서 모티브를 얻는다

지휘자로서 나는 청중들에게 아름다운 음악을 들려주기 위해 노력한다. 작곡가들은 곡을 지을 때 자신의 의도를 곡에 숨겨놓기를 좋아하는데, 그것들은 말이나 글이 아니라 악보로 표현되는 것이라서 그 의도를 읽어내기가 쉽지 않다. 지휘자는 같은 악보를 수없이 들여다보면서 작곡가들이 곡 속에 숨겨놓은 의도를 청중들에게 전달하기 위해 노력한다. 곡을 어떻게 해석하느냐에 따라 감동도 달라지기에 그렇다.

하나의 곡을 제대로 이해하기 위해 나는 작곡가와 함께 악보 속을 거닌다. 그러다 보면 작곡가가 어떤 의도로, 어떤 과정을 거쳐 그 곡을 만들었는지 어렴풋이 그림을 그릴 수 있게 된다. 때로는 몇 백 년 전에 살았던 작곡가의 인생이 한순간에 마음속으로 들어오는 경험을 할 때도 있다. 그럴 때면 아주 사소한 모티브를 가지고 너무나 아름다운 곡을 만들어낸 작곡가들의 재능에 감탄하기도 하고, 곡 하나를 완성하기 위해 치열하게 몰두했던 그들의 예술 정신에 경외심이 일기도 한다.

예술가들의 삶의 궤적을 따라가다 보면 그들이 느꼈을 작은 울림 하나가 곡의 모티브가 되었음을 깨닫게 되기도 하는데, 〈베토벤 교향곡 제5번〉이 그런 경우다. 〈운명〉이라는 별칭을 달고 있는 이 곡에서 나는 한 작곡가의 지난했던 삶과 그것조차도 예술로 승화시킨 엄혹한 예술 정신을 본다.

하이든, 모차르트와 더불어 고전파를 대표하는 작곡가인 베토벤은 많은 사람들이 알고 있듯 가난한 예술가였다. 그는 가난하기만 했던 게 아니라 한 사람이 짊어지기에는 너무나 가혹한 불행을 짊어지고 살았다. 어머니가 돌아가시고 무능한 아버지와 어린 동생을 책임지며 생계를 꾸려나가야 했고, 나이 들어서는 음악가에게는 사형 선고나 다름없는 귓병을 앓아 연주를 할 수도, 자신이 작곡한 곡을 들을 수조차 없었다.

걸작 중의 걸작으로 알려진 〈운명〉 또한 가장 고통스러운 시기에 완성된 곡이다. 그런 의미에서 〈운명〉은 베토벤의 분신과도 같은 곡이라고 할 수 있을 것이다. 하지만 베토벤은 자신의 운명에 굴복하지 않았다. 오히려 운명에 맞서 마침내 승리하는 인간을 역동적인 선율로 담아냈다. 그리하여 그의 음악을 듣는 사람들은 비참하고 답답한 현실 속에서도 다시 일어설 수 있는 용기를 얻는 것이다.

그러한 베토벤의 삶을 이해할 수 있다면 그 곡이 가진 감동이 훨씬 깊게 다가오지 않을까. 내가 클래식 음악을 해설하게 된 데는 그런 배경이 있다. 해설은 작곡가와 청중을 보다 가깝게 이어주고자 하는 나 나름의 노력이었다. 나는 객석을 꽉 채우고 있는 청중들에게 〈운명〉의 도입부를 들려준다.

'빠빠빠밤~ 빠빠빠밤~'

청중들은 익숙한 멜로디가 흘러나오자 얼굴에 미소를 짓는다. 나는 그런 청중에게 친근하게 말을 건넨다.

"다 안다는 표정을 짓는군요. 그렇습니다. 오늘 연주할 곡은 베토벤의 〈운명〉입니다. 모차르트는 아버지를 잘 만나서 그리 어렵지 않게 음악을 했답니다. 그렇지만 루트비히 판 베토벤은 달랐습니다. 그는 경제적 어려움을 겪었고, 여러 번 집을 옮겨 다니면서 하숙을 해야 했지요. 급기야 집세를 밀리게 되자 집주인이 그의 방문을 두드립니다."

내가 손짓을 하자 숙련된 바이올린 연주자들이 도입부 두 마디를 다시 연주한다.

'빠빠빠밤~ 빠빠빠밤~'

"어떻습니까? 똑똑똑똑, 집주인의 노크 소리 같지 않나요?"

청중들이 웃음을 터뜨린다. 어렵고 심오한 줄만 알았던 클래식 음악에 그런 비하인드 스토리가 숨어 있을 줄은 상상도 하지 못했던 것이다. 나는 계속 해설을 이어간다.

"집주인이 문 밖에서 문을 두드리는 노크 소리, 집세를 고민해야 하는 그 순간에도 베토벤은 그 짧은 두 마디의 모티브를 흘려버리지 않고, 그것으로 하나의 교향곡을 만들었답니다. 머릿속에 떠오르는 곡을 한번에 써내려간 모차르트에 비해 베토벤은 악보가 너덜너덜해지도록 수없이 고쳐 쓴 것으로 유명하죠. 〈운명〉은 4악장으로 구성된 삼십 분짜리 곡인데, 이 곡을 만들기 위해 베토벤은 삼 년 동안 고치고 또 고쳤답니다. 자, 이제 한번 들어볼까요?"

그러면 청중들은 음 하나도 흘려듣지 않겠다는 듯 귀를 쫑긋 세운다. 예술가의 삶은 그가 속한 사회와 동떨어질 수 없고, 예술작품은 예술가의 삶과 무관할 수 없다. 작곡가가 어떤 상황에서 그 곡을 지었는지를 염두에 둔다면 이전에는 발견하지 못했던 풍성한 감동을 느낄 수 있을 것이다.

이윽고 〈운명〉의 도입부가 홀을 가득 채운다. 예상치 못한 순간 다가온 운명을 예고하는 듯한 강렬한 선율을 시작으로 바이올린이 집주인에게 자신의 처지를 사정하는 듯한 애처로운 선율이 이어진다. 그러면 첼로가 낮은 소리로 거부하듯 그 멜로디를 받는다.

2악장에서 베토벤은 하나의 모티브를 가지고 자유자재로 변주해가면서 운명의 다이내믹함을 표현했다. 교향곡이 연주되는 동안 청중들은 베토벤의 심정에 동화되기라도 한 듯 선율에 몸을 맡긴다. 3악장 끝 부분에서 어두운 터널을 지나 그러한 삶에 맞서 당당하게 살아온 사람만이 만끽할 수 있는 승리와 환희의 팡파르가 울리는 4악장으로 연결되어 마무리된다. 청중들의 박수 소리가 어느 때보다 뜨겁다. 나는 그들의 박수에 답하듯 몇 번이고 고개를 숙인다.

청중들은 내가 지휘하는 오케스트라 연주를 들을 때, 어렵게 느껴지던 클래식 음악이 한층 가깝게 느껴진다고 말한다. 아마도 내가 어떻게 하면 청중들에게 곡의 의도를 제대로 전달할 수 있을지를 항상 염두에 두고 지휘를 하기 때문일 것이다. 청중들의 주의를 환기시키기 위해서, 그리고 곡을 더 깊이 이해할 수 있도록 해설을 곁들이는 것은 내가 오래전부터 시도해왔던 일이다. 클래식 음악을 들을 줄 아는 소수의 사람들만이 아니라 잘 모르는 이들에게도 똑같은 감동을 전하고 싶은 마음에서다.

사람들은 예술가는 일반인이 범접하지 못할 대단한 재능과 감성을 타고났을 거라고 지레짐작한다. 하지만 수많은 작곡가들이 남긴 유산을 접하다 보면 그들의 작품이 상상할 수조차 없는 치열한 노력의 산물이라는 것을 깨닫게 된다. 그 노력이 빛을 보기 위해서는 예술적 재능도 중요하지만, 삶에서 얻게 되는 음악적인 모티브를 흘려버리지 않고, 집요하게 붙들어 하나의 작품으로 완성시킬 수 있는 끈기와 집중력이 필요하다. 그래서 나는 단원들에게도 단순히 음악적인 테크닉을 익히는 것도 중요하지만 일상의 모든 것에 감각을 열어놓고 먼저 느끼라고 주문한다. 그런 경험이 연주에 녹아들어야 제대로 된 표현이 나오기 때문이다. 진리가 범사凡事에 있다고 하는 것처럼 예술적인 영감 또한 사소한 일상 속에 있다는 사실을 잊지 말았으면 한다.

금맥은 원래 눈에 띄지 않는 곳에 묻혀 있다

'포스코 제야음악회'는 유로아시안 필하모닉 오케스트라를 창단한 후 처음으로 기획한 시도였다. 지금이야 우리 오케스트라를 있게 한 너무나 유명한 성공 사례로 통하지만, 기획 단계까지만 해도 성공할 수 있을지 아무도 장담하지 못했다.

이 음악회는 아주 우연한 기회에 기획되었다. 벤처 오케스트라를 창단하고 연습실을 알아보러 다닐 때였다. 가까운 친구가 포스코센터 대강당이 넓고 시설이 좋다고 알려줬다. 원하는 것을 얻으려면 일단 부딪쳐야 했다. 그것이 오래전부터 내가 일을 처리해온 방식이었다.

친구가 소개해준 홍보 담당 임원을 만나기로 약속하고 포스코를 찾아갔다. 포스코센터는 강남의 빌딩 숲 사이에 위치해 있었는데, 겉보기에도 웅장해 보이는 세련된 건물이었다. 로비에 들어서자 천장이 9층 높이까지 뻥 뚫려 있는 넓은 홀이 드러났다. 이런 곳이라면 오케스트라가 연습할 만한 넓은 대강당도 있을 것이라는 기대감이 생겼다.

홍보 담당 임원을 만나 찾아온 용건을 밝히자 그는 매우 난감해 했다. 대강당 사용 일정이 꽉 차 있어 연습실로 사용하기는 어렵다는 것이었다. 더 이상 요구할 수 없는 상황이었다. 아쉬운 마음에 천장을 올려다보는데, 투명하게 처리된 철골조 천장 아래에 백남준의 비디오 아트 작품이 거대한 샹들리에처럼 늘어져 있었다. 마치 유리로 된 성당에 온 것 같은 색다른 느낌이었다. 나는 홍보 담당자에게 넌지시 말했다.

"와 보니 로비가 정말 훌륭합니다. 이 로비에서 콘서트를 한번 해봤으면 좋겠네요."

그러자 그는 빌딩 로비에서도 콘서트가 가능하냐고 반문했다. 나는 웃으며 답했다.

"높은 천장과 유리벽으로 둘러싸인 이 공간은 제가 보기엔 빌딩 로비라기보다는 유리로 된 멋진 성당 같습니다. 이런 데서 클래식 콘서트를 못할 것도 없지요."

아닌 게 아니라 그 공간에서 콘서트를 연다면 여느 음악당 못지않은 웅장한 느낌을 줄 것 같았다. 포스코 홍보 담당자는 내 제안에 솔깃한 표정이었다. 로비에서 클래식 연주회를 한다면 포스코가 갖고 있는 딱딱한 철강회사라는 이미지를 훨씬 부드럽게 만들어줄 수 있을 것이었다. 그는 반신반의하면서도 내 제안을 적극 검토해보겠다고 했다. 그렇게 해서 로비 콘서트를 추진하게 되었다.

사실 이 기획을 처음 시도할 때만 해도 성공을 장담하기 어려웠다. 빌딩 로비에서 콘서트를 연다는 것은 누구도 생각하지 못한 아이디어였지만, 그만큼 무모해보이기도 했다.

오케스트라는 완벽한 음향시설이 갖춰진 전문 뮤직홀에서 연주할 때 가장 좋은 소리를 들려줄 수 있다. 하지만 빌딩 로비는 전문적인 음향 장비가 갖춰진 곳이 아니었다. 무대도 새로 만들었다가 해체해야 하고, 의자도 따로 갖다놓아야 했다. 애초에 뮤직홀로 설계된 공간이 아닌 곳에서 청중들에게 얼마나 좋은 연주를 들려줄 수 있을지 짐작하기 어려웠다.

덜컥 음악회를 해보자고 제안했던 나조차도 슬슬 걱정이 되었다. 전문적인 공연장을 벗어난 오케스트라 연주가 도리어 음악의 질을 손상시키지는 않을지 우려되었다. 하지만 주사위는 이미 던져졌다. 결과가 어떻게 되든 일단 시도해봐야 했다.

빌딩 로비에서 콘서트를 열기로 했다고 하자 단원들 중에도 썩 반기지 않는 이들이 있었다. 연주자라면 누구나 유명한 연주 홀에서 연주하기를 바란다. 그런 바람을 갖는 것을 나무랄 수는 없다. 카네기홀이나 예술의전당, 세종문화회관에서 연주를 하려면 그만큼 실력이 뛰어나야 한다. 유명한 연주 홀에서 연주를 했다는 것은 실력을 인정받은 것과 다름없으니 연주자로서 충분히 자부심을 가질 만한 일이다.

그럼에도 불구하고 나는 유명한 홀에서 연주하는 것만이 전부는 아니라고 생각했다. 우리의 좋은 연주로 인해 평범한 공간이 멋진 연주 홀로 기억된다면 그것도 충분히 의미 있는 일 아닐까.

포스코 로비 콘서트는 1999년 12월 31일 밤 10시, 새천년을 기념해 제야 음악회로 꾸미기로 했다. 제야에 테헤란로 한복판의 빌딩 로비에서 클래식 음악회를 연다면 어디서도 경험하지 못한 의미 있는 추억을 선사할 수 있을 것 같았다.

나는 사람들이 아직 가치를 발견하지 못한 곳에서 새로운 가치를 만들어내는 작업을 좋아한다. 이를테면 금광을 캐는 서부 개척자 같은 심정이라고 할까. 이미 금광인 것으로 밝혀져서 사람들이 많이 몰리는 곳에는 그다지 매력을 느끼지 못한다. 아직 잠자고 있는 곳, 나조차도 그것이 금광인지 확신할 수 없는 곳에서 금맥을 발견하는 작업이 나를 들뜨게 한다. 내가 발견한 것이 실제로 금인지 아닌지는 단정지을 수 없다. 그것이 금이기를 바라면서 끝까지 파볼 수밖에 없다.

전문 뮤직홀이 아닌 빌딩 로비나 도서관, 미술관 등에서 연주를 하는 것은 내게는 금광을 발굴하는 시도와도 같은 것이다. 그동안 클래식 공연을 해본 적이 없는 장소에서 청중과의 만남을 시도하는 것. 그것이 성공한다면 새로운 금광을 발견한 것과 다르지 않을 것이다. 채굴업자와 다른 점이 있다면 그들은 땅속에 묻혀 있는 금을 그냥 캐내는 것이지만, 나는 내가 발견한 것이 금이 될 수 있도록 창조력을 온전히 거기에 쏟아 부어야 한다는 사실이다.

포스코 로비는 내가 발견한 하나의 금맥이었다. 그것이 금이라는 것이 증명되기 위해서는 완벽한 준비가 필요했다. 우리 오케스트라는 매일 밤늦도록 연주에 매진했다. 연주곡은 베토벤의 교향곡 9번 〈합창〉이었다. 새로운 천년을 맞이하는 시기에 적합한 곡이었다.

드디어 콘서트 날이 왔고, 포스코 로비에 마련된 천 석의 객석에는 새해를 특별하게 맞이하고자 음악회를 찾은 청중들로 가득 찼다. 이윽고 로비의 높은 천장에 베토벤의 〈합창〉이 울려 퍼지기 시작했다. 그러자 어느새 그곳은 빌딩 로비가 아니라 관객을 압도하는 화려한 음악당으로 변신했다. 연주는 해를 넘어 2000년 1월 1일 새벽까지 이어졌고, 연주가 모두 끝나자 천여 명의 청중이 일제히 기립박수를 쳤다. 대성공이었다. 내가 발견한 반짝이는 그것이 순금이었음이 증명되는 순간이었다.

콘서트를 준비할 때 빌딩 로비에서 진행되는 음악회는 음악회가 아니라 이벤트라고 말하는 이들도 있었다. 하지만 제야 음악회를 찾은 청중들은 분명히 보았다. 오케스트라의 연주가 시작되자 기능적인 공간에 불과했던 빌딩 로비가 여느 음악당 못지않은 새로운 문화 공간으로 탈바꿈하는 것을 말이다.

이후 포스코 로비에서는 베토벤 교향곡 전곡, 차이코프스키 전곡, 브람스 전곡 연주가 차례로 열렸고, 우리 오케스트라의 공연 외에도 다른 연주자들의 공연들이 펼쳐지는 훌륭한 문화 공간으로 자리 잡았다. 아무도 눈여겨보지 않던 한 회사의 빌딩 로비가 새로운 공간으로 태어나는 것, 이것이야말로 내가 이루고 싶은 창조의 한 형태이다.

포스코 로비 콘서트는 남들이 관심 갖지 않는 영역에서 오히려 금광을 발견할 수 있다는 사실을 일깨워주었다. 그리고 이 음악회를 통해 나는 고가의 음향 장비가 갖춰진 뮤직홀만이 아니라 어디든 연주회장이 될 수 있다는 확신을 얻었다. 그 깨달음은 우리 오케스트라를 훨씬 자유롭게 했다. 우리는 그때부터 전문 뮤직홀이 아닌 곳에서도 얼마든지 관객을 만날 수 있었다. 전문 뮤직홀이 선사하는 섬세하고 아름다운 음악도 좋지만, 빌딩 로비에서든 도서관 강당에서든 청중과 함께 음악을 나눈다는 것도 충분히 의미 있는 일이었다.

포Edgar Allan Poe의 단편 중에 『도둑맞은 편지』라는 작품이 있다. 편지를 찾기 위해 온 집안을 샅샅이 뒤졌지만 결국 찾지 못하다가 가장 잘 보이는 곳에 놓인 편지를 찾은 것처럼, 창조란 그런 것 아닐까. 아무나 쉽게 갈 수 없는 무인도에 숨겨져 있는 보물을 찾는 작업이 아니라, 실은 아주 가까운 데, 너무나 잘 보이는 자리에 있는 보물의 숨은 가치를 알아보는 것. 적어도 내게는 창조란 그런 작업에 가깝다.

'장소 파괴' 음악회의 포문을 연 포스코 로비 콘서트.

3장

신념과 용기

연습하라,
신념과 소신은
그래야 완성된다

품위 있는 괴짜,
소신 있는 고집불통

멀리서 나를 보는 사람들은 내가 매우 부드러운 남자라고 생각한다. 하지만 직접 겪어본 사람들은 내가 그리 호락호락한 성격이 아님을 안다. 특히 나의 생각이나 일하는 방식이 일반적인 통념에서 벗어날 때가 많기에 우리 직원들도 내 스타일에 익숙해지기까지 오랜 시간이 걸렸다고 토로한다. 나 또한 그런 사정을 모르지 않는다. 다른 사람들이 일반적으로 하는 방식을 따르지 않고 소신대로 밀고 나가는 성향이 있다는 것을 잘 안다. 그래서 클래식계의 돈키호테라는 별명이 붙었을 것이다.

물론 그런 행동들 때문에 괴짜 같다는 말을 들을지언정 나 자신은 개인적인 아집에 빠져 있다고 생각하지는 않는다. 우리 사회에서 당연하게 통용되는 것이라 할지라도 모두 옳은 것은 아니라고 믿기에 그렇다.

이런 성향은 아마도 내 아버지에게 물려받은 측면이 있을 것이다. 아버지는 나보다 훨씬 강인한 성격에 성취동기가 강한 분이셨다. 음악을 공부하셨지만 박학다식하신 탓에 여러 가지 일에 도전하셨다. 공직에 계실 때는 필명으로 신문의 고정 칼럼을 맡아 쓰기도 하셨는데, 민감한 사회문제에 신랄한 비판을 서슴지 않으셨다. 내가 금난새라는 한글 이름을 갖게 된 것도 아버지 덕분이다. 아버지는 문교부 편수관 시절 한글 전용화 작업에 참여했을 정도로 한글에 대한 애착이 강하셨다. 일제 강점기 때 나라 잃은 백성으로 창씨개명을 경험했던 아버지는 해방 후에 진짜로 창씨개명을 하셨다. 앞으로는 반드시 한글을 쓰겠다는 생각으로 '김 씨' 성을 '금 씨'로 바꾼 것이다. '金'의 본디 발음이 '쇠 금'이었기 때문이다.

아버지는 자녀들의 이름도 순 한글로 지으셨다. 첫아이를 호적에 등록시킬 때였다. 당시에는 한자로 대체할 수 없는 한글 이름은 호적에 올릴 수가 없었다. 아버지는 그 일을 계기로 신문에 칼럼을 기고하셨다. 나라를 되찾은 백성이 한글 이름을 호적에 올릴 수 없는 게 말이 되느냐는 내용이었다. 그 비판이 효력이 있었는지 이후에는 한글 이름도 호적에 올릴 수 있게 되었다. 그래서 '금난새'라는 이름이 호적에 오를 수 있었다. 내가 알기로 내 이름이 최초로 호적에 등록된 한글 이름으로 알고 있다.

아버지는 이처럼 불합리하다고 생각하는 일이 있으면 그저 비판만 하는 것이 아니라 스스로 바꿔나가려고 노력하는 분이었다. 그런 아버지를 보며 자랐으니 내게도 그런 성향이 자연스럽게 녹아들었을 것이다.

또 하나, 내 인생에 깊은 영향을 미친 영화가 하나 있다. 바로 프레드 진네만 감독의 〈사계의 사나이〉이다. 이 영화는 『유토피아』의 저자로 잘 알려져 있는 토마스 모어의 실화를 바탕으로 하고 있다. 토머스 모어는 17세기 초 헨리 8세가 영국을 집권하던 시기에 대법관을 지낸 인물이다.

당시는 영국 교회가 로마 가톨릭 교회에 지배를 받고 있던 시절이었다. 헨리 8세는 형의 미망인인 왕비 캐서린과 정략결혼을 했는데, 둘 사이에 아들이 없었고, 또 궁녀인 앤 불린에게 빠져 있었기에 캐서린과 이혼하고 앤 불린과 결혼을 하려고 했다. 그런데 로마 교황이 이를 인정하지 않자 가톨릭 교회와 결별하고, 영국 국교회를 설립하는 종교 개혁을 단행하게 된다. 어떻게 보면 하지 말라는 결혼을 하려고 영국 역사에 피바람을 몰고 온 장본인이라고 할 수 있다.

토마스 모어는 헨리 8세의 두터운 신임을 받고 있지만, 가톨릭 신앙을 바탕으로 원리원칙을 내세우는 인물이기도 했다. 당연히 이 결혼을 찬성할 수 없었다. 그래서 왕의 압력과 회유에도 불구하고 끝까지 왕의 결혼을 찬성하지 않는다. 결국 그런 행동 때문에 왕의 노여움을 사 감옥에 갇힐 위기에 처한다. 법률가이자 친구인 노포크 공작은 토마스에게 이렇게 말한다.

"이 어리석은 친구야, 살짝 굽히기만 하면 되는데, 대체 왜 그렇게 뻣뻣하게 구나? 우리라고 좋아서 이러겠나? 우리도 자네 못지않게 자부심 강하고 남한테 굽히기 싫어하는 사람들일세. 그런 우리도 굴복했는데, 대체 자네는 뭘 믿고 그렇게 고집을 부리나? 사람이 분수에 맞게 살 줄도 알아야지 원."

노포크 공작 자신도 왕이 좋아서 그 의견에 따르는 것은 아니었다. 다만 왕이 원하는 결혼을 반대하고 나섰을 때 겪게 될 부당한 처사에 얽히고 싶지 않았을 뿐이다.

그런 그에게 토마스는 한없이 답답하고 어리석어 보였을 것이다. 토마스가 정직하고 훌륭한 인품을 가지고 있다는 사실을 모르는 사람은 없었다. 설사 그가 강압에 못 이겨 왕의 결혼을 찬성한다 해서 그를 비난할 사람은 적어도 영국 내에는 없었다. 하지만 토마스는 굴복하지 않았다. 결국 그는 감옥에 갇히게 되고, 나중에는 사랑하는 아내와 딸까지 찾아와 왕의 결정에 찬성하는 서약을 하라고 설득하지만 끝내 이를 거부한다. 신의 이름으로 자기 양심에 벗어난 서약을 할 수 없다는 것이 그 이유였다. 어찌 보면 융통성이라고는 찾아볼 수 없는 고지식하고 답답한 태도라고 할 수 있을 것이다.

영화의 후반부에 그는 결국 자리 욕심에 양심을 판 서기관 리처드 리치의 거짓 증언으로 인해 반역죄의 누명을 쓰고 처형당한다.

나는 이 영화를 보는 내내 법을 자기 편의대로 휘두르는 폭군 같은 왕 헨리 8세와 고지식할 정도로 신념에 충실한 나머지 죽음에 이른 토마스, 그리고 그 사이에서 자신의 이익만을 추구해 모함하고 거짓 증언까지 마다않는 인물들을 통해 인생사의 다양한 측면을 엿볼 수 있었다.

특히 내가 인상 깊게 본 것은 영화의 마지막 장면이었다. 영화 내내 모든 인간을 평등하게 대하던 토마스는 단두대에 올라 초연한 얼굴로 집행관에게 이렇게 말한다.

“자네를 진심으로 용서하네. 그러니 두려워하지 말게. 자네의 본분은 나를 하느님께로 보내는 것이니.”

토마스는 집행관에게 동전 한 닢을 쥐어주고 단두대에 엎드린다.

작곡가가 악보에 자신의 의도를 숨기듯 감독은 영화의 장면 장면에 자신의 의도를 담는다. 아마도 감독은 이 장면을 통해 죽음 앞에서도 품위를 잃지 않는 한 인간을 연출하고 싶었던 것 아닐까. 비록 자신의 목을 내려치기 위해 서 있는 집행관이지만, 그를 증오하지 않겠다는 것, 그것이 그의 일이기 때문에 어쩔 수 없이 행하는 것이라는 사실을 이해하는 것, 동전 한 닢에는 그런 의미들이 담겨 있는 것이다.

죽음 앞에 선 토마스의 태도는 나를 전율케 하기에 충분했다. 나는 그런 장면에서 죽음 앞에서도 품위를 지키고자 하는 한 인간의 강인한 의지를 본다. 그런 인격과 품위를 갖춘 사람들이 사는 사회는, 모르긴 몰라도 지금, 여기보다는 훨씬 성숙한 사회일 거라고 생각한다.

그리고 적어도 나 자신은 그런 삶을 추구하고 싶다. 죽음이 코앞에 닥쳐도 인간으로서의 품위를 잃지 않는 것, 모든 사람이 아니라고 해도 내가 믿는 신념을 지키는 것. 그런 바람조차 몽상으로 치부해버리는 사회라면 너무 삭막하지 않을까.

절대 포기할 수 없는 나만의 우선 순위가 있다면

요즘 젊은 세대를 삼포세대라 한다는 말을 들었다. 취업은 힘들고 먹고살기 각박하니 인간으로서 행복을 추구하는 데 필요한 것들, 연애, 결혼, 출산마저 포기한 세대라는 것이다.

설사 결혼을 하려는 젊은이들도 배우자에 대한 기준이 까다롭기는 마찬가지다. 직업을 선택할 때뿐 아니라 결혼할 사람을 선택할 때도 상대방의 스펙을 먼저 따진다. 물론 평생 같이 살아야 할 사람이니 꼼꼼하게 살피고, 고려하는 것을 무조건 비난할 일은 아니다. 하지만 그런 태도 때문에 정작 중요한 것을 놓치고 있지는 않은지 아쉬움이 남는다.

사람마다 중요하게 여기는 결혼의 조건이 있을 것이다. 나는 돈이 많고 적은 것보다는 내가 좋아하는 사람인지, 평생 함께할 수 있는 사람인지가 가장 중요했다. 그러다 보니 결과적으로 양가의 축복을 받지 못한 결혼을 하게 됐지만, 그렇다고 그 선택을 후회한 적은 없다. 평생 함께하고 싶은 여자를 만났기 때문이다.

아내와 처음 만난 건 베를린 음대 4학년 말이었다. 졸업 시험을 앞두고 잠깐 귀국한 나는 유학생 신분으로 몇 차례 연주회를 가지게 되었다. 그중에 대만에서 하는 연주회가 있었는데, 대만성 교향악단의 협연자로 내정된 이가 바로 신예 바이올리니스트였던 지금의 아내이다. 연주회는 대만의 두 도시에서 진행될 예정이었다. 아내와 나는 같은 한국 사람이라 말이 통한다는 이유로 점점 친해졌는데, 그러다 보니 어느 순간 아내가 이성으로 보이기 시작했다. 베를린 음대를 졸업하고 한국으로 돌아와 국립교향악단의 지휘자로 부임하고 나서 본격적으로 아내와 만나기 시작했다. 일 년 정도 만나고 나서 결혼 허락을 받으러 갔는데, 그녀의 부모님이 나를 달갑게 여기지 않으셨다. 아마도 아내의 부모님은 법조인이나 의사 사위를 원하셨던 것 같다. 우리 아버지가 경제적으로 부유한 집안을 원했던 것처럼 아내의 집안에서도 아내가 계속 음악활동을 할 수 있을 만한 재력을 갖춘 사위를 원했을 것이다.

예상보다 강한 반대에 부딪치자 나도 방법을 찾아야 했다. 하지만 좀처럼 해결될 기미는 보이지 않고 도저히 결혼 승낙을 받을 수 없는 상황에 이르게 되자 나도 적잖이 고민이 되었다. 양가 부모님의 동의를 받지 않는 결혼은 생각해본 적도 없었던 탓이다.

답답한 마음에 법률사무소에 가서 속사정을 이야기했다. 결혼을 하고 싶은데, 부모의 허락 없이 할 수 있는지 궁금했던 것이다. 그러자 법률사무소의 여직원이 대뜸 우리의 나이를 물었다. 그때 내 나이가 서른넷, 아내의 나이가 스물일곱이었다. 그러자 여직원은 큰소리로 웃으며 나이 스무 살이 넘은 성인이면 부모의 동의 없이 결혼을 할 수 있다고 알려주었다. 나는 그 다음날 바로 아내의 손을 잡고 교회로 가서 결혼식을 올려버렸다.

그 결과 처가댁과는 결혼 후 삼 년 동안 거리를 두고 살아야 했다. 양가 부모님의 축복 속에 결혼식을 치른 것이 아니었기에 살집을 마련하는 것도 막막하기만 했다. 살림살이라고는 이부자리가 전부였다. 그나마 KBS교향악단에서 나오는 내 월급으로 월세를 내고, 냉장고며 다른 살림살이를 차근차근 장만할 수 있었다. 사랑하는 사람과 함께한다는 조건이 이미 충족되었기 때문에 다른 것은 중요하지 않았다.

보통, 사람들은 자신이 원하는 조건을 모두 충족하는 배우자를 만나야 한다고 생각한다. 능력도 있고 외모도 괜찮으면서 성격도 좋은 사람을 만나기를 바란다. 하지만 스스로가 그런 조건을 갖추기 어렵듯 배우자 역시 모든 조건을 완벽하게 갖추기 어렵다. 그러니 모든 조건을 갖춘 완벽한 사람을 찾을 게 아니라 절대 포기할 수 없는 우선순위에 부합하는가를 먼저 따져야 한다. 그것이 충족된다면 그 다음 순위들은 그리 문제가 되지 않는다. 마음이 원하는 것이 분명한데도 남의 잣대에 휘둘려 자신이 원하는 것을 외면하지는 말아야 한다.

또 하나는 어떤 사람과 결혼하느냐도 중요하지만, 어떤 결혼생활을 하느냐는 더 중요하다는 사실이다. 결혼은 몇 십 년 동안 다른 환경에서 살던 두 사람의 결합이다. 누구나 자기 입장에서 더 편하고 싶고, 유리한 선택을 하고 싶은 것이 인지상정이다. 하지만 결혼생활에서 자기 기준만 고집한다면 결국 탈이 날 수밖에 없다. 화음은 오케스트라에만 필요한 것이 아니다. 부부 사이에도 화음을 맞추려는 노력이 필요하다. 남편은 아내가 어떻게 하면 더 편할까를 생각해야 하고, 아내는 남편의 입장을 먼저 생각해야 조화로운 결혼생활을 할 수 있다.

유학 때문에 결혼이 늦었던 나는 누구와 결혼하든 배우자를 행복하게 해주는 사람이 되고 싶다는 바람이 강했다. 내가 무엇을 받을까보다는 어떻게 하면 상대방을 행복하게 해줄 수 있을까에 방점을 두려고 노력했다. 지나고 나서 보니 그런 태도가 결혼생활은 물론 가까운 관계를 유지하는 데도 매우 도움이 되었다. 내 입장보다 상대방의 입장을 먼저 생각해서 행동하는 것이 결국은 내 삶을 더 풍요롭게 하는 방법이었다.

마지막으로, 일상 속에서 행복을 불러들이는 주문 몇 개를 걸어두는 것도 좋다. 나는 부산 출신의 경상도 사나이다. 경상도 남자들은 부엌에 절대 들어가지 않는 가부장적인 이미지를 갖고 있다. 실제로 우리 아버지가 부엌에 들어가는 것을 나는 평생 본 적이 없다. 다행히 나는 그런 고정관념이나 권위의식이 별로 없는 사람이다. 오히려 식사를 마치면 손수 나서서 설거지를 하곤 했다. 가정에 헌신하느라 많은 것을 포기한 아내에게 잘 보이고 싶었기 때문이다.

그런데 어렸을 때부터 부엌일을 해왔던 것이 아니다 보니 맘과는 달리 설거지를 하다 아내가 아끼는 그릇을 깨먹는 일이 자주 있었다. 도와주려고 했다가 도리어 민폐가 된 셈이다. 그럴 때 나는 아내에게 이렇게 말하곤 했다.

"그릇이 깨지잖아? 그건 행운이 온다는 신호탄이야."

물론 그릇이 깨지면 행운이 온다는 얘기는 어디서도 들어본 적이 없다. 그건 즉석에서 내가 지어낸 말이고, 그릇이 깨질 때를 대비해 걸어둔 암시에 불과했다. 하지만 암시 없이 그릇이 깨진다면 아내는 그릇이 깨질 때마다 속상해 했을 것이다. 그런데 그릇이 깨질 때마다 행운이 온다는 암시를 미리 걸어둔다면, 설사 아까운 그릇이 깨지더라도 덜 아쉬워할 수 있다. 곧 좋은 일이 오겠지, 하고 금세 잊어버릴 수 있는 것이다.

버트런드 러셀은 『행복의 정복』에서 행복은 절로 오는 것이 아니라 노력해서 끊임없이 쟁취해야 하는 것이라고 했다. 인생에서도 예상치 못한 불행이 닥쳤을 때, 빨리 털고 일어나려면 예방주사 같은 자기만의 주문이 필요하다. 그런 주문이 있다면 설사 나쁜 일이 겹쳐온다고 해도 평상심을 유지할 수 있을 것이다. 나는 이런 식의 삶의 지혜들을 일상 속에 배치해두고, 필요할 때 요긴하게 꺼내 쓰곤 했다. 남자는 여자 하기 나름이라는 오래전 CF의 카피처럼, 인생도 자기가 개척하기 나름이다.

남의 인생에 기웃거리지 말 것

한동안 우리 사회에 멘토 열풍이 불었다. 불황이 장기화되고 저성장 사회로 진입하면서 갈수록 사회 진출이 어려워지자 사회 초년생들이 성공한 인생 선배들을 멘토로 삼아 조언을 듣는 것이 유행처럼 번진 것이다. 퍽퍽한 현실 속에서 답을 찾고자 하는 젊은 세대들의 몸부림이라는 점에서 이해하지 못할 일은 아니다.

다만 멘토링이라는 것이 인생의 출발점에 선 이들에게 얼마나 의미가 있을지 나는 좀 회의적이다. 멘토로 활약하는 세대와 지금 젊은 세대가 처한 환경이 다르고 시대도 다르기 때문이다. 그들의 멘토링을 젊은 세대들이 자기 삶에 적용한다고 해서 똑같이 성공하리라는 보장은 없다. 아니, 오히려 성공사례는 레드오션과 같아서 지금 이 시대에 더 이상 효력을 발휘하지 못할 확률이 높다.

또 하나는 젊은 세대들이 이런 멘토링에 의존했을 때, 자칫 자기 인생을 스스로 개척하고자 하는 독립심을 잃어버리지 않을까 하는 노파심 때문이다. 이십 대는 실패하고 끊임없이 자기 탐색을 하면서 자기가 누구인지, 어떤 사람인지를 스스로 알아가야 하는 시기이다. 문제는 실패하지 않으려고 다른 사람들의 조언을 듣는 것이 오히려 자기 자신을 알아가는 데 방해가 될 수 있다는 사실이다. 내면에서 들려오는 터무니없는 욕구, 엉뚱하게 느껴지는 상상력들이 너무 빨리 사장될 수 있기 때문이다.

오히려 이십 대는 실수와 실패의 연속이라 할지라도 내적 동기에 따라 성큼성큼 앞으로 내딛으며 자기 목소리에 귀기울이는 시간을 더 많이 가져야 한다. 천편일률적인 스펙 쌓기에 투자할 게 아니라 자신이 무엇을 잘하고 어떤 일에 기쁨을 느끼는지 면밀하게 살펴야 한다. 그래야 나중에 후회가 없다. 열심히 한다고 했고, 그래서 썩 괜찮은 자리에 올랐는데, 그것이 자기가 원하는 행복이 아니었다는 사실을 깨닫는다면 그보다 허탈한 일이 어디 있겠는가.

그보다는 젊은 시절 한두 해 늦더라도 방향을 제대로 잡는 것이 결국은 이득이다. 평균 수명이 연장되어 지금 젊은 세대는 앞으로 족히 백 년은 살 것이다. 그러니 백 년 동안 계속해도 물리지 않는 일을 찾아야 한다. 그 방향을 제대로 잡기 위해서는 자기 자신을 알아가는 데 게을러서는 안 된다. 직장생활을 하는 게 행복한 사람이 취직이 안 된다고 억지로 창업을 한다든가, 예술가가 되고 싶은 사람이 안정적인 직장이라는 이유로 공무원 시험을 봐서야 되겠는가. 자기 자신의 욕구와 성취동기가 어디에 있는지 스스로 탐색하고 자기 자신과 대화하는 시간을 더 많이 가져야 한다.

그런데 자기를 아는 것도 한 번에 되는 게 아니다. 스펙을 쌓고 외국어 능력을 키우기 위해 대학 4년 내내 노력해야 하듯이 이런 감각도 거저 주어지지 않는다. 어떨 때 자신이 가장 행복한지, 무엇을 더 중요한 가치로 여기는지, 스스로 깨닫고 납득할 때까지 끊임없이 탐색해야 한다. 남의 시선을 의식하지 않고 자기 신념대로 행동할 수 있는 훈련을 해야 한다. 그런 훈련이 되었을 때 비로소 자기 길을 떠날 수 있는 준비가 된 것이다.

베를린 유학부터 지금까지 내가 했던 수많은 도전들에 대해 어떻게 그런 결정을 내리고 행동으로 옮길 수 있었는지 궁금해 하는 이들이 있다. 부모님 몰래 결혼을 한 것처럼 남들이 선뜻 하지 못하는 일을 추진할 할 수 있는 용기는 어디서 나오는 것이냐고 묻기도 한다. 하지만 그건 내게 그리 특별한 일이 아니다. 그저 나 자신이 원하는 것이 무엇인지 분명히 알았고, 그것을 외면하지 않은 것 뿐이다.

지휘 공부를 하고 싶은데 지휘과가 없을 때 외부의 목소리는 포기하라고 했지만, 내 안의 목소리는 계속 찾으라고, 지구 끝까지 가서라도 선생님을 찾으라고 중얼거렸다. 사랑하는 사람을 만났을 때 외부의 목소리는 양가 부모님들이 반대하는 결혼을 꼭 해야 하느냐고 했지만, 내면에서는 가슴이 원하는 것을 따라야 한다고 말했다.

마음이 원하는 길을 따를 때 우리는 비로소 자기 길을 갈 수 있다. 멘토는 그 길을 걷다 넘어졌을 때 잠깐 필요한 사람이지, 길까지 알려주는 사람이어서는 안 된다.

문제는 정말 원하는 것이 무엇인지 알면서도 선뜻 행동으로 옮기지 못하는 젊은이들이 의외로 많다는 사실이다. 나는 그들에게 남의 인생에 기웃거리지 말고 자기 길을 가라고 말하고 싶다. 많은 사람들이 이미 갔던 길, 누구나 가는 길에서는 결코 자기가 원하는 것을 얻을 수 없다. 요즘 같은 경쟁사회에서는 특히나 남들과 똑같은 길, 선배가 걸었던 길을 그대로 따라가는 것은 성공과도 거리가 먼 선택이 될 확률이 높다.

내게 쉬운 길은 남들에게도 쉬운 길이며, 내가 어렵게 개척하는 길은 남들에게도 그러하다. 그리고 직접 행동으로 옮기기 전에는 자기가 원하는 길이 무엇인지 정확하게 알기 어렵다. 해보지 않고 머릿속으로 재기만 한다면 그 삶은 영원히 가능성으로 남을 수밖에 없다.

그러니 남들이 어떤 길을 가는지, 그 길이 얼마나 안락하고 편안한지 기웃거리기보다는 한 발 한 발 자기 걸음을 내딛었으면 한다. 처음에는 눈을 감고 걷는 것처럼 한 발짝도 떼기 어려울지 모른다. 그러나 걸음을 옮길수록 두려움은 차츰 엷어지고 새로운 세계를 향한 기대가 열릴 것이다.

풍요로울 때 절제할 줄 알아야 한다

나는 영화를 꽤 좋아하는 편이다. 언젠가 잡지 인터뷰에서 지나가는 말로 만약 지휘자가 안 됐다면 영화감독을 했을 거라고 말한 적이 있다. 악기들의 화음을 하나로 모아 감동을 전달하는 것이 지휘자의 몫이라면, 장면 장면을 하나로 엮어 감동적인 메시지를 전달하는 것은 영화감독의 역할일 것이다.

한 편의 좋은 영화는 때로 한 평생 기억 속에 남아 한 사람의 인생에 지대한 영향을 끼친다. 그리고 어떤 영화는 영화 자체보다는 한두 장면의 인상이 기억 속에 깊이 각인돼 평생 따라다니기도 한다.

〈모정〉이라는 영화는 내게 후자에 속하는 영화였다. 이십 년 전 텔레비전에서 우연히 본 영화인데, 내용 자체는 특별할 게 없는 멜로 영화였다. 한

스윈이라는 여의사의 자전적 소설을 뼈대로 한 영화로, 홍콩 여자와 미국 남자의 비극적인 사랑을 다루고 있다. 아마 지금 다시 본다면 다소 촌스럽고 신파적이라고 할 것 같다.

다른 건 다 잊어버렸는데, 아름다운 주제가와 더불어 이 영화의 한 장면이 유독 오랫동안 기억 속에 남아 있다. 홍콩에 특파원으로 주둔하고 있는 미국인 기자와 홍콩의 여의사는 거부할 수 없는 운명적인 사랑에 빠진다. 서로의 사랑을 확인하게 된 다음 남자는 사랑에 겨워 여자에게 이렇게 말한다.

"당신을 만나서 정말로 행복하오. 이보다 더한 행복은 없을 것 같소"

그러자 여자가 뜻밖의 말을 한다.

"중국 속담에 풍년일 때 '흉년이요' 하면서 제사를 지내라는 말이 있어요."

선뜻 이해가 가지 않는 듯한 남자의 표정에 여자는 이렇게 설명한다.

"행운이 찾아왔을 때 그것을 누리기만 하면 신이 질투해서 곧 가져가버린대요. 그러니 행복하다고 그렇게 쉽게 말하는 거 아니에요."

여자의 말이 암시라도 하듯 남자는 한국 전쟁에 종군기자로 참전했다가 결국 죽음을 맞이한다. 영화는 여자가 남자의 전사 소식을 듣고 둘이 사랑을 나누던 언덕에 올라 남자를 그리워하는 것으로 끝난다.

영화의 감동과는 별개로 나는 여자가 한 말이 무척 흥미로웠다. 풍년이 왔을 때 그것을 누리기만 할 게 아니라 흉년에 대비해야 한다는 것. 그것은 내가 오케스트라를 운영하면서 항상 염두에 두는 말이기도 하다.

수원시향에 있을 때였다. 수원시향이 수원의 자랑거리가 되게 하겠다는 약속을 지키기 위해 나는 마라톤 연주회, 청소년 음악회 등 다양한 연주회를 시도했다. 이런 시도들이 대외적으로 알려지면서 수원시뿐 아니라 지역 사회를 기반으로 한 기업들도 수원시향을 적극 지원하는 분위기가 조성되었다.

대표적으로 삼성이 그랬다. 마침 1994년에 삼성에서 수원시향에 십억 원을 지원하겠다고 제안해왔다. 십억 원이면 지금도 적은 금액이 아니지만 당시에는 더욱 무시할 수 없는 금액이었다. 그런 행운이 찾아오면 행여 놓칠세라 덥석 붙들고 보는 것이 인지상정이다. 하지만 나는 그렇게 하지 않았다.

"후원 금액이 좀 많은 것 같습니다."

내가 말하자 삼성의 담당자는 당황한 기색이 역력했다. 기업에서 십억 원을 지원해주겠다는데, 금액이 많다고 거절하는 경우는 겪어보지 못한 것이다. 대신 나는 그에게 이렇게 제안했다.

"한 번에 십억 원을 하는 대신 일 년에 사억 원씩 여러 차례에 걸쳐 후원해주십시오."

앞날이 어찌 될지 모르니 십억 원을 주겠다고 할 때 한꺼번에 받는 것이 낫지 않느냐고 생각하는 사람도 있을 것이다. 그 말도 일리가 있지만, 내 생각은 조금 달랐다. 아무리 후원이라고 해도 금액이 크다 보면 기대치가 높아지기 마련이고 가시적인 성과를 내주기를 바랄 것이다.

하지만 발전이란 한순간에 이루어지는 것이 아니다. 나무가 자라기 위해 물이 필요하지만, 한꺼번에 물을 많이 준다고 더 잘 자라는 것은 아니듯 감당할 수 없는 후원금은 오히려 오케스트라 운영에 독이 될 수 있었다. 한꺼번에 십억을 받았다고 해서 한 해에 그만큼 성장할 수 있는 것은 아니기 때문이다. 오히려 적은 금액이라도 꾸준히 지원을 받는 것이 오케스트라에는 더 도움이 된다.

그래서 나는 후원 비용을 줄이는 대신 적어도 오 년 정도 지속적으로 후원해달라고 제안했고, 삼성은 이 제안을 받아들였다. 재미있는 것은 삼성의 후원을 받고 있던 도중에 IMF가 터진 것이다. 한꺼번에 많은 기업들이 줄도산하고, 직원들이 구조 조정 당했다. 재정적으로 어려워진 기업들이 그간 집행하던 지원을 중단하기 시작했다. 하지만 다행히 수원시향은 후원금 액수가 그리 크지 않았기 때문에 지원이 중단되지 않았다.

물론 내가 미래를 내다보는 혜안이 있어 그런 제안을 한 것은 아니다. 다만 〈모정〉의 여주인공처럼 행운이 찾아왔을 때 그것을 온전히 누리려고만 한 게 아니라 행운을 현명하게 운용할 줄 알았기에 좋은 운이 오랫동안 작용할 수 있었다.

2000년에 내가 벤처 오케스트라를 창단했을 때도 많은 사람들이 재정 지원을 받지 않는 오케스트라가 오랫동안 운영되기는 어려울 것이라고 예상했다. 그런 우려에도 불구하고 우리 오케스트라가 십오 년 가까이 큰 부침 없이 운영될 수 있었던 것은 내가 〈모정〉의 한 장면을 잊지 않았기 때문이다. 어려움 없이 잘되고 있다면, 지금이 바로 어려운 시기를 대비해야 할 때이다.

행운은 또 다른 행운을 불러온다

수원시향이 해가 갈수록 성장하자 수원시의 대우도 달라졌다. 수원시에서는 수원시향 단원들을 위해 연습실을 지어주겠다고 제안했다. 마침 경기도 문화예술회관 앞에 약 2만 평의 넓은 시유지가 있었다. 그곳에 오케스트라를 위한 연습실뿐만 아니라 수원시민 전체가 함께 누릴 수 있는 야외음악당을 짓자는 제안이 최종적으로 확정되었다.

이 계획이 구체화되자 시에서는 수백억 원에 달하는 시유지를 제공하고, 삼성이 50억 원을 들여 음악당을 짓기로 했다. 수원이라는 지방의 한 오케스트라가 시를 위해 노력하니 시에서도 적극적으로 제안을 하고, 기업에서 비용을 대겠다고 나선 것이다.

물론 기존에 우리나라에 야외 음악당이 전혀 없었던 것은 아니다. 남산 야외 음악당을 비롯해 간간이 클래식을 연주하는 야외무대가 존재했다. 하지만 청중들이 클래식 음악을 제대로 감상할 수 있도록 섬세하게 설계된 무대라고 하기는 어려웠다. 오케스트라 연주에 최적화된 시설을 갖춘 곳은 수원 야외음악당이 처음이었다.

음악당이 지어지게 되었을 때도 나는 그 행운을 마냥 붙들지 않았다. 음악당은 삼성 건설이 맡아서 짓기로 되어 있었다. 오십억 원이나 들여 지어주는 것이니만큼 지어주는 대로 고맙게 받을 수도 있었을 것이다. 하지만 나는 그렇게 큰돈을 들여 짓는 것이니만큼 이왕이면 제대로 짓고 싶었다. 그래서 설계 단계부터 삼성건설 담당자와 여러 차례 이야기를 주고받았다.

음악당의 디자인은 수원시를 상징하는 수원성을 모티브로 했다. 당시만 해도 실제 사용자인 연주자나 청중 입장에서 지어진 공연장은 흔치 않았다. 나는 이왕이면 모든 사람들이 오랫동안 유용하게 사용할 수 있는 공연장을 짓고 싶었다. 그래서 연주자 입장에서 필요한 것들, 이를테면 무대 뒤의 대기실이나 연습실의 크기 등 시공자 입장에서는 미처 고려하기 어려운 것들을 설계에 반영했으면 좋겠다고 제안했다. 야외음악당의 특성상 갑자기 비가 오면 연주하기 어렵다는 점을 감안해 무대와 객석 500석은 비가 와도 들치지 않도록 설계하는 것도 잊지 않았다. 설계 단계에서 이런 제안을 하는 것이 건설사 입장에서도 충분히 도움이 되었다고 한다. 이런 경험들을 통해 건축 설계 노하우를 축적할 수 있기 때문이다.

삼성의 건설 담당 부장은 내 제안을 꼼꼼하게 설계에 반영하기로 했다. 그런데 한 가지, 걸리는 문제가 있었다. 담당자가 내 제안을 다 수용하고 나서 이렇게 말했던 것이다.

"선생님, 저희 쪽에서도 요청할 것이 있습니다. 삼성에서 비용을 대서 짓는 것인 만큼 야외음악당 무대 앞 중앙에 삼성 로고를 넣었으면 합니다."

기업 입장에서는 수십억을 들여 야외음악당을 지어주는 것이니, 어떤 식으로든 그 사실을 프로모션하고 싶었을 것이다. 이해 못할 일은 아니었다.

문제는 무대 앞에 거대한 기업 로고가 들어가는 것이 미관상 그리 좋아 보이지 않을 거란 사실이었다. 그렇다고 지역사회에 거금을 투자하는 기업의 요구를 무턱대고 거절할 수는 없었다.

"이 음악당을 삼성이 짓는다는 것은 수원시민이라면 누구나 다 알 겁니다. 그런데 굳이 무대 앞에 커다랗게 기업 로고를 넣어야 할 필요가 있을까요? 오히려 기업 이미지에 역효과를 낼 수도 있을 것 같습니다."

그러자 부장은 난감한 표정을 지었다. 그럴 때는 대안이 있어야 한다. 나는 이렇게 제안했다.

"내 생각엔 무대 한가운데 로고를 새기는 것보다 무대 앞 잔디밭에 기념석을 세우는 게 좋을 것 같습니다. 멋진 돌에 '삼성이 수원시민을 위해 야외음악당을 기증했습니다'라고 새겨 넣으면 누구나 이 음악당을 삼성이 지었다는 것을 알 수 있지 않겠습니까?"

삼성도 그 제안을 받아들였고, 1996년, 드디어 오케스트라가 제대로 연주할 수 있는 시설을 갖춘 첫 야외음악당이 완공되었다. 수원시향이 수원의 자랑이 되게 하겠다는 나의 약속은 그렇게 하나하나 현실이 되어 갔다.

많은 사람들이 일이 잘 풀릴 때는 그런 상태가 계속될 거라고 착각한다. IMF 이전의 우리 사회가 그랬다. 경제적 풍요가 언제까지고 계속될 줄 알았고, 누구도 그렇게 갑자기 어려운 상황이 닥칠 것이라고 예상하지 못했다. 그래서 너도나도 잠깐 동안 유지된 풍요를 흥청망청 써대기 바빴다.

하지만 인생에는 굴곡이 있을 수밖에 없다. 좋은 일이 있으면 어려운 일도 찾아온다. 때로는 행운의 얼굴을 하고 다가오지만 막상 겪어보면 반드시 행운이 아닌 일들도 있다. 그러니 아무리 행운이라도 잘 관리할 줄 알아야 한다. 풍족할 때 절제하지 못하면 부족할 때 융통할 방도가 없기 때문이다. 행운이 온다고 무턱대고 받아들일 것이 아니라 그 기회를 어떻게 운용할 수 있을지 고민해야 한다. 그렇게 할 때 행운은 훨씬 좋은 가치로 거듭날 수 있고, 더 많은 사람들에게 혜택이 돌아갈 수 있다.

세계를 무대로. 프랑스 베르사유 궁전에서 열렸던 연주회 전 리허설 모습.

구원은 불편함에서 온다

최근에는 유난히 심각한 사회문제가 많았다. 음악가로서 사회문제에 시시콜콜 비판의 목소리를 내는 것을 자제하는 편이다. 그보다는 지금 있는 자리에서 최선을 다하는 게 내 본연의 자세라고 믿기 때문이다.

하지만 최근에 일어난 일련의 사건들은 대한민국 국민의 한 사람으로서 안타까운 마음을 금할 길이 없다. 음악가는 정치가가 아니므로 정책을 입안해서 사회를 개혁할 수는 없다. 다만 클래식 음악은 좋은 공기와 같아서 클래식 음악을 많이 접할수록 사회가 더 밝고 건강해질 것이라는 믿음을 가진 내게는 갈수록 각박해져 가는 사회를 바라보는 마음이 착잡할 때가 많다.

얼마 전 군대에서 일어난 폭력 문제만 해도 그렇다. 학교나 군대 같은 폐

쇄적인 조직에서 일어나는 구타와 폭행은 피해자가 어떻게 해볼 도리 없이 속수무책으로 당할 수밖에 없다는 점에서 심각한 문제가 된다. 이런 곳에서 왕따나 폭행이 벌어지면 피해자는 외부에 도움을 요청하기 어렵기 때문에 극단적인 선택을 하게 된다.

인간은 사회적인 동물이다. 특별한 신념이 있지 않은 이상 자기가 속한 사회에서 통용되는 방식에 영향을 받을 수밖에 없다. 사회에서는 전혀 그런 행동을 하지 않던 사람이 군대라는 조직 안에서 폭력 행위의 주범으로 변하는 것도 같은 맥락이다. 안타까운 것은 이러한 폭력이 대물림된다는 사실이다.

이번 사건의 가해자 중에는 피해자가 들어오기 전에 피해자만큼이나 심한 폭행을 당했던 병사가 있다고 들었다. 하지만 그렇게 당한 사람도 후임 병사에 대한 폭력에서는 예외가 없었다. 선임이 자리를 비우면 스스로 폭력을 행사하기도 했다고 하니, 자발적으로 폭력에 가담한 셈이다. 피해자가 가해자가 되는 전형적인 폭력의 대물림 현상이 일어난 것이다.

이것은 본질적으로 군대만의 문제는 아니다. 우리는 살아가면서 알게 모르게 폭력과 불합리의 현장을 맞닥뜨린다. 서울예고에 다니던 시절, 나도 그런 경험을 한 적이 있다. 고등학교 1학년 때였다. 학교에 몇 명 되지 않는 남자 선배들이 군기를 잡기 위해 나를 구석으로 데려가 혼낸 적이 있다. 특별히 잘못해서가 아니라 위계질서를 세운다는 명목으로 암묵적으로 자행되는 일이었다.

나는 명색이 예술을 하는 학교에서 그런 일이 버젓이 벌어진다는 사실에 굉장히 충격을 받았다. 그런 관행이 계속되지 않으려면 어떻게 해야 할까.

개인이 할 수 있는 일에 한계가 있겠지만 그렇다고 외면할 수도 없었다. 해가 바뀌고 내 차례가 왔을 때, 나는 그런 행동을 하고 싶지 않았다. 그것이 나쁜 일인 줄 알면서도 관행이라는 이유로 계속하는 것은 도저히 납득할 수 없는 일이었다. 무슨 대단한 철학이 있어서가 아니었다. 그저 그것이 해서는 안 될 일이었기 때문에 하지 않았을 뿐이다.

폭행이든 왕따든 한 사람을 궁지로 모는 것이 개인의 인격에 어떤 영향을 미치는지 모르는 사람은 아마 없을 것이다. 하지만 막상 자기 차례가 왔을 때, 그런 악습을 끊을 수 있는 용기를 가진 사람은 얼마나 될까. 인간은 때로 아주 나약하고 비겁한 존재이다. 자기 혼자 있을 때는 절대 저지르지 않을 비행도 군중심리로 동참할 때가 있다. 나 혼자 바뀐다고 해서 달라지지 않을 거란 생각에 폭력의 현장을 목격하고도 외면하고 방임한다.

잘못된 관행을 끝내기 위해서는 그런 행동이 잘못됐다고 말할 수 있는 것, 내 차례가 왔을 때 스스로 하지 않을 수 있는 용기가 필요하다. 물론 그렇게 하기가 귀찮고 불편할 수도 있다. 때로는 잘못되었다고 말했다는 사실만으로 불이익을 당할 수도 있다. 하지만 최근 우리 사회에 폭력과 왕따 문제가 만연하게 된 것은 귀찮고 불편하다는 이유로 그러한 상황들을 묵인하고 방임한 대가가 아닐까.

사회의 시스템을 개혁하는 것도 중요하지만, 그와 별개로 개개인의 노력도 필요하다. 내가 컨트롤할 수 있는 사람은 나 자신뿐이고, 내가 영향을 미칠 수 있는 사정거리 또한 내가 맞닥뜨린 상황에 국한되기 때문이다. 그래서 나는 내 주변에서 일어나는 불합리한 상황이나 잘못된 관행에 대해 웬만하면 짚고 넘어가는 편이다. 서울예고 교장이 되고나서는 악역도 마다하지 않고 있다.

한번은 서울예고 개교 기념행사에서 이런 일이 있었다. 미션스쿨인 학교 특성에 따라 전교생이 목사의 주재로 기도를 하고 있었다. 단상에서 보니 한 학생이 우유를 마시고 있었다. 나는 기도가 끝난 다음 이렇게 말했다.

"다른 사람이 기도할 때 아무렇지 않게 우유를 마시는 사람이 과연 예술을 할 수 있을까요? 기도를 같이 하는 것은 신앙의 문제가 아니라 기본적인 태도와 예의의 문제입니다. 상대방에게 갖추어야 할 최소한의 예의도 없는 사람이 어떻게 예술을 하고, 또 그런 사람들이 모인 학교를 어떻게 우리나라 최고의 예술학교라고 할 수 있겠습니까?"

내 말에 강당은 찬물을 끼얹은 듯 조용해졌다. 그런 지적과 비판이 분위기를 경직되게 하고, 관계를 불편하게 만들 수 있다는 걸 나 또한 모르지 않는다. 그렇다고 잠깐의 불편을 감수하기 싫어서 못 본 척 넘어간다면 그러한 습관과 관행이 당연하게 여겨질 것이고, 나중에는 걷잡을 수 없는 지경에 이를 것이다.

나는 일상생활 가운데 그 사람의 성품이 드러난다고 믿는 사람이다. 그리고 우리 학교 학생들이 예술이라는 재능을 펼치기 이전에 적어도 예의와 품격을 갖춘 사람으로 성장하기를 바란다. 하지만 요즘 선생님들은 학생들에게 그런 주의를 주지 않는다. 스승이기보다는 직업인으로 전락한 이들이 적지 않기 때문이다. 지식을 전달하고 예술적인 노하우를 전수하는 것 못지않게 한 사람의 예술인으로 성장하기 위한 인격적인 소양을 길러주는 것도 중요하다. 적어도 내가 교장으로 있는 동안은 그런 소양을 가진 예술인을 키워내고 싶다.

잘못된 습관을 끊을 수 있는 용기

지금은 분위기가 많이 달라졌지만, 한때 음악계에 잘못된 관행이 하나 있었다. 오케스트라 단원이 다른 곳으로 옮기면 이전에 있던 곳에서 마치 배신이라고 당한 듯 여기는 것이었다. 만약 연주자 중의 하나가 다른 곳에 오디션을 봤다는 소문이 돌면 암묵적으로 그를 따돌리기 일쑤였다. 그런 대우를 받다 보면 당사자는 분위기에 못 이겨 그만두거나 울며 겨자 먹기로 다른 곳으로 옮겨야 했다. 내가 생각하기에 그런 풍토는 한 선생에게 레슨을 받던 학생이 다른 선생에게 배우기 어려운 우리 음악계의 분위기와도 일맥상통하는 것 같다. 수원시향에 있을 때 비슷한 사례가 있었다. 어느 날 오보에 연주자가 나를 찾아왔다.

"선생님, 이번에 KBS교향악단에서 공개 오디션을 하는데, 그 오디션에 응시해보고 싶어요. 그래도 될까요?"

얘기를 들어보니 그는 오랫동안 KBS교향악단에 들어가기를 꿈꿔왔다고 한다. 하지만 음악계에 만연해 있는 분위기 때문에 선뜻 오디션에 응하지 못하고 고민하다 내게 온 것이다. 나는 그에게 말했다.

"평소에 KBS교향악단에 가고 싶었다면 당연히 오디션을 봐야죠. 기왕에 보는 것이니 꼭 좋은 결과가 있기를 바랍니다."

그는 내 허락을 받고 KBS교향악단 오디션을 보았다. 그런데 안타깝게도 불합격 통보를 받았다. 단원들이 이미 오보에 연주자가 오디션을 본 사실을 알고 있었기에 내심 걱정이 되었다. 나는 단원들에게 이렇게 일렀다.

"만일 여러분 중에 베를린 필이나 뉴욕 필 같은 세계적인 오케스트라에 들어가는 단원이 있다면 어떨까요? 아마 잘됐다고 축하하고 자랑스러워하지 않을까요? 그런데 우리는 왜 국내의 다른 오케스트라로 가는 것을 너그럽게 받아들이지 못할까요? 함께 일하던 동료가 더 좋은 곳으로 간다고 하면 축하할 할 일이지 비난할 일이 아닙니다. 그러니 적어도 우리는 그러지 맙시다."

어느 조직이나 잘못된 관행이 있을 수 있다. 나는 그런 관행을 바꿔 나가는 것이 지휘자로서 내 역할이라고 생각한다. 잘못된 관행을 그대로 두면 결국 조직 전체의 분위기를 해치기 때문이다.

그러고 나서 몇 달 후, KBS교향악단에서 다시 오보에 연주자 오디션 공지가 났다. 하지만 이번에는 오보에 연주자가 지레 겁을 먹고 응시하기를 꺼리는 것이었다. 나는 조용히 그를 불러 격려해주었다.

"기회는 쉽게 오는 게 아닙니다. 이번 기회를 놓치면 아마 평생 후회할지도 몰라요. 그러니 한 번 더 응시해보세요. 아마 이번에는 틀림없이 합격할 수 있을 겁니다."

오보에 연주자는 내 말에 힘을 얻어 오디션을 무사히 치렀고, 그렇게 원하던 KBS교향악단으로 옮길 수 있었다. 나는 진심으로 그를 축하해주었다.

리더는 조직 구성원의 앞길을 막는 것이 아니라 그들이 더 발전하고 성장할 수 있도록 격려하고 북돋워야 한다. 같이 일하는 사람들의 발전을 가로막는 것은 상대방뿐 아니라 자기 자신에게도 도움이 되는 않는다. 자기가 데리고 있던 단원이 다른 데 가서 잘한다는 소리를 들으면 지휘자인 내게도 좋은 일이지 결코 손해 보는 일이 아니기 때문이다.

한 걸음 더 나아가 나는 좋은 리더는 잘못된 관행을 고치는 데 머물지 않고, 좋은 전통을 만들어나가야 한다고 생각한다.

청소년 음악회 때의 일이다. 지금은 많이 달라졌지만, 그때만 해도 우리나라 청중들은 박수에 많이 인색했다. 청소년 음악회는 교육적인 의미도 있기에, 나는 어린 청중들에게 좋은 음악을 들려주는 것 못지않게 공연 예절을 가르치는 것도 중요하게 생각했다. 그래서 악장이 입장할 때, 오케스트라 연주가 끝나고 퇴장할 때 아낌없는 박수를 보내는 것이 청중의 기본적인 태도라고 일러주었다. 그리고 연주가 끝나면 감동 받은 만큼 박수로 격려해달라고 주문했다. 어린 청중들은 내 말을 새겨듣고, 오케스트라 연주가 끝나자 열광적인 박수로 호응해주었다.

문제는 단원들이었다. 그들은 무대에서 퇴장할 때 그렇게 오랫동안 박수를 받아본 적이 없었다. 청중들이 계속 박수를 치자 당황한 단원들이 서로 먼저 나가려고 한꺼번에 출구로 몰리는 바람에 우왕좌왕하는 모습이 연출

됐다. 나는 단원들에게 이렇게 당부했다.

"혹 여러분 중에는 연주자는 좋은 음악만 들려주면 된다고 생각하는 사람도 있을지 모르겠습니다. 하지만 나는 무대 위의 모든 것이 연주라고 생각합니다. 무대 위에서 하는 모든 행동이 음악가다워야 합니다. 다음부터는 퇴장할 때 한꺼번에 나가지 말고 출구에서 가까운 사람부터 차례로 나가도록 하세요. 우리의 일거수일투족을 어린 청중들이 전부 보고 있다는 사실을 잊어서는 안 됩니다."

개인적으로 내가 가장 뜻깊게 생각하는 것은 지휘자인 내가 무대에서 가장 늦게 퇴장하는 전통을 만든 것이다. 그러한 전통을 만든 데는 나름의 이유가 있었다.

몇 년 전에 어느 유명 연극배우의 인터뷰 기사를 읽은 적이 있다. 유명해진 비결이 뭐냐고 묻는 기자의 질문에 그는 이렇게 답했다.

"대답하기 매우 곤란한 질문입니다만, 굳이 하나를 꼽자면 연극이 끝나고 집에 갈 때마다 무대감독과 조명감독에게 늘 고맙다고 말하기 때문일 거예요."

그는 자신이 무대에서 박수 받을 수 있는 것은 무대 뒤에서 자기 역할을 다해주는 박수 받지 않는 사람들이 있기 때문이라는 것을 늘 기억하고 있었다. 그 이야기를 들었을 때 나는 느낀 바가 있었다.

클래식 음악 연주회에서는 보통 지휘자가 제일 먼저 퇴장한다. 그러다 보니 단원들은 청중들이 빠져 나간 뒤 쓸쓸하게 퇴장하는 일이 잦다. 나는 한 마음으로 연주를 펼친 단원들이 청중의 박수도 같이 누리는 것이 옳다고 느꼈다. 청중의 박수와 격려만큼 연주자를 기쁘게 하는 것은 없기 때문이다. 그래서 단원들에게 이렇게 당부했다.

"여러분, 오늘은 연주가 끝나고 내가 양손을 모으고 있을 거예요. 그러면 그걸 신호로 해서 여러분이 먼저 퇴장하도록 하세요."

연주가 끝나고 단원들은 내 신호에 맞춰 퇴장하기 시작했다. 박수 소리는 단원들이 전부 나갈 때까지 멈추지 않았다. 무대 위에 내가 아직 남아 있었기 때문이다.

그때부터 나는 단원들이 다 나가고 맨 마지막에 나가는 지휘자가 되었다. 무대에서 가장 늦게 퇴장하는 지휘자. 세계 어디에도 그런 지휘자는 없지만, 나는 그것이 같이 연주하는 사람들에게 애정을 표현하는 나만의 방식이라고 생각한다. 그러니 전례가 없다고 해서 마다할 이유가 없다. 그러한 작은 실천으로 모두가 행복해질 수 있다면 나부터 실천해서 새로운 전통을 만들면 그만이니까.

경직되고 성역화된 음악이 아닌 더 많은 사람들과 나눌 수 있는 살아 있는 음악을 꿈꾼다.

일이 곧 휴식인
예술가로 사는 법

나이답지 않게 항상 활력이 넘치는 건강 비결이 뭐냐고 묻는 질문을 종종 받는다. 글쎄, 내게는 딱히 비결이라고 할 만한 것이 없다. 특별히 아픈 데 없이 건강하게 음악 활동을 할 수 있는 것은 아마도 기본에 충실하기 때문일 것이다.

나는 웬만하면 스트레스를 받지 않으려고 한다. 그런데도 스트레스를 받는다면 그건 살아가는 방식을 바꾸라는 삶의 경고일 것이다. 스트레스를 받지 않는 것과 더불어 늘 행복해지려고 의식적인 노력을 기울인다. 나는 아직까지 큰 어려움 없이 많은 일을 소화할 수 있다는 사실에 감사한다. 피곤한 줄 모르고 여기저기 뛰어다니니 오히려 주위에서 더 불안해하지만, 그저 매순간 내게 주어진 삶에 충실할 뿐이다.

보통 이, 삼일에 한 번 꼴로 연주 일정이 잡히는데, 아직까지 건강 때문에 스케줄을 취소해본 적은 한 번도 없다. 사람들은 내가 예민하다고 하는데, 나는 의외로 어디서든 잘 먹고 잘 잔다. 연주회를 하러 지방에 갈 때는 버스 안에서도 잘 자는 편이다.

한 가지 더 건강 비결을 들자면, 매일 지휘봉을 들고 지휘를 하는 것도 건강에 도움이 된다. 지휘는 기본적으로 음악 활동이지만, 한두 시간의 연주 동안 내내 서서 지휘를 하는 것은 상당한 신체 운동이 된다. 그래서인지 지휘자들 중에는 장수하는 이들이 제법 많다.

술도 좋아하지 않고 음악 외에는 특별한 취미도 없는 내게 사교나 건강을 위해 등산이나 골프를 권하는 이들도 있다. 하지만 나는 그런 쪽에는 그다지 흥미가 없는 편이다. 오직 음악이 일이자 취미인 셈이다.

내가 음악 이외에 다른 데 눈길을 돌리지 않게 된 것은 아버지의 영향도 있었다. 아버지는 작곡가였지만, 그것으로는 가족들의 생계를 해결할 수 없는 시대에 살았던 불행한 음악가였다. 여러 방면에서 박학다식한 분이라 자신이 필요한 곳이면 어디든 달려가 소임을 다하고자 하셨고, 또 그럴 만한 역량이 충분히 되는 분이셨다. 하지만 그렇게 여기저기 불려 다니다 보니 한 분야를 깊게 파지 못하셨다. 국회의원 출마라는 무모한 도전으로 가족들을 경제적인 곤경에 빠지게 한 적도 있었다. 언젠가 아버지는 가족들에게 이렇게 말씀하셨다.

“내 삶은 참으로 굴곡이 많은 삶이었지. 가족들을 어렵게 만든 적도 있지만, 그래도 후회하지는 않는다. 언제나 우리 가족을 위해 최선을 다했거든.”

나는 그런 아버지를 존경했고, 지금도 아버지의 진취적인 기질을 높이 평가하지만, 아버지처럼 살고 싶지는 않았다. 그래서 결혼을 하면 경제적인 문제만큼은 내가 책임져야겠다고 결심했다.

그래서 KBS교향악단에 있을 때 여러 대학에서 강의를 맡아달라는 제의가 들어왔을 때도 일절 응하지 않았다. 아무리 재능이 넘친다 하더라도 그 재능을 분별없이 여러 분야에 쏟아부어서는 안 된다는 것이 내 생각이었다. 지금도 그 선택을 후회하지 않는다. 만약 내가 전업 지휘자의 길을 택하지 않고, 대학으로 갔다면 나는 그저 아마추어 지휘자에 머물렀을 것이다.

오로지 음악 한 가지 일에만 몰두하면서 살 수 있는 결정적인 이유는 하루 24시간을 써도 모자랄 만큼 다양한 음악 활동을 하기 때문이다. 최근에는 유로아시안 필하모닉 오케스트라 운영과 서울예고 교장뿐 아니라 성남시향을 새로 맡게 되었고, 포항시향의 명예지휘자로도 활동하고 있다. 이외에도 대학생 연합 오케스트라인 쿠코KUCO와 농어촌 청소년들을 위한 키도KYDO 오케스트라 지휘까지 맡고 있다. 한 사람이 책임지기에는 벅찬 활동들을 이어가고 있기에 솔직히 말하면 따로 시간을 내서 휴식을 취하는 것이 사치로 여겨질 정도다.

이처럼 휴식과 일이 따로 없는 예술가로 살아갈 수 있는 것은 내가 하는 일들이 전부 음악과 관련된 일들이기 때문일 것이다. 만약 음악과 관련 없는 일들, 이를테면 하고 싶지 않지만 어쩔 수 없이 해야 하는 일들, 자리나 위치를 지키기 위해 형식적으로 해야 하는 일이었다면 그렇게 오랫동안 열정을 다하지 못했을 것이다.

그러다 보니 내 하루 일과는 온전히 음악으로 채워진다. 사실 하루를 시간 단위로 쪼개 스케줄을 잡아야 할 정도로 바쁘다. 단원들이 출근하는 시간에 나는 이미 미팅 한 건을 마치고 출근한다. 연주회가 있는 날은 단원들이 리허설을 끝내고 퇴근한 후에도 무대를 완벽하게 점검하느라 가장 늦게 퇴근한다. 어찌 보면 완벽주의 기질이 있는 데다 일중독에 가까워 무슨 일이든 허투루 넘기지 못하고 꼼꼼하게 체크해야 직성이 풀린다.

만약 이런 일을 단순히 의무감 때문에 했다면 이미 탈진하거나 방전돼 쓰러지고 말았을 것이다. 평생 이렇게 빽빽한 삶을 살아왔어도 내가 쉽게 지치지 않을 수 있었던 것은 이런 일들을 단순히 먹고 살기 위해 해야 하는 의무로 생각하지 않았기 때문이다.

사람들은 흔히 하고 싶은 일과 해야 할 일을 편리하게 나눠서 생각하는 경향이 있다. 이러한 사고방식은 자신이 해야 할 일을 억지로 하지 않으면 안 되는 의무 정도로 폄하하게 된다. 생활비를 벌기 위해서, 집을 장만하기 위해서, 해외여행을 가기 위해서 어쩔 수 없이 버텨야 하는 곳이 직장이요, 억지로 하는 일이 자신의 업이라고 생각하게 되는 것이다.

내게 음악은 단순히 직업이나 일이 아니었다. 직업적 성취만을 위해 음악을 했다면 그렇게 열정적으로 일하기 어려웠을 것이다. 내가 하는 일이 사회에 어떤 긍정적인 영향을 미칠지 고려하고, 그것을 이루기 바라면서 에너지를 쏟았기에 일과 휴식의 조화를 이룰 수 있었다.

나는 예술가라고 해서 사회적 책무에서 완전히 자유로울 수는 없다고 생각한다. 아니, 오히려 예술가이기에 아무나 할 수 없는 사회적인 가치를 추구해야 하지 않을까. 자신의 활동이 사회에 미치는 긍정적인 가치를 발견한 사람은 개인적인 욕구를 충족시키는 삶에 만족하기가 어렵다. 맛있는 것을 먹고 좋은 데를 가는 삶도 좋지만, 자신이 하는 일의 가치를 알기에 24시간 온전히 거기에 몰두할 수 있는 것이다. 그리고 그 일을 통해 단순히 자아 성취 욕구를 충족시키는 것과는 차원이 다른 창조의 기쁨을 맛본다.

운동할 시간도 없고, 휴식을 취할 새도 없이 바쁘게 살아가면서도 내가 탈진하기는커녕 남들보다 훨씬 젊고 활기차게 살 수 있는 것은 바로 일이 곧 에너지의 원천이자 휴식인 삶을 살고 있기 때문일 것이다.

4장

발상과 전환

관점이 바뀌면 모든 게 새로워진다

예산이 많아야 좋은 공연을 할 수 있는 것은 아니다

〈라 트라비아타〉는 주세페 베르디의 오페라 중에서 가장 사랑받는 작품 중 하나다. 사교계의 꽃인 여주인공 비올레타가 그녀를 흠모해온 청년 알프레도와 사랑에 빠졌다가 결국 버림받고 쓸쓸히 죽음을 맞이하는 비극을 다루고 있다.

사랑을 이루지 못하고 외롭게 죽음을 맞이하는 비올레타의 아리아가 끝나자 관객들은 슬픔에서 헤어나오지 못한 듯 잠시 진공 상태와 같은 침묵을 지켰다. 그러다 누가 먼저랄 것 없이 박수가 쏟아졌다. 나는 땀에 흠뻑 젖은 채 객석을 향해 돌아섰다. 기립한 청중들의 열광적인 환호. 공연장은 금세 감동의 물결로 일렁였다.

수원시향의 〈라 트라비아타〉. 이 공연은 여러 가지 면에서 잊을 수 없는 공연이었다. 〈라 트라비아타〉가 공연된 수원문예회관은 내가 처음 수원시향의 연주 실력을 가늠하기 위해 찾았던 바로 그곳이었다. 백여 명도 되지 않는 청중이 드문드문 앉아 있던 객석이 발 디딜 틈 없이 꽉 차 있었다. 관객조차 외면했던 수원시향이 그만큼 달라진 것이다.

KBS교향악단을 나와 수원시향으로 갔을 때, 나는 안정적인 조직을 벗어나 예술가로서 다양한 시도를 해보고 싶었다. KBS 같은 조직은 재정적인 어려움이 없는 대신 지휘자가 자율적으로 무언가를 시도해볼 수 있는 여지가 별로 없다. 반면 수원시향 같은 지방 악단은 자율성이 대폭 늘어나는 대신에 재정적인 면에서 자유롭지 못하다. 하지만 꼭 돈이 많아야 좋은 공연을 할 수 있는 것일까? 나는 그렇게 생각하지 않았다.

공연이 있기 얼마 전 수원시향은 경기도 문화예술 지원 프로그램의 수혜 대상으로 선정돼 오백만 원의 지원금을 받았다. 지원금을 어떻게 쓰면 좋을까? 단원들에게 공평하게 나눠줄 수도 있었지만, 한 사람에게 십만 원도 채 돌아가지 않는 돈은 별 의미가 없을 것 같았다. 나는 오백만 원의 지원금을 어떻게 쓸지 고민했다. 그 즈음, 수원문화예술회관에서 일 년에 한 차례씩 열리는 연주회 일정이 잡혔다. 나는 이 공연을 수원시민들에게 보답하는 축제로 만들고 싶었다. 그래서 단원들에게 이렇게 제안했다.

"여러분, 우리 오백만 원밖에 안 되는 지원금을 나눌 게 아니라 이것으로 좀더 의미 있는 시도를 해보면 어떨까요? 저는 이번 오케스트라의 밤에 수원시민들에게 오페라를 들려주고 싶습니다."

"네? 오페라요?"

단원들은 과연 그게 가능하냐는 표정이었다. 실제로 오페라 한 편을 무대에 올리려면 적어도 일억 원 이상이 필요했다. 오백만 원은 오페라 1막을 올리기에도 부족한 액수였다. 하지만 나는 이미 생각해둔 바가 있었다.

"반드시 예산이 많아야 좋은 공연을 할 수 있는 건 아니죠. 우리 형편에서 보여줄 수 있는 만큼 보여주되, 애정을 가지고 성심껏 연주한다면 분명 청중들도 좋아할 겁니다."

그렇게 해서 '오백만 원으로 오페라 공연하기' 프로젝트가 시작되었다. 최소한의 금액으로 오페라를 무대에 올리려면 아이디어와 기획력이 필요했다. 우리는 일단 스펙터클하고 화려한 무대는 포기했다. 그리고 오페라 중에서 등장인물이 적은 〈라 트라비아타〉를 공연하기로 했다. 그리고 최소의 금액으로 공연을 올리기 위해 오페라의 주요 장면만을 보여주는 '갈라 콘서트'로 진행하기로 했다. 장면 사이사이에 내가 해설을 곁들인다면 청중들도 어렵지 않게 이야기의 흐름을 따라잡을 수 있을 것이었다.

대신 성악가들은 최고의 실력자들을 섭외하기로 했다. 오페라는 성악가들이 오르고 싶어 하는 꿈의 무대였다. 누구나 한 번쯤 카르멘이나 비올레타 같은 오페라의 주인공이 되고 싶어 한다. 그러니 성악가들을 섭외하는 것은 어려울 게 없었다. 국내 최고의 성악가들이 무대에 서주기로 약속했다. 나는 그들에게 오페라 공연을 하듯이 실제 무대의상을 입고 출연해달라고 부탁했다.

성악가 섭외가 끝났으니 이제 오케스트라 연주에 심혈을 기울여야 했다. 보통 오페라는 무대 위 성악가가 주인공이고, 오케스트라는 무대 아래서 그들을 빛나게 해주는 역할을 한다. 우리는 성악가들이 무대 위에서 빛날 수 있도록 어느 때보다 철저하게 연습에 임했다. 성악가가 자주 실수하는 부분까지 미리 파악해 그에 대비해 철저히 연습을 마쳤다. 리허설 현장에서 성악가들은 우리의 세심한 배려를 알아보았다. 그리고 몰라보게 달라진 오케스트라 연주에 놀라움을 금치 못했다. 어떤 오케스트라도 성악가에게 완벽하게 맞춰서 연주하는 경우는 드물기 때문이다.

수원시향이 오페라를 선보인다는 소문이 퍼지자 수원시민들의 기대감도 점점 커졌다. 특히 수원시는 수원시향이 처음으로 시도하는 오페라 공연에 상당한 기대를 품고 있었다. 수원시장은 특별히 도지사와 국회의원을 비롯해 서른 명의 지역 인사를 공연에 직접 초대하기까지 했다.

우리 또한 수원시민에게 최고의 연주를 들려주기 위해 연습을 거듭했다. 이대로만 진행된다면 성공적으로 공연을 마칠 수 있을 것 같았다. 하지만 최종적으로 무대를 점검하던 나는 마음에 걸리는 부분이 있었다. 아무리 갈라 콘서트라고 해도, 소품 하나 없는 무대가 너무 썰렁해 보였던 것이다. 넓은 무대를 성악가 몇 명과 음악만으로 채우기에는 역부족이었다.

무대를 어떻게 채울지 걱정이었다. 성악가들을 섭외하느라 지원금은 이미 거의 다 쓴 상태였다. 그런데 마침 수원시향 단무장이 알고 지내는 가구점 사장이 있다고 해서 부랴부랴 연락을 취했다.

"이번에 시향에서 수원시민들을 위해 오페라 공연을 하려고 합니다. 무대에 쓸 소품과 가구가 없어서 그러는데, 혹시 가구를 빌릴 수 있을까요?"

사정을 설명하니 가구점 사장은 예상외로 선뜻 허락해주었다.

"좋습니다. 수원시향의 연주를 위해서라면 언제든 내드릴 테니 와서 가져가십시오."

나중에 알고 보니 그는 수원시향에 깊은 애정을 가진 클래식 애호가였다. 덕분에 우리는 예산을 초과하지 않고 최고급 가구로 무대를 채울 수 있었다.

〈라 트라비아타〉는 그렇게 오백만 원이라는 지원금만으로 기적처럼 올려진 공연이었다. 그리고 그날의 공연은 완벽에 가까웠다. 수원시민들에게 좋은 공연을 들려주고자 연습에 연습을 거듭했던 오케스트라는 최상의 실력을 발휘했고, 최고의 성악가들이 들려주는 아리아는 무대를 꽉 채우고도 남았다. 공연 내내 심취해 있던 관객들은 오페라가 끝나기 무섭게 기립 박수로 답해주었다.

모두가 맡은 자리에서 최선을 다해 준비한 공연이었기에 좋은 결과가 나오리라는 것은 예상하고 있었다. 그럼에도 막상 공연이 끝나고 수많은 청중들의 환호를 받으니 나도 모르게 가슴이 뜨거워졌다. 나는 객석을 채운 수원시민들에게 이 음악회가 어떻게 준비되었는지를 상세히 설명했다. 단원들이 자신들에게 돌아갈 지원금을 선뜻 내놓았다는 사실에 수원시민들은 아낌없는 환호와 박수를 보내주었다.

더 놀라운 일은 공연이 끝난 후에 일어났다. 공연이 성황리에 마무리되자 수원시장이 초대한 VIP 인사들이 자발적으로 수원문화예술회관 옆에 있는 레스토랑에 모였다. 그들은 수원시향의 눈부신 발전에 놀라워하며 우리를 위해 무언가를 해주고 싶어 하는 눈치였다.

"우리가 힘을 모아 수원시향을 위해 음악당과 오케스트라 연습실을 지어주면 어떻겠습니까?"

누군가 그렇게 제안했고, 즉석에서 꽤 많은 기금이 모였다. 나는 가슴이 두근거렸다. 얼마 전까지만 해도 수원시향은 존폐 위기에 놓인 오케스트라였다. 내가 부임하기 전에 수원시향을 폐지하겠다는 논의가 있었다는 사실도 알고 있었다. 그런 오케스트라에 이제는 지역 인사들이 앞다퉈 지원하겠다고 나선 것이다.

그때를 돌아보면 나는 아직도 가슴이 벅차오른다. 만약 그때 내가 지원금 오백만 원을 단원들과 나눠가졌다면 어땠을까? 그랬다면 아마 지원금은 단원들에게 십만 원의 가치로 기억되었을 것이다. 하지만 우리가 관점을 바꿔 그 돈을 가장 가치 있게 쓸 수 있는 방법을 연구했을 때, 그 돈은 오백만 원으로는 상상할 수 없는 가치로 우리에게 돌아왔다. 우리는 수원시민을 위해 고작 오백만 원을 투자했지만, 그 공연으로 총 공사비 오십억 원이 넘는 대규모 야외 음악당과 백여 평의 오케스트라 연습실을 얻을 수 있었다. 〈라 트라비아타〉 공연을 계기로 나는 더 이상 상황의 열악함이나 환경을 탓하지 않기로 했다. 주어진 조건에서 어떻게 하면 최고의 결과를 만들어낼 수 있는지에만 집중했다. 관점을 바꾸면 모든 게 달라진다. 나는 그것을 〈라 트라비아타〉 공연에서 배웠다.

스스로의 힘으로 자립할 수 있는 예술가를 꿈꾼다

1997년, 수원시향 임기 말 즈음에 나는 새로운 오케스트라의 모델을 구상했다. 그리고 2000년 수원시향을 나오면서 유로아시안 필하모닉 오케스트라를 창단했다. 다시 말하면 월급쟁이 CEO 생활을 청산하고 클래식 음악을 매개로 한 벤처 기업을 창업한 셈이다.

아는 사람은 아는 얘기지만, '유로아시안'이라는 이름은 수원시향에 있을 때 지은 것이다. 1997년에 서울국제음악제 오프닝 콘서트의 지휘를 맡게 되었다. 행사 준비로 바쁜 어느 날, 예술의전당 측에서 급한 연락이 왔다. 오프닝 콘서트에 함께하기로 했던 이탈리아 오케스트라가 갑자기 일정을 취소했다는 것이었다. 국제적 행사의 오프닝 일정에 차질을 빚게 되자 담당자는 당황한 기색이 역력했다. 그는 초조한 목소리로 말했다.

"선생님, 혹시 오프닝으로 대체할 만한 좋은 아이디어가 없을까요?"

나는 그런 질문에 길게 고민하는 스타일이 아니다. 그래서 즉흥적으로 이런 제안을 했다.

"페스티벌 오케스트라를 만들면 어떨까요? 유럽 음악가들을 오십 명쯤 초대하고, 우리나라의 여러 악단에서 악장과 수석 단원들을 모아 오케스트라를 만드는 겁니다."

담당자는 내 의견에 반색했다.

"그거 좋은데요. 국제적인 음악회 취지에도 어울리고, 여러 나라 연주자들이 함께 연주하는 새로운 시도가 될 것 같습니다."

그렇게 해서 유럽과 아시아 음악가들이 하나로 어우러진 페스티벌 오케스트라가 결성되었다.

유학 시절 가장 부러웠던 것은 유럽 국가들이 자유롭게 서로 교류하면서 문화와 예술의 꽃을 피우는 모습이었다. 그들은 정치적으로 다소 불편한 관계에 있다 하더라도 그 때문에 문화적 교류를 포기하지 않았다. 괴테의 시에 차이코프스키가 곡을 붙이고, 셰익스피어의 작품에 러시아 인이 곡을 써 무대에 올리는 것이 자연스러웠다. 나는 우리나라도 유럽의 여러 국가들처럼 자유로운 문화적 교류가 가능했으면 좋겠다는 바람을 갖고 있었다. 페스티벌 오케스트라는 그런 의도에 잘 들어맞는 프로젝트였다.

유럽과 아시아의 백여 명의 연주자들이 참가하는 오케스트라가 결성될 즈음, 일회성 오케스트라라고 해도 음악회의 취지에 걸맞은 이름이 필요하겠다는 생각을 했다. 유럽과 아시아의 음악가들이 한자리에 모여 음악적 교감을 나누는 오케스트라의 이름을 뭐라고 지으면 좋을까? 곧 '유로-아시안'이라는 이름이 떠올랐다.

그 일이 있고 얼마 후 수원시향을 떠나 벤처 오케스트라를 창단하게 되었다. 오케스트라 이름을 뭘로 지을지 고민하다가 '유로-아시안'이라는 이름을 떠올렸다. 페스티벌 오케스트라를 지휘할 때, 피부색도 언어도 각기 다른 여러 나라 연주자들이 한데 어울려 연주하던 모습이 유독 보기에 좋았었다. 나는 우리의 벤처 오케스트라를 '유로아시안 필하모닉 오케스트라'로 부르기로 했다.

어떤 사람들은 유럽 출신 단원이 있는 것도 아닌데, 왜 유로아시안이라는 이름을 쓰느냐고 묻기도 한다. 그 이름에는 바로 내가 추구하는 음악적 지향이 담겨 있다. 우리 오케스트라는 어떤 외부의 지원도 없이 시작한 벤처 오케스트라에 불과했지만, 이름만큼이나 포부가 컸다.

수원시향에 와서 KBS교향악단에서는 해보지 못한 많은 것들을 시도했지만, 나는 거기에 만족하지 않았다. 못 말리는 도전정신으로 이번에는 지원 없이도 살아남을 수 있는 오케스트라를 시험해보고 싶었다. 그건 성공을 확신해서 벌인 일이 아니었다. 오히려 성공을 확신할 수 없었기에 누군가는 시도해봐야 할 일이었다.

유로아시안 필하모닉 오케스트라는 이처럼 스스로의 힘으로 살아남을 수 있는 오케스트라의 모델을 제시하고 싶다는 바람에서 시작되었다. 그러다 보니 창단 초기에는 운영이 쉽지 않았다. 우리는 처음부터 끝까지 모든 것을 스스로 구하고 얻어야 했다. 나 또한 이전까지 가지고 있던 '상임지휘자'라는 명함만으로는 부족하다고 느꼈다. 음악적 열정만으로는 매달 수익을 내는 오케스트라를 운영한다는 것이 쉽지 않았다. 나는 그때부터 오케스트라의 음악감독이자 CEO의 마인드로 임하기 시작했다. 벤처 오케스트라를 운영하는 것은 내 체질까지 바꿔야 하는 일이었다.

살아남기 위해서는 과감한 결단과 공격적인 경영이 필요했다. 그렇게 노력한 결과, 창단 3년쯤 되었을 때 우리는 유료 관객 동원 수 1위의 정상급 오케스트라로 우뚝 설 수 있었다. 티켓 판매와 기업체 스폰서 계약만으로 이룬 성과였다. 누구도 예상하지 못한 급성장이었다.

유로아시안 필하모닉은 지금도 여느 제도권 오케스트라보다 훨씬 많은 연주를 하고 있다. 그렇게 연주할 수 있는 것은 오케스트라의 연주 편성이 다양한 것도 하나의 요인이다. 우리는 대편성인 유로아시안 필하모닉 오케스트라뿐 아니라 이보다 작게 편성된 오케스트라, 현악 수석들로 이루어진 소규모 실내악단 등 어느 무대라도 소화할 수 있는 다양한 구성을 갖추고 있다. 고객의 요구에 맞는 음악을 선보이려는 고민 속에서 나온 결과다.

그렇게 15년 가까이 유로아시안 필하모닉을 이끌어오면서 나는 벤처 오케스트라의 성공적인 모델을 키우는 데 성공했다. 유로아시안 필하모닉은 꾸준히 성장을 거듭해 여느 오케스트라와 비교해도 손색이 없는 정상급 오케스트라로 자리잡았다.

우리 오케스트라처럼 클래식을 매개로 한 비즈니스 모델은 전 세계적으로도 유례를 찾아보기 어렵다. 클래식의 본고장이라고 할 수 있는 유럽에서도 외부 지원 없이 운영되는 오케스트라는 흔치 않다. 외국의 음악가나 지휘자들이 한국을 방문해 유로아시안의 사례를 접하고 나서 한결같이 대단하다는 반응을 보이는 것은 이 때문이다. 클래식의 불모지인 한국에서 스스로의 힘으로 운영되는 오케스트라를 목격하는 것은 그들에게도 놀라운 일인 것이다.

나는 여기에 만족하지 않고, 하고 싶은 일들을 더욱 적극적으로 추진하기 위해 2004년에 (주)유로아시안 코퍼레이션을 설립했다. 사단법인인 오케스트라만으로 진행하기 어려운 일들을 추진하기 위해서였다. 유로아시안 코퍼레이션의 첫 프로젝트가 바로 '제주 뮤직 아일 페스티벌'이었다. 이 외에도 '맨해튼 체임버 뮤직 페스티벌' 등 국내외의 다양한 페스티벌과 인재 양성을 위한 아카데미, 레코딩 사업 등이 여기서 진행된다.

그러다 한 오 년 전쯤부터 우리 오케스트라의 정체성을 보다 잘 설명해줄 수 있는 새로운 이름을 고민하기 시작했다. 지난해 여름 이 새로운 오케스트라의 첫 연주가 예술의전당에서 있었는데, 이 오케스트라의 이름은 바로 '뉴월드 필하모닉 오케스트라'다. 음악으로 새로운 세상을 만들어간다는 의미도 있고, '유로아시안'이라는 지엽적인 의미에서 벗어나 세계를 아우르는 음악 활동을 펼치겠다는 포부도 담겨 있다.

물론 뉴월드 필하모닉 오케스트라로 이름을 바꿨다고 해서 기존의 유로아시안이라는 이름을 아예 버리는 것은 아니다. 여느 오케스트라와 운영 방식이 다른 우리는 때로는 뉴월드 필하모닉으로, 필요하다면 유로아시안 필하모닉으로 무대에 설 것이다. 대편성인 80인조 오케스트라뿐 아니라 예산과 무대 구성에 따라 50인조, 30인조, 15인조로 구성된 다양한 오케스트라와 소규모 실내악단의 연주를 선보일 것이다. 그것이 우리 오케스트라가 살아남을 수 있는 생존 방식이기 때문이다.

국내 최초로 정부나 지자체의 지원 없이 운영되는 자립형 벤처 오케스트라 유로아시안 필하모닉.

음악을 위해
청중이 존재하는 것이 아니라
청중을 위해
음악이 존재하는 것이다

우리나라에도 클래식을 사랑하는 음악 애호가들이 적지 않다. 외국의 유명 음악가들이 내한하면 비싼 티켓 가격을 기꺼이 지불하면서 보러 오는 고급 청중들도 생각보다 많다. 그들이 클래식 음악 수요자들의 주류를 형성하는 것은 사실이지만, 사실 전체 인구로 놓고 봤을 때는 극소수에 불과하다. 그 제한된 청중들이 클래식 음악계의 여론을 좌지우지하는 것이다. 오늘날 한국 음악가들이 이룬 성과가 적지 않지만, 그들이 고급 청중의 울타리를 넘어서 새로운 청중을 만들어낼 수 있을지, 나는 다소 회의적이다.

나는 고급 청중을 놓치지 않는 것도 중요하지만 그것만으로는 클래식 음악의 저변을 확대하기 어렵다고 늘 생각해왔다. 독일에서 공부할 때 주머니 사정이 넉넉지 않았던 나는 베를린 필하모닉의 연주를 맨 뒷자리의 가장 저렴한 좌석에서 감상하곤 했다. 그때 들었던 연주도 물론 좋았지만, 그보다는 음악을 들으려고 점잖게 차려입고 연주회장에 온 청중들에게 더 감동 받곤 했다. 그때 느낀 것은 아무리 훌륭한 연주라도 그것을 알아보고 즐기는 청중이 없다면 의미가 없다는 것이었다.

실제로 독일에서는 베를린 필하모닉 오케스트라의 연주회가 있을 때 같은 레퍼토리로 여러 번 공연을 해도 3천 석 가까운 연주회장이 매번 매진되곤 한다. 그것도 공연 며칠 전에 예매하는 것이 아니라 자그마치 일 년 전에 70퍼센트의 좌석이 예약된다. 독일에 베를린 필이라는 세계적인 오케스트라가 존재할 수 있는 것은 그만큼 독일인들이 클래식을 가깝게 여기고 진정으로 즐기기 때문일 것이다.

40년 전의 독일과 지금의 우리나라를 단순 비교하기는 어렵지만, 나는 우리나라의 클래식이 더 발전하려면 품평하는 청중을 넘어 진심으로 음악을 음악답게 즐기는 청중이 더 많아져야 한다고 생각한다. 그러려면 이미 있는 청중 못지않게 새로운 청중을 개발하는 것도 중요하다.

그렇다면 어떻게 해야 관객들에게 클래식 음악을 더 가깝게 전달할 수 있을까. 나는 그 답을 음악가나 음악 평론가에게서 찾으려 하지 않고 청중 속에서 찾으려고 했다. 그들의 관점에서 그들이 원하는 것이 무엇인지를 알고자 한 것이다.

일반 관객들이 클래식 음악을 어려워하는 이유는 그것이 수백 년 전 유럽에서 시작된 음악이기 때문일 것이다. 사실 대중가요는 가사와 멜로디를 듣고 직관적으로 감상할 수 있지만, 역사와 문화적인 배경이 다른 외국의 음악은 그렇지 않다. 클래식을 즐기기 위해서는 약간의 사전 지식이 필요하다. 말하자면 클래식 음악은 룰을 알아야 더 재미있게 볼 수 있는 야구 경기에 가깝다. 그렇다면 클래식 음악을 낯설어 하는 관객들이 룰을 알 때까지 기다려야 할까. 나는 캐스터와 해설이 야구 경기의 흐름을 짚어주듯 클래식 또한 직접 해설하기로 했다. 나의 트레이드마크가 된 '해설이 있는 음악회'는 그런 고민 끝에 나온 것이다.

나는 무대에 서면 기존의 음악회처럼 연주만 하는 대신 청중들이 곡의 배경에 대해 이해할 수 있도록 작곡가와 음악에 대한 재미있는 일화를 들려주기 시작했다. 연주에 앞서 곡의 일부를 소개하면서 한 곡이 어떤 형식으로 구성되어 있는지 설명했다. 청중들은 그런 가이드라인만으로도 길을 잃지 않고, 훨씬 깊이 있게 클래식 음악을 감상할 수 있었다.

하지만 초창기에는 이런 내 노력을 이해하는 사람이 많지 않았다. 국내 최고의 실력자들이 모인 교향악단의 단원들조차 그랬다.

KBS교향악단을 지휘하고 있던 1981년에 제5공화국이 출범하면서 청와대에서 오케스트라 연주를 하게 된 적이 있었다. 우리 오케스트라는 국무위원, 대사들을 포함해 총 이백여 명 앞에서 연주를 할 예정이었다. 청와대에서 연주를 하게 되니 KBS 사장이 직접 나서 단단히 당부를 하는 것은 물론, 단원들도 누가 시키지도 않는데 따로 남아서 섹션별로 맞춰보는 열정을 보였다. 어쨌든 그렇게 열심히 준비한 덕분에 청와대 연주는 무사히 마칠 수 있었다.

중요한 것은 그 다음 주에 있는 청소년 음악회였다. 그때는 점심때쯤 연습이 끝났는데, 단원들 중에 남아서 연습하는 이는 찾아볼 수 없었다. 나는 이처럼 청중에 따라 연주를 하는 마음가짐이 달라지는 연주자들의 태도가 매우 안타까웠다.

사실 음악가로서 우리나라 클래식 음악의 발전을 생각한다면, 어디에 힘을 쏟아야 할지 자명해진다. 예를 들어 먹을 것이 넘쳐나는 이에게 케이크를 선물하는 것과 평생 케이크를 한 번도 맛보지 못한 이에게 케이크를 선물하는 것을 비교한다면 어떤 것이 더 가치 있을까?

내 입장에서는 똑같은 케이크를 준 것이지만, 그들이 받는 감동은 하늘과 땅 차이일 것이다. 나는 내가 공들여 하는 연주가 청중들에게 가치 있게 받아들여지기를 원한다. 청와대에서 음악을 들었던 분들을 폄하할 생각은 없지만, 그들에게 오케스트라 연주는 들어도 그만, 안 들어도 그만인 형식적인 행사에 불과했다. 그들은 바쁜 일정 중에 지나가는 요식행위로 클래식 음악을 듣는 것뿐이었다. 하지만 청소년들은 다르다. 그들 대부분이 클래식 음악을 아직 모르지만, 성장해가면서 언제든 애정을 가지고 들을 수 있는 잠재적인 관객이다. 어렸을 때 한번 들은 클래식 음악이 좋은 기억으로 남아 언제든 다시 공연장을 찾을 수 있는 이들이기에 그렇다. 그러니 누구에게 연주를 들려주는 것이 음악가로서 더 가치 있는 일일까.

우리 사회는 특히 외적으로 보여지는 것에 따라 사람을 평가하고, 대우하는 일이 비일비재하다. 그러다 보니 정작 애정이 필요한 사람들은 외면하고, 이미 애정이 차고 넘치는 이들을 특별 대우하는 일이 종종 일어난다. 나는 그런 편파적이고 근시안적인 태도로는 우리 사회를 건강하게 변화시키기 어렵다고 생각한다.

지난해 8월 LA에 갔을 때의 일이다. 공연이 빈 시간에 야외 카페에 앉아 커피를 마시고 있는데, 한 흑인이 횡단보도 근처에서 휠체어에 앉은 채 구걸하는 장면이 눈에 들어왔다. 그런데 세련되게 잘 차려 입은 여자가 횡단보도에 서더니 마치 친구라도 만난 듯 흑인을 포옹하면서 반갑게 인사하는 것이었다. 보아하니 동전이 없어서 흑인에게 적선을 하지는 못한 듯했지만, 그 여자는 신호등이 바뀔 때까지 한참 동안 그 흑인과 이야기를 나누다 사라졌다. 나는 그 모습을 처음부터 끝까지 지켜보면서 내가 과연 저 입장이라면 구걸하는 흑인을 저렇게 스스럼없이 대할 수 있을까 자문해 보았다. 그리고 나뿐 아니라 우리 사회에서도 소외 계층에 열린 마음으로 먼저 다가가는 태도가 필요하지 않을까 하는 생각을 문득 했다.

나는 대통령 앞에서만 잘하는 음악가가 아니라 시골 아이들에게도 똑같이 좋은 연주를 들려주는 음악가가 되고 싶다. 그래서 클래식의 저변을 확대하기 위해 노력했고, 기존의 관행을 무시하고 과감하게 클래식 음악에 해설을 곁들였다. 이런 시도는 이제까지 클래식 음악을 어렵고 지루하게 여겼던 청중들을 공연장으로 불러들였다. 특히 '해설이 있는 청소년 음악회'는 잠재적인 클래식 음악 관객을 개발하고 클래식의 저변을 넓히는 데 큰 역할을 했다고 자부한다.

시대가 변해서 클래식 음악을 듣는 사람이 점점 사라진다고 아쉬워하기 전에 우리 스스로 대중에게 얼마나 다가가려 했는지 돌아봐야 할 것이다. 그리고 그들을 단순히 클래식 음악을 잠깐 듣고 마는 구경꾼 취급하는 것이 아니라 능동적으로 클래식 음악을 향유할 수 있는 주인으로 이끄는 것이 우리가 해야 할 일 아닐까. 욕심이라고 할지도 모르겠지만, 언제나 청중의 입장에서 생각하며, 그들을 클래식 음악의 세계로 안내하는 것, 그것이 내가 음악가로서 기꺼이 해내고 싶은 일이다.

카라얀이냐 할아버지 합창단이냐

카라얀 콩쿠르에서 있었던 일이다. 콩쿠르 입상자들에게는 베를린 필을 직접 지휘할 수 있는 기회가 주어졌다. 그 유명한 베를린 필을 지휘한다는 것은 지휘자 지망생에게 대단한 영광이었다.

기념 연주회는 콩쿠르 이후에 이루어졌다. 등수는 이미 결정된 상태였고 입상을 축하하는 자리였기에 그리 큰 부담은 없었다. 다만 항상 베를린 필의 연습 장면을 지켜보면서 지휘자의 꿈을 키웠던 내게는 특별히 감개무량한 순간이었다. 입상 기념 연주회는 입상자 세 사람의 연주가 차례로 진행되고, 그 다음에 카라얀의 시상이 이어질 예정이었다. 내 순서는 첫 번째였다. 내가 지휘할 곡은 카를 마리아 폰 베버의 〈마탄의 사수〉 서곡이었다. 그런데 공교롭게도 그날은 내가 일주일에 한 번씩 아르바이트로 지휘를 하던 할아버지 합창단의 발표회가 있는 날이었다. 할아버지들은 그날 가족과 친구들 앞에서 그동안 갈고 닦은 합창 실력을 선보일 예정이었는데, 본의 아니게 일정이 겹쳐버린 것이다.

할아버지 단원들은 이미 신문을 통해 내가 카라얀 콩쿠르에서 입상했다는 사실을 알고 있었다. 그래서 발표회는 제쳐두고 기념 연주회에 집중하라고 일렀다. 하지만 아무리 생각해도 내 마음이 편치 않았다. 마침 내가 지휘를 하고 카라얀이 시상을 하기까지는 한 시간 반 정도의 시간적 여유가 있었다. 나는 내 차례 지휘를 마치고 나서 아무에게도 말하지 않고 연주회장을 슬그머니 빠져나왔다. 필하모닉 홀 앞에는 미리 부탁해둔 친구가 대기하고 있었다. 나는 급히 차를 타고 발표회 장소로 달려갔다. 나를 보자 할아버지 단원들은 놀라움과 반가움이 섞인 표정으로 물었다.

"아니, 연주회에 있어야 할 사람이 어떻게 왔습니까?"

놀라는 그들에게 나는 이렇게 말했다.

"시간이 비어서 잠깐 빠져나왔습니다. 저에게는 이 발표회 지휘도 중요하거든요."

그제야 할아버지 단원들은 카라얀 콩쿠르에서 수상한 지휘자를 환호와 박수로 맞아주었다. 방금 전까지 내가 지휘한 베를린 필의 연주가 라디오를 통해 흘러나왔다고 했다. 그들은 마치 자기 일처럼 수상을 축하하고 기뻐해주었다.

곧 합창단의 노래가 시작되었다. 까만 넥타이에 흰머리를 한 합창단은 어느 때보다 행복한 표정으로 화음을 만들었다. 백발에 주름살이 가득한 얼굴이었지만, 그들의 얼굴은 아이들처럼 순수했다. 나는 할아버지 합창단의 지휘를 마치고 서둘러 연주회장으로 다시 돌아왔다.

그런데 연주회장에 들어섰을 때 라벤슈타인 선생이 화가 난 표정으로 나를 맞았다. 알고 보니 내 입상 소식을 듣고 한국 총영사 등 관계자들이 연주회에 참석했다가 당사자가 보이지 않아 한참을 찾았다는 것이었다. 다행히 시상식은 차질 없이 치를 수 있었지만, 라벤슈타인 선생의 표정은 쉽게 풀리지 않았다. 음악가로서 대단히 영광스러운 자리를 지키지 않은 것이니 그로서는 내 행동이 이해할 수 없었던 것이다. 나 또한 어떤 변명도 하지 않았다. 할아버지 합창단을 지휘하러 간 것이 이해받을 수 있는 행동이라고는 생각하지 않았기 때문이다.

만약 카라얀 시상식 날, 나 자신의 커리어만을 생각했다면 아무도 모르게 연주회장을 빠져나오는 무리수를 두지 않았을 것이다. 하지만 나는 내 스케줄 때문에 할아버지 합창단의 발표회를 망치고 싶지 않았다. 나는 지금도 내 지휘에 맞춰서 어린아이들처럼 입을 모아 화음을 맞추던 할아버지 합창단의 얼굴이 선명하게 떠오른다. 카라얀에게 메달을 받던 순간도 내 인생에서 잊을 수 없는 순간이지만, 할아버지 합창단을 지휘했던 그 순간 또한 내게는 너무나 소중한 기억이다.

나는 할아버지 합창단을 지휘하면서 음악의 힘을 피부로 느꼈다. 그들은 이국에서 온 유학생인 나를 자식처럼, 형제처럼 스스럼없이 대해주었다. 나는 할아버지 합창단을 지휘하면서 비로소 함께하는 사람들 사이의 교감이야말로 진짜 음악이라고 생각하게 됐다.

우리나라 클래식 음악은 소수의 엘리트 교육에 치중해 있다. 그래서 연주자들은 국제 콩쿠르에서 수상하는 것을 가장 큰 목표로 삼는다. 음악이 우리의 생활 속에 있는 것이 아니라 몇몇의 엘리트 연주자들을 중심으로 돌아가고 있는 셈이다.

엘리트 음악인 몇 명이 세계적인 콩쿠르에서 수상했다고 해서 그것이 그 나라의 음악 수준을 대변하는 것은 아니다. 우리 삶 속에 클래식 음악이 얼마나 스며들어 있고, 얼마나 많은 사람들이 생활 음악으로서 그것을 즐기고 있느냐가 관건이다. 그래서 나는 일등이 되는 음악가보다는 많은 사람들에게 클래식 음악을 선물하고, 감동을 나누는 음악가가 되기를 자처했다.

음악은 기록 경쟁이 아니다. 음악은 그것을 누리는 모든 이에게 공평해야 한다. 그리고 음악의 힘은 화려한 기교와 감성으로 청중을 압도하는 데 있는 게 아니라 함께 나누는 순간 속에 있다. 그것은 수십 년을 지휘자로 살아온 지금도 변치 않는 나의 확고한 믿음이다.

카네기홀보다 울릉도 연주가 더 값진 이유

오케스트라를 이끌던 초창기에는 우리 단원들 중에도 음악계의 고루한 폐단을 그대로 답습하는 이들이 있었다. 그중의 하나가 연주 장소나 청중에 따라 연주에 임하는 마음가짐이 달라지는 것이었다. 나는 그런 태도는 프로답지 못하다고 생각했다.

KBS교향악단에 있을 때, 우리는 매년 봄과 가을에 지방 공연을 다녔다. 지방 순회공연은 KBS에 십이 년 동안 있으면서 내가 가장 보람 있게 추진한 일 중의 하나였다. 그래서 서울에서 열리는 정기 연주회 못지않게 지방 공연에 공을 들였다. 클래식 음악을 자주 접하기 어려운 이들에게 오케스트라 연주를 들려주는 것은 음악가로서 소홀히 해서는 안 되는 일이라고 여겼기 때문이다.

그런데 단원들 중에는 버스 세 대에 나눠 타고 지방으로 가는 장거리 일정을 부담스러워 하는 이들이 있었다. 내 앞에서 대놓고 이야기하지는 않았지만, 지방 공연을 꼭 가야 하느냐고 불평하는 이들이 있었다. 그도 그럴 것이 그들에게는 4박 5일 일정을 빼기 어려운 사정이 있었다.

지금도 그렇지만 당시에도 KBS교향악단 단원들은 최고의 실력을 갖춘 연주자들이었다. 그래서 오전에는 출근해서 오케스트라 연습을 하고, 오후에 레슨을 하는 이들이 많았다. 지방 공연을 가게 되면 레슨 일정을 전부 조정해야만 했다. 연주자로서 커리어를 쌓는 데 별 도움이 되지 않는 지방 공연은 그들에게 어쩔 수 없이 해야 하는 의무에 불과하지 않았던 것이다.

나는 그들의 불평불만을 알고도 모른 척했다. 문화적인 혜택을 누리기 어려운 지방 도시에서 클래식 음악 공연을 하는 것이 공영방송 KBS교향악단이 해야 하는 중요한 임무라고 생각했던 것이다.

우리 사회는 모든 것이 대도시 위주로 돌아간다. 문화 공연은 서울에 집중돼 있고 지방 도시에서는 문화적 혜택을 누리고 싶어도 좀처럼 그럴 기회가 없다. 물론 연주자 입장에서는 예술의전당 같은 곳에서 연주를 하는 것이 지방의 낙후된 공연장에서 하는 것보다 더 좋을 것이다. 최고급 음향 장비를 통해 좋은 소리를 들려줄 수 있기 때문이다.

그에 비해 지방 공연은 불편한 점이 한두 가지가 아니다. 대규모 오케스트라 단원이 일정을 조정해야 하고, 버스를 대절해서 몇 시간씩 차를 타고 이동해야 한다. KBS에서 지방 공연을 다니던 때에는 콘서트홀이 없는 도시가 많아서 연주를 하는 데 적잖은 어려움을 겪었다. 전북 군산에 갔을 때는 연주홀이 없어서 음향 시설이 제대로 갖춰지지 않은 영화관에서 연주를 했던 적도 있다. 그마저도 무대가 좁아 80여 명의 단원이 전부 무대에 오르지 못하고, 60여 명만으로 연주를 해야 했다. 그래도 객석은 미어터질 만큼 꽉 찼다. 모르긴 몰라도 지방 관객들 중에는 태어나서 처음으로 클래식 음악을 접한 이들도 있었을 것이다. 실제로 음악을 사랑하는 지방의 주민들을 만나는 것은 서울 관객을 만나는 것과 질감이 사뭇 달랐다.

군산 연주에서였다. 연주를 마치고 밖으로 나왔는데, 마침 비가 내리고 있었다. 우리가 타고 갈 버스는 주차장에 대기하고 있었다. 우리는 악기를 짊어지고 조금 떨어져 있는 주차장까지 고스란히 비를 맞으며 걸어가야 했다. 그런데 그 순간, 공연을 보러 왔던 관객들이 일제히 우산을 펼쳐 우리가 지나갈 수 있도록 우산 터널을 만들어주었다. 우리의 연주에 대한 그들의 작은 보답이었다. 지방 관객들을 만날 때는 이런 따뜻한 환대를 자주 받았다.

누군가 내게 연주홀은 형편없지만 좋은 청중이 있는 연주회와 연주홀은 대단히 좋은데, 청중이 빈약한 연주회 중에 하나를 고르라고 한다면 나는 주저 없이 전자를 택할 것이다. 물론 음악을 평가하기 좋아하는 깐깐한 청중들을 만나는 것도 외면해서는 안 될 일이지만, 나는 아무 편견 없이 순수하게 음악을 받아들이는 청중들을 만날 때 말로 형용하기 어려운 보람을 느낀다. 그들이 우리 오케스트라 연주를 듣고 클래식 음악에 관심을 갖게 된다면 그보다 보람 있는 일이 없지 않을까.

그렇기에 나는 지방 공연을 다니면서 하는 연주가 단순히 수많은 연주 가운데 한 번의 연주라고 생각해본 적이 없다. 그것이 우리 사회에 클래식 음악의 저변을 확대하는 일이라 생각했고, 미래의 씨앗을 뿌리는 작업이라고 믿었다. 내가 국민 지휘자로 많은 사람들에게 사랑 받을 수 있었던 것은, 내 유명세 덕분이라기보다는 전국 방방곡곡을 누비며 실제로 나를 만난 청중들이 그만큼 많았기 때문이다. 유로아시안 필하모닉 오케스트라 창단 초기에는 일 년에 130회씩 전국 방방곡곡을 돌면서 연주회를 가졌다. 관객 수로 따지면 일 년에 십만 명이 넘는 숫자였다. 그런 내게 가장 감명 깊었던 연주를 꼽으라면 뭐니 뭐니 해도 2007년에 울릉도에서 했던 음악회를 들 수 있을 것이다. 나는 매년 30~40개의 도시를 돌면서 연주회를 한다. 지휘자로 살아온 지 사십여 년이 넘었으니 웬만한 도시는 다 가봤다고 해도 과언이 아니다. 그런데 어느 날, 문득 이런 생각이 들었다.

"만약 내가 울릉도에 사는 소년이라면, 자라면서 한 번도 오케스트라 연주를 보지 못했다는 것이 속상하지 않을까?"

나는 언제고 한번쯤은 꼭 울릉도에 가서 연주를 하고 싶다는 생각을 품고 있었다. 그러나 소외된 지역 주민들에게 클래식 음악을 선물하는 것이 음악가의 소명이라고 생각해온 내게도 울릉도 연주는 선뜻 나서기 어려운 것이었다. 그러다 우연히 대전 옆에 있는 한 도시의 강연회장에서 공군참모총장을 만나게 됐는데, 그가 이렇게 묻는 것이었다.

"금 선생님은 일 년에 130회가 넘는 연주를 다니신다고 하니 안 가본 데가 없겠네요. 혹시 국내에 아직 못 가본 곳이 있습니까?"

"네. 웬만한 데는 다 가봤는데, 딱 한 곳 못 가본 데가 있습니다."

"그래요? 거기가 어딘데요?"

"울릉도입니다."

"울릉도엔 왜 못 가셨습니까?"

"그게, 마음은 있는데 현실적으로 쉽지가 않더군요. 우리 오케스트라 인원이 80명이 넘는데, 그 일행이 무거운 악기까지 들고 배 타고 가는 것도 그렇고, 뱃멀미가 심한 단원들도 있어서 선뜻 실행에 옮길 엄두가 나지 않더라고요."

그러자 그는 잠깐 생각하더니 이렇게 말하는 것이었다.

"우리가 헬리콥터를 지원하면 어떻겠습니까?"

"헬리콥터요? 팔십여 명을 운반할 수 있는 헬리콥터가 있습니까?"

"우리 군에 30인승 헬리콥터가 있습니다. 그 헬리콥터 세 대를 띄우면 가능하지 않겠습니까? 울릉도민들을 위한 일이니 군에서 적극 협조하도록 하겠습니다."

단원들이 헬리콥터로 울릉도까지 간다면 뱃멀미를 걱정할 필요도 없고, 시간도 단축할 수 있을 것이었다. 나는 그 제안을 흔쾌히 받아들였고, 그렇게 해서 울릉도 음악회가 성사되었다.

물론 일은 예상대로 진행되지 않았다. 막상 헬리콥터를 타려고 했을 때는 날씨가 좋지 않아 헬리콥터를 띄울 수가 없게 되었다. 그래도 도민들과 약속한 음악회를 취소할 수는 없어서 우리는 포항에서 배를 타고 울릉도까지 가기로 했다. 날씨가 어찌나 나빴는지 평소에 두 시간 걸리는 거리를 네 시간 반이나 걸려 도착했다. 단원들은 리허설을 하기도 전에 뱃멀미로 기진맥진해 있었다.

당시 울릉도 연주회장은 아직 다 지어지지 않아서 개관이 안 된 상태였다. 하지만 오백 석 규모의 연주회장은 멀리서 찾아온 금난새의 오케스트라 연주를 보기 위해 통로까지 팔백여 명이 꽉 들어차 있었다. 그동안 문화적 혜택을 받지 못했던 울릉도민들의 갈증을 피부로 느낄 수 있었다. 우리는 울릉도의 지역주민과 소년 소녀들 앞에서 친절한 해설을 곁들인 오케스트라 연주를 들려주었다. 연주가 거듭되자 주민들은 아낌없는 박수와 환호로 화답해주었다. 울릉도에서 오케스트라 연주가 울려퍼진 것은 유사 이래 처음 있는 일이라고 했다.

그때 연주를 감상하던 울릉도 주민들의 표정을 나는 아직도 잊을 수가 없다. 반드시 카네기홀 같은 곳이 아니어도 좋다. 비록 천막에서 연주를 하더라도 많은 사람들이 함께 즐기고 행복해할 수 있다면 그런 음악이야말로 가치 있는 거라고 나는 믿고 있다. 울릉도 음악회는 내가 어떨 때 가장 행복한 음악가인지를 다시 한 번 일깨워 준 소중한 기회였다.

장소 파괴,
음악이 있는 바로 그곳이
연주회장이다

연주자들 중에는 자신들이 설 무대를 까다롭게 고르는 이들이 있다. 음향 시설이 잘 갖춰진 훌륭한 무대만을 선호하는 것이다. 물론 같은 연주라도 좋은 무대에서 할 수 있다면 청중들에게 효과적으로 더 큰 감동을 선사할 수 있을 것이다. 하지만 음악계의 그런 고정관념 때문인지 클래식은 비싼 가격을 지불해야 향유할 수 있는 고급문화라는 인식이 강하다.

나는 예술의전당 같은 좋은 뮤직홀에서 공연을 하는 것도 좋지만, 어느 순간부터 굳이 그런 무대만을 고집하지 않게 되었다. 예술가라면 공연장의 권위에 기대기보다 스스로 새로운 가치를 만들어나가는 일이 중요하다고 생각하기 때문이다. 좋은 뮤직홀 덕분에 연주가 빛나는 것도 좋지만, 좋은 연주 덕분에 공간이 새롭게 조명되는 것도 의미 있지 않을까.

작년에는 서울시립미술관 로비에서도 음악회를 열었다. 관람 시간이 끝난 미술관 로비는 작은 음악회를 열기에 알맞게 호젓한 공간이었다. 백남준의 작품이 걸린 로비 한쪽에는 미술관 관람객들이 기대에 찬 눈빛으로 앉아 있었다. 유로아시안 필하모닉의 실내악 연주자들을 시작으로, 피아니스트 박경선, 서울예고 학생들의 연주가 차례로 이어졌다. 미술관 로비에서 울리는 실내악 선율은 오케스트라 연주와는 사뭇 다른 아기자기한 감성을 자아냈다. 청중들에게 실내악의 묘미를 전해준 오붓한 시간이었다.

때로는 아주 파격적인 장소에서 연주회를 하기도 한다. 동대문 시장 주차장에서 열렸던 클래식 음악회나 작년에 명동 한복판에서 있었던 야외 콘서트가 그런 것이다.

동대문과 명동은 우리나라에서 가장 번화한 곳이다. 쇼핑을 하러 나온 유동인구도 많고 한국을 찾은 외국인 관광객이 가장 많이 찾는 곳으로, 어찌 보면 클래식 음악과는 거리가 먼 곳이라고 할 수도 있다.

명동 콘서트는 명동에서 생업 활동을 하는 상인연합회의 제안으로 이루어졌다. 그들은 그 전 해에 동대문 남평화시장에서 열린 음악회를 인상 깊게 기억하고 있었고, 명동 거리에서도 그런 음악회를 열고 싶다고 청해왔다. 내가 그 제안을 마다할 이유가 없었다.

물론 동대문시장에서 음악회를 하기 전까지 시장 한복판에서 클래식 음악을 연주한다는 것은 상상하기 어려운 일이었다. 실제로 동대문 시장이 생긴 지 백 년이 넘었지만, 그동안 시장에서 클래식 음악회가 열린 적은 한 번도 없었다고 한다. 심지어 시장 상인들도 재래시장에서 웬 클래식 음악회냐며 의아해할 정도였다. 하지만 우리 오케스트라는 이미 다양한 공간에서 연주회를 해온 전력이 있었다. 재래시장이라고 해서 못할 게 없었다. 우리는 동대문시장의 주차장에 무대를 꾸몄고, 연주회의 반응은 기대 이상이었다.

명동에서 진행된 클래식 콘서트도 마찬가지였다. 무대는 사람들이 가장 많이 다니는 중앙로 한복판에 설치됐다. 무대 주변은 호객 행위를 하는 점포들의 스피커 소리며 다양한 생활소음으로 어수선했다. 좀처럼 분위기가 잡힐 것 같지 않았다. 과연 이런 곳에서 클래식 음악이 제대로 전달될지 걱정이 앞섰다. 공연 시간이 다가오자 길을 가던 사람들이 하나둘 임시로 마련한 객석을 채웠고, 어느새 천여 석이 꽉 들어찼다. 객석 한쪽으로는 행인들이 지나갈 수 있는 통로가 마련돼 리허설이 진행되는 동안에도 유동인구가 끊이지 않았다. 여느 공연장에서는 볼 수 없는 진풍경이었다.

드디어 연주가 시작되었다. 깊어가는 가을의 명동 한복판에 클래식 선율이 울려 퍼지기 시작했다. 〈폴로네이즈〉 제3막을 알리는 차이코프스키의 찬연한 춤곡을 시작으로, 많은 음악 애호가들에게 사랑받아온 〈멘델스존의 바이올린 협주곡〉, 군대 행진곡으로 자주 쓰이는 엘가의 〈위풍당당행진곡〉 등이 차례로 이어졌다. 클래식 음악을 즐겨 듣지 않는 이들이라도 어디선가 한 번쯤은 들어본 익숙한 멜로디였다.

쇼핑을 하러 나왔다 자리를 잡은 젊은 연인들, 평소에 클래식을 즐겨 접하지 않았던 중장년층, 생계에 바빠 한가하게 명동 거리를 둘러본 적이 없는 주변 상인들이 누구라 가릴 것 없이 클래식 선율에 빠져 들었다. 오가는 이들의 발길도 자연스레 머물러 명동 거리는 순식간에 발 디딜 틈 없이 꽉 찼다. 명동 콘서트는 분위기가 하도 좋아 끝날 만하면 앙코르가 이어지고 또 이어지는 바람에 연주는 끝날 줄을 몰랐다. 앙코르 곡이 끝날 때마다 어김없이 기립 박수가 이어질 정도로 대단한 호황을 이뤘다.

명동 페스티벌이 끝나고 난 직후 콘서트를 주최했던 상인연합회 사람들과 식사 자리를 가졌다. 그들은 명동에서 벌어진 클래식의 향연에 한껏 고무돼 있었다.

"선생님, 사실 저희가 명동 거리에서 케이팝도 하고, 공연이란 공연은 다 해봤습니다. 그런데 이번처럼 멋진 공연은 처음이었습니다. 그래서 말인데, 다음해에도 콘서트를 해주십시오!"

그들의 적극적인 제안에 나도 흔쾌히 응했다. 하나의 공연이 다음 공연으로 이어지는 것은 내가 가장 좋아하는 일이다.

"좋습니다! 그럼 내년에도 명동에서 콘서트를 합시다."

그러자 그들은 한 술 더 떠 이렇게 말하는 것이었다.

"그러지 말고 이참에 명동을 문화의 거리로 만드는 게 어떨까요? 부산에 부산영화제가 있듯이 내년에는 아예 명동 거리 곳곳에서 클래식 연주를 선보이는 음악 축제를 여는 겁니다."

그 말을 듣자 내 가슴이 뛰기 시작했다. 대한민국 한복판에서 그런 음악 축제를 연다면 너무나 멋질 것 같았다.

"그래요? 그럼 제가 그 축제의 총감독을 맡겠습니다."

내 말에 그들은 자기들이 부탁하고 싶은 게 바로 그것이었다면서 박수를 치며 기뻐했다.

명동을 삶의 터전으로 삼고 있는 그들은 명동 거리가 단순히 번화한 상권에 머물기를 원하지 않았다. 그곳이 문화가 넘치는 거리로 거듭나기를 간절히 바라고 있었다. 나는 벌써부터 올해 9월에 열릴 명동 축제가 어떤 식으로 자리를 잡을지 기대하고 있다. 명동 거리 곳곳에서 실내악이나 오케스트라 연주가 울려퍼진다면 그것만으로도 많은 사람들에게 신선한 자극을 주지 않을까.

지난해 동대문 음악회가 끝나고 나서 우리는 바로 베를린 필하모닉 홀에서 연주회를 가졌다. 나는 전 세계 음악인들이 선망하는 유명한 연주홀에서 하는 연주나 동대문 시장에서 하는 연주가 다르다고 생각하지 않는다. 아니, 오히려 평생 클래식 음악을 들을 일이 별로 없는 사람들에게 클래식 음악을 선사할 수 있는 동대문이나 명동 연주가 더 가치 있다고 생각한다.

많은 음악가들이 기존의 클래식 음악 애호가들을 대상으로 연주회를 하면서 그들의 구미에 맞는 음악을 하는 데만 치중한다. 그러나 내가 겨냥하고 있는 청중은 1퍼센트도 안 되는 애호가들이 아니라 99퍼센트의 청중이다. 고급 청중만을 위한 음악에는 한계가 있다. 나는 클래식을 잘 모르는 사람들, 그리고 쉽게 공연장을 찾을 수 없는 이들에게도 클래식 음악을 들려주고 싶다.

내 경험에 의하면 애호가뿐 아니라 의외로 많은 사람들이 클래식 음악의 매력에 곧바로 빠져든다. 수많은 연주회를 통해서 나는 사람들이 클래식을 접할 기회가 없을 뿐이지 많은 사람들이 클래식을 좋아한다는 확신을 갖게 되었다. 누구나 좋은 음악을 듣고 싶어 하는 열망이 있다. 그것이 청중이 있는 곳이라면 어디든 마다하지 않고 찾아가는 이유다.

이제는 클래식 음악 공연도 다양한 관객층의 취향을 만족시킬 수 있는 특화된 기획이 필요하다.
어느새 11회를 맞이한 2015년 제주 뮤직 아일 페스티벌.

실내악을 사랑하는 청중을 만나는 특별한 방식

'제주 뮤직 아일 페스티벌'은 아주 사소한 우연이 계기가 되어 기획되었다. 제주 신라호텔은 매년 투숙객이 가장 많은 8월에 다양한 음악가들을 초대해 여름음악축제를 연다. 우리 오케스트라는 2004년 이 축제에 초대돼 이틀 동안 두 번의 연주를 할 계획이었다. 그런데 막상 호텔을 둘러보니 공연장뿐 아니라 호텔 자체가 우아하고 기품이 느껴졌다. 특히 공연장까지 걸어가는 복도는 마치 유럽의 어느 성에 와 있는 것 같은 품위가 느껴졌다. 이런 근사한 공간에서 두 번의 연주만 하고 끝낸다는 게 아쉬웠다. 나는 신라호텔 관계자에게 말했다.

"이 호텔은 마치 유럽의 멋진 저택에 와 있는 것 같은 느낌이 드네요. 이런 공간에서 실내악 연주를 하면 무척 운치 있을 것 같습니다. 여기서 사중주 연주를 해보고 싶은데, 괜찮겠습니까?"

관계자는 내 엉뚱한 제안에 의아해 하면서 물었다.

"원하신다면 얼마든지 하셔도 좋습니다. 그런데 음향장비도 제대로 갖춰지지 않은 곳에서 연주를 하는 것이 가능합니까?"

"물론입니다. 유럽의 귀족들은 자기 집에서 체임버 뮤직, 즉 실내악 연주를 즐겨 감상했지요. 오케스트라도 체임버 뮤직을 토대로 발전했다고 할 수 있습니다."

유럽의 클래식 음악은 체임버 뮤직이 성장해 오케스트라에 이른 것이다. 귀족들이 자기 집에서 즐기던 실내악이 발전을 거듭해 오케스트라가 되었다. 하지만 우리나라는 클래식 음악을 도입하면서 대규모 오케스트라 연주부터 시작했기에 체임버 뮤직을 즐길 수 있는 청중이 거의 없다시피 했다.

다음날 오전 11시, 우리 단원들은 공연장 옆 복도에 모였다. 복도 한가운데에는 사중주 연주자를 위한 작은 무대가 마련되어 있었다. 실내악 연주의 첫 관객은 사중주 연주자들을 제외한 우리 단원들이었다. 연주가 시작되자 아기자기하고 섬세한 사중주가 복도를 가득 채웠다. 그러자 호텔 이용객들이 하나둘 모여들기 시작했다. 청중들은 예상치 못했던 깜짝 콘서트를 반기며 복도 주변에 앉거나 선 채로 편안하게 음악을 감상했다. 실내악 연주는 커다란 콘서트홀에서 연주되는 웅장한 오케스트라와는 사뭇 다른 묘미가 있었다.

그 일이 있고 나서 얼마 후에 신라호텔 총지배인으로부터 연락이 왔다.

"선생님, 저번에 했던 연주가 참 인상 깊었습니다. 그래서 말인데, 비수기인 1, 2월에 할 만한 좋은 행사가 없을까요?"

나는 지난번에 호텔 복도에서 했던 우아한 실내악 연주를 떠올렸다. 이용객이 적은 겨울이라면 오케스트라를 대동한 음악 축제보다는 소박한 실내악 연주가 제격일 것 같았다.

"호텔 이용객이 많지 않은 시기에 하는 행사이니, 40~50명 정도 되는 청중과 함께하는 실내악 연주를 해보면 어떨까요?"

신라호텔은 실내악 축제를 해보자는 내 제안을 흔쾌히 받아들였다. '제주 뮤직 아일 페스티벌'은 그렇게 해서 시작하게 되었다.

당시만 해도 많은 이들이 대규모 콘서트홀에서 오케스트라 연주를 감상하는 것이 클래식 음악의 전부라고 생각했다. 하지만 일상적인 공간에서 소규모로 즐기는 실내악 연주는 클래식 음악의 또 다른 묘미라고 할 수 있다. 나는 우리나라 청중들에게도 그런 실내악의 매력을 전하고 싶었다. 그래서 이 축제는 기존의 연주회들과 전혀 다른 방식으로 접근했다. 대부분의 기업들은 무조건 고객이 많이 드는 기획이라야 성공한 것이라고 여긴다. '제주 뮤직 아일 페스티벌'은 소규모 관객을 대상으로 그들만이 누릴 수 있는 특별한 음악적 묘미를 맛볼 수 있는 축제라는 데 초점을 맞췄다.

이 축제는 많은 청중을 끌어 모으는 게 목표가 아니었다. 소수의 청중들이 보다 수준 높고 특별한 음악적 경험을 하는 것이 중요했다. 그래서 일부러 홍보를 하지 않았다. 소규모로 진행하는 실내악 축제에 대대적인 홍보는 어울리지 않는다고 판단했기 때문이다.

대신 축제의 격을 높이는 데 주력했다. 세계적인 연주자들을 제주로 초청하고 음악을 사랑하는 기업들을 파트너로 끌어들였다. 일주일의 축제 기간 동안 각각의 기업들이 일일 호스트가 되어 초대한 청중들과 함께 실내악 연주를 감상하는 것이다.

기업들이 초대한 청중들은 주로 재계 인사들이나 외국대사 등 사회 지도층이었다. 그들이 지금까지 사교 모임으로 참석해온 것은 기껏해야 골프 모임 정도였다. 나는 그런 이들에게 보다 고급스러운 문화의 하나로 실내악 연주를 제안했다.

무엇보다 페스티벌을 진행하면서 신라호텔 측의 인식도 많이 달라졌다. 그전까지 신라호텔은 세계 100대 호텔에 들기 위해 무던히도 애쓰고 있었다. 문제는 세계적인 명성을 외형적인 데서 얻으려고 했다는 사실이다. 그들은 값비싼 건축자재를 들여 건물을 짓고 최고급 룸서비스를 제공한다는 사실을 내세웠다. 하지만 최고급 호텔의 권위는 그런 외형적인 규모나 물질적인 서비스만으로 완성되는 것이 아니다. 신라호텔에 투숙한 사람들이 훗날까지 기억할 수 있는 무형의 것이 더 채워져야 한다. 나는 그것이 문화라고 생각했다.

신라호텔은 아름답고 우아한 공간을 갖추고 있지만, 그 공간을 채워줄 생기가 부족했다. 나는 그 공간을 클래식 음악으로 채우고 싶었다. 실내악 페스티벌은 신라호텔이라는 공간에 생명력을 불어넣어 준 행사였다.

지금도 매년 2월이면 아름다운 제주에서 클래식 음악을 감상하면서 미팅을 갖는 자리가 계속되고 있다. 특별히 홍보를 하지 않았는데도 '제주 뮤직 아일 페스티벌'은 입소문이 났고, 해를 거듭할수록 실내악 축제를 요청하는 곳이 많아지고 있다. 2005년부터 시작한 이 축제는 그 창의성을 인정받아 유럽페스티벌협회EFA에 회원국으로 등록되기도 했다.

이제는 문화 기획에서도 더 많은 관객을 끌어들여 흥행 기록을 세우는 것만이 능사가 아니다. 다양한 문화 수요층의 요구를 만족시킬 수 있는 보다 섬세하고 특화된 기획이 필요하다. 뮤지컬 시장이 외부의 지원을 받지 않고도 빠른 시간 동안 엄청난 성장세를 기록한 데 비해 클래식 음악 시장은 제자리걸음을 면치 못하고 있다. 시대는 빠르게 변한다. 시대가 변하면 그 시대에 맞는 새로운 감각의 기획력을 발휘할 줄 알아야 한다. 그래야 클래식 음악이 더 오랫동안, 많은 사람들에게 사랑받을 수 있을 것이다.

뉴욕 한복판에서 울려 퍼진 한국의 클래식 선율

'제주 뮤직 아일 페스티벌'은 대대적인 홍보를 하지 않았는데도 입소문을 타고 매년 성공리에 치러지고 있다. 참석한 이들의 반응도 매우 좋아 매년 문화에 관심 있는 기업들의 후원이 이어지고 있다. 그 소문이 현지에도 전해졌는지 몇 해 전에 서귀포시장이 우리를 찾아온 적이 있다.

"제주에서 이렇게 멋진 페스티벌이 몇 년째 진행되고 있는데, 우리가 아무것도 하지 않는다는 것은 말이 안 됩니다. 서귀포시에서도 후원을 하고 싶습니다. 서귀포를 위해 하루만 더 배려를 해주십시오."

보통 페스티벌을 하게 되면 주최 측이 먼저 시에 찾아가 후원을 요청하기 마련이다. 하지만 우리는 그런 액션을 전혀 취하지 않았고, 오히려 시에서 먼저 찾아와 후원을 해주겠다고 제안했다.

나는 이렇게 새로운 일을 벌이는 것도 좋아하지만, 한 가지 일이 꼬리를 물고 다음 일로 연결되는 것을 더욱 좋아한다. '제주 뮤직 아일 페스티벌'은 문화에 관심 있는 기업들의 후원을 바탕으로 하는 실내악 축제라는 콘셉트로 진행하고 있다. 그런데 이 페스티벌이 계기가 되어 맨해튼 체임버 뮤직 페스티벌이 태어나게 되었다.

몇 해 전에 김종섭 삼익피아노 회장이 '제주 뮤직 아일 페스티벌'에 참석한 적이 있다. 삼익악기는 2011년에 미국 악기제조업체 스타인웨이의 경영권을 인수한 바 있다. 이로써 김 회장은 뉴욕 스타인웨이의 대주주가 된 셈이다. 나는 그와 이야기를 나누다가 평소 품고 있던 생각을 내비쳤다.

"보통 뉴욕은 우리 젊은이들이 문화와 예술을 배우러 가는 곳이라는 인식이 강하지 않습니까? 이제는 그런 곳에서 예술과 경영이 접목된 새로운 문화의 아이콘 같은 걸 우리가 하나 만들면 좋을 것 같습니다."

나는 대중가요나 드라마가 한류 열풍을 일으키듯 클래식 분야에서도 한류가 가능하지 않을까 하는 생각을 품고 있었다. 세계적인 예술의 중심지인 뉴욕이라면 이런 시도가 얼마든지 가능하리라고 봤던 것이다.

나의 제안에 김 회장은 선뜻 이렇게 말하는 것이었다.

"그거 좋은 생각입니다. 마침 카네기홀 건너편에 스타인웨이홀이 있는데, 거기서 연주를 하면 어떻겠습니까?"

그것은 누구보다 내가 바라던 일이었다. '맨해튼 체임버 뮤직 페스티벌'은 그렇게 해서 2012년에 뉴욕의 스타인웨이홀에서 처음 열리게 되었다.

나는 이 페스티벌을 단순히 음악가들의 축제로 국한시키고 싶지 않았다. 기업과 지자체 그리고 문화가 하나로 어우러진 문화 외교의 장으로 만들고 싶었다. 그래서 이 축제에 반기문 유엔 사무총장을 초대했고, 인천시와 풍산, 고려제강 등의 지자체와 기업이 발기인으로 참여했다. 나 또한 지휘자로서뿐만 아니라 기금을 내고 발기인의 한 사람으로 참여를 했다. 발기인들이 모금한 오만 달러는 저개발국가를 위해 써달라고 유엔에 기부하기도 했다.

다음 해에 열린 페스티벌은 브로드웨이에 문을 연 카페베네에서 진행했는데, 반기문 총장은 20여 명의 대사와 함께 참여했을 정도로 페스티벌에 대한 애정이 각별했다. 매년 이 페스티벌에는 각국 대사 등 90여 명이 참석해 음악회 겸 저녁을 함께하는 의미 있는 자리를 만들고 있다.

나는 외교는 비단 외교관만 하는 것이 아니라고 생각한다. 늘 외국 음악을 수입하던 나라가 거꾸로 뉴욕에서 우리의 클래식 음악을 선보인다면 어떤 의미에선 그것도 하나의 외교가 될 수 있지 않을까. 클래식의 주변국이라고 할 수 있는 한국의 악단이 여는 뉴욕에서의 페스티벌이 어떤 결실을 맺을지 나는 내심 기대를 품고 지켜보고 있다. '제주 뮤직 아일 페스티벌'이 입소문만으로 매년 의미 있는 실내악 축제의 문화를 만들었듯이 '맨해튼 체임버 뮤직 페스티벌' 또한 머지않아 문화를 통해 외교와 기업과 예술가가 한데 어우러진 멋진 사례로 성장을 거듭할 것이라 믿어 의심치 않는다.

뉴욕 맨해튼 체임버 뮤직 페스티벌 중 참가자들과 함께.

공간에 생명을 불어넣는 상상력

서울 강남구 역삼동에 위치한 복합문화예술공간 더 라움The Raum은 아는 사람들만 아는 고급 문화공간이다. 우연한 기회에 라움에서 연주할 기회가 있었는데, 이 공간이 주는 분위기에 한눈에 반하고 말았다. 삭막한 강남 한복판에 마치 유럽의 고성 같은 멋진 건물이 들어서 있었다. 그래서 연주 중간에 나는 이렇게 말했다.

"이렇게 멋진 공간을 누가 만들었는지 모르겠지만, 덕분에 이런 운치 있는 장소에서 연주할 수 있게 되었으니 그분께 감사하고 싶군요."

그것이 인연이 되어 박성찬 라움 회장을 만나게 되었다. 박 회장은 나를 만난 자리에서 말했다.

"지난번 연주에서 객석의 뜨거운 반응에 깊은 감동을 받았습니다. 멋진 연주를 해주셔서 라움이라는 공간이 한층 빛났던 것 같습니다."

나는 그에 화답하는 의미로 대답했다.

"저야말로 라움에서 연주를 하게 되어 무척 기뻤습니다. 무엇보다 우아한 분위기와 뛰어난 음향 시설이 제 마음에 쏙 들더군요."

그러자 박 회장은 만면에 웃음을 지었다.

"마음에 드신다니 저도 기쁩니다. 사실 제가 이 공간을 결혼식 장소로만 쓰려고 이천억 원을 들여서 지은 건 아닙니다. 금 선생님처럼 이 공간에 애정을 가지고 문화와 예술이 깃들 수 있도록 해주실 분이 필요합니다."

그 말을 듣고 박 회장이 라움이라는 공간을 진심으로 아끼고 있는 것을 알 수 있었다. 그래서 나도 맞장구를 쳤다.

"라움은 마치 유럽의 작은 성에 온 것 같은 느낌을 줍니다. 내가 꿈꾸던 이상적인 장소를 만난 것 같다고 할까요? 익숙한 곳에 온 것 같은 느낌이 들었습니다."

그러자 박 회장이 선뜻 이렇게 말하는 것이었다.

"그러시면 이곳을 금 선생님 집처럼 쓰십시오. 금 선생님이라면 누구보다 이 공간을 제대로 써주실 거라 믿습니다."

그렇게 해서 내게 라움아트센터 예술감독이라는 직함이 하나 더 생겼다. 라움이라는 멋진 공간에 어울리는 다양한 연주회를 기획하는 것이 내가 하는 일이다. 그간 연주회는 저녁에 이뤄진다는 편견을 깬 '해피 브런치 콘서트'를 열었고, 40인조 페스티벌 오케스트라가 연주하는 '베토벤 심포니 여행'을 기획하는 등 라움이라는 공간을 어떻게 하면 더 적극적으로 활용할 수 있을지 고민하고 있다.

특히 라움을 통해서 나는 우리나라 사람들이 가지고 있는 음악회에 대한 고정관념을 깨려고 한다. 결혼한 지 얼마 안 돼 아내가 일 년간 런던에 공부하러 갔을 때는 아내를 보러 자주 런던으로 날아갔는데, 그때마다 다양한 전시회와 음악회, 연극을 관람하는 것을 빼놓지 않았다. 특히 런던에는 런던 필하모닉 오케스트라 등 다섯 개 이상의 세계적인 오케스트라가 있었고, 화려한 명성을 자랑하는 실내악단도 대단히 많았다. 로열 발레단을 비롯한 수많은 오페라와 연극 무대도 즐비했다. 나는 아내와 함께 런던의 골목골목을 누비면서 각종 공연과 전시를 보러 다녔다. 하도 그런 것에 열중하다 보니 한번은 아내가 이렇게 쏘아붙인 적도 있었다.

"저를 보러 온 거예요, 아니면 연주회를 보러 온 거예요?"

어쨌든 나는 다른 나라 사람들이 어떤 식으로 그들만의 문화를 향유하는지 궁금했다. 유럽이나 러시아에 방문했을 때 내가 느낀 것은 그들에게 음악회는 단순히 음악만 들으러 가는 곳이 아니라는 사실이었다. 우리나라 음악 애호가들 중에는 음악을 즐긴다기보다는 연주를 잘하는지 못하는지 평가하러 가는 이도 없지 않다. 하지만 유럽인들에게 음악회는 단순히 음악을 들으러 가는 자리가 아니었다. 그들에게 음악회는 사람을 만나러 가는 자리, 즉 사교의 장에 가까웠다. 그들에게는 객석과 무대의 거리감이 없는 장소에서 연주자의 숨결과 땀방울까지 생생하게 느껴지는 음악회가 아주 자연스러웠다. 거기에는 평가와 비판보다는 유쾌한 웃음소리와 평화로운 분위기가 공존했다.

독일 유학 시절, 수업이 끝나고 연주회에 갔을 때는 독일인들이 음악회를 즐기는 모습을 동경의 시선으로 바라보곤 했다. 독일인들은 야외공연장에서 클래식 연주를 감상하고 인터미션 시간에 샴페인과 맥주를 마시면서 평화로운 저녁 한때를 보내곤 했다. 유학생 신분인 내게는 무척 부럽고 인상적인 장면이었다. 우리에게도 그런 음악회가 있다면 좋지 않을까. 정색하고 앉아서 클래식 음악에 귀를 기울이는 것도 나쁘지 않지만, 무대와 객석 사이의 벽을 허물고 자연스럽게 클래식 음악을 접하는 것도 새로운 경험이 될 것이다. 밤늦게 술 마시고 노래방 가는 문화가 아니라 좋은 사람들과 클래식 음악을 들으면서 하루를 마감하는 일상. 그런 것이야말로 '저녁이 있는 삶'이라고 생각한다.

말이 나온 김에 한 가지 더 짚고 넘어가고 싶은 것이 있다. 어느 해 겨울 러시아 연주 여행을 갔을 때의 일이다. 늘 그렇듯 연주 일정이 없는 날엔 다른 콘서트를 감상하곤 했는데, 그때 아주 인상 깊은 장면이 하나 있었다.

눈이 굉장히 많이 내린 날이었는데, 콘서트홀에 들어서자 부츠를 신은 사람보다 하이힐을 신은 사람이 더 많았다. 밖에는 여전히 눈이 내리고 있었고, 공연장까지 걸어온 사람들도 있을 텐데, 대부분의 청중이 하이힐을 신고 있는 모습은 내게 무척 생경한 장면이었다.

나중에 알고 보니 외국의 콘서트홀에는 물품보관소가 좌석 수대로 마련되어 있어 대부분의 관객들이 가방과 부츠를 보관소에 맡기고 미리 준비해 온 하이힐로 갈아 신고 본다고 했다. 특히 러시아에서는 겨울에 외투를 맡기고 공연장에 들어가는 것이 기본 에티켓이었다.

나는 클래식을 대하는 그들의 에티켓과 여유로운 문화가 내심 부러웠다. 그에 비하면 우리나라 청중들은 어떤가. 무대에서 바라본 관객들의 표정은 음악을 즐기러 왔다기보다는 배우러 온 것 같은 표정이다. 어떨 때는 얼마나 잘하는지 눈을 부릅뜨고 지켜보는 것 같아 실수하면 안 될 것 같은 긴장감이 들기도 한다.

겨울에는 하나같이 두꺼운 외투를 껴입고 가방을 무릎 위에 고이 올려놓은 채 정자세로 앉아서 음악을 듣는다. 한번은 그런 청중들에게 넌지시 이렇게 말한 적이 있다.

"제가 외국에 나갈 일이 많아서 여러 곳을 다녀봤는데, 외국 사람들은 가방을 무릎에 올려놓지 않더군요. 아무리 비싼 가방이라고 해도 말이죠. 물론 비싼 가방을 소중하게 다루는 건 이해합니다만, 가방을 우리 자신보다 더 귀하게 대접할 필요는 없지 않을까요? 이 시간만큼은 가방을 바닥에 내려놓고 편안한 마음으로 음악을 들었으면 합니다."

내 권유에 많은 관객들이 가방을 내려놓았다. 하지만 여전히 고집스럽게 가방을 끌어안고 있는 이들도 있었다. 나는 다시 이렇게 말했다.

"내가 그렇게까지 말했는데도 가방을 꼭 쥐고 있다는 건 그 속에 엄청난 보물이 들어 있다는 얘기겠죠? 이 홀에는 CCTV가 설치되어 있으니 안심하셔도 됩니다."

내 말이 단순히 가방 하나에 국한된 이야기가 아니라는 사실을 잘 알 것이다. 우리나라 청중도 클래식을 대하는 자세가 좀더 너그럽고 편안해졌으면 좋겠다. 음악회는 오랜만에 반가운 사람들을 만나고 식사를 하고 차를 마시며 대화를 나누고 모처럼 정중한 의상을 입고 사교를 나누면서 음악과 인문의 향기를 느껴보는 자리다.

그런 의미에서 라움아트센터의 연주회는 단순히 감상하는 연주가 아닌 즐기는 연주를 모토로 한다. 오케스트라 연주를 메인 디쉬로 하고, 라움에서 마련한 식사를 같이 즐긴 다음 어스름이 내리는 야외정원에서 후식처럼 실내악을 감상한다. 라움이라는 공간의 특성 때문에 마치 유럽의 한 저택에서 실내악 연주를 듣고 있는 듯한 특별한 운치를 맛볼 수 있다.

예술의전당 같은 훌륭한 공연장에서 압도적인 소리의 향연을 선사하는 오케스트라 연주도 필요하겠지만, 라움 같은 아늑한 공간에서 실내악의 묘미에 빠져드는 것도 충분히 경험할 만한 일이다. 클래식이 평생 한두 번 볼까 말까 한 고급 취향의 문화가 되기보다는 마치 공기처럼 일상에 스며들게 하는 것, 그것이 라움 예술 감독으로서 내가 하고 싶은 일이다.

5장

예술과 청춘

삶도 예술도 안주하는 순간 빛을 잃는다

최고의 예술은 함께 나누는 순간 속에 있다

"선생님, 그동안 클래식 대중화를 위해 많은 기여를 하셨으니 이제는 좀 더 음악가다운 커리어를 쌓는 게 좋지 않겠습니까?"

사람들은 종종 내게 이런 제안을 한다. 그런 말을 들을 때마다 나는 별다른 토를 달지 않고 묵묵히 내 길을 걸어왔다. 카라얀 콩쿠르에서 입상했을 즈음에는 나도 그런 포부를 품었던 적이 있었다. 열심히 노력한다면 세계적인 음악가의 반열에 오를 수 있겠다는 생각이었다. 그러나 카라얀 시상식이 있던 날, 아무도 몰래 빠져 나와 아마추어 할아버지 합창단을 지휘하러 갔던 것처럼 내게는 보다 본질적으로 추구하는 음악에 대한 방향성이 있었다. 그것은 음악의 전당에 이름을 올리는 세계적인 음악가가 되는 것이라기보다는 많은 사람들에게 사랑받는 음악가가 되는 것에 더 가까웠다.

살아가면서 내가 추구하는 음악이 어떠해야 하는지를 일깨워준 사건이 몇 번 있었다. 그중 하나가 음대를 막 졸업하고 훈련소에 갔을 때의 일이다. 당시 시대 상황 때문에 의도치 않게 보충역 판정을 받았고, 6주간의 훈련소 입소를 하게 됐다. 또래의 젊은이들은 내가 생각하는 이상으로 대중가요를 좋아했다. 대학 시절 내내 클래식 음악에만 빠져 살았던 나는 취향이 다른 또래들과 함께 생활하는 것이 꽤나 신선한 경험이었다. 그런데 훈련소 생활이 거의 끝나갈 무렵, 중대별 장기자랑을 하게 됐다.

"금난새, 너 음대 출신이라고 했지? 네가 우리 중대 장기자랑을 맡아라. 입상을 못하면 단체 기합을 받을 테니 그런 줄 알아!"

음대를 졸업했다는 이유로 졸지에 내가 장기자랑을 맡게 됐다. 다른 중대는 한창 인기 있는 코미디를 따라한다, 대중가요를 연습한다, 저마다 장기자랑 준비에 여념이 없었다. 나는 뭘 할까 고민하다가 합창을 하기로 했다. 대중가요는 잘 알지도 못할뿐더러 내가 잘할 수 있는 분야도 아니었다.

훈련병 중에 악보를 읽을 줄 알거나 소싯적에 합창단 활동을 해본 이들을 수소문했으나 그런 이들은 거의 없었다. 아쉬운 대로 악보를 읽을 줄 아는 몇 명과 악보를 볼 줄 모르더라도 교회에 다닌 전력이 있는 훈련병들을 모아 합창단을 구성했다.

우리가 부를 노래는 마르틴 루터가 작곡한 〈내 주는 강한 성이요〉였다. 나는 그때나 지금이나 신앙을 가지고 있지는 않지만, 박력 있고 힘찬 이 노래가 군인들이 부르기에 적격일 것 같았다. 가사는 군대식으로 개사하기로 했다. 비록 아마추어 합창단일 뿐이었지만, 나는 그들을 잘 지휘해서 좋은 결과를 내고 싶었다. 그래서 열정을 다해 지휘했고, 다행히 중대장도 적극

협조해주었다. 훈련병들도 입상을 못하면 기합을 준다는 중대장의 엄포 때문인지 밤잠을 줄여가며 열심히 연습했다. 연습 시간은 충분치 않았지만, 훈련병들의 열정 덕분에 점점 그럴듯한 화음이 만들어져갔다.

드디어 장기자랑 시간이 돌아왔다. 다른 중대는 천편일률적으로 대중가요를 부르고 들어갔다. 그들 틈에서 우리 팀이 내는 화음은 훈련병들의 마음을 사로잡기에 충분했다. 웅장하고 힘이 넘치는 노래가 끝나자 훈련병들은 누가 먼저랄 것 없이 박수치고 환호했다.

"앵콜! 앵콜!"

우리의 화음에 감동을 받은 병사들이 우렁차게 앙코르를 요청했다. 앙코르 곡으로는 당시 젊은이들이 좋아하던 대중가요를 준비했다. 그러자 아까보다 더 큰 환호가 이어졌다.

경연대회의 1등은 익살맞게 코미디언 흉내를 냈던 다른 팀에게 돌아갔다. 우리는 아쉽게 2등을 했다. 하지만 1등을 못했다고 기합을 받지는 않았다. 그만큼 우리의 합창이 깊은 인상을 남겼기 때문이다.

나는 훈련병 합창단을 지휘하면서 음악이란 이래야 하는 것 아닐까 하는 막연한 생각을 갖게 됐다. 이제야 밝히는 말이지만, 나는 음대 재학 시절에 학생회장을 맡은 적이 있었다. 그때 학생회 차원에서 의욕적으로 서머 뮤직 페스티벌을 추진한 적이 있는데, 시키지도 않는 일을 한다는 이유로 교수들의 반대에 부딪쳐 성사되지 못했다. 음대라는 곳이 워낙 보수적인 곳이다 보니 그 일 이후로 나는 교수들의 눈 밖에 났고, 졸업을 할 때쯤에는 진로를 결정하기가 쉽지 않았다. 그런 상황에서 합창단을 지휘하다 보니 음악이 진정으로 머물러야 하는 곳이 어디인지를 성찰하게 된 것이다.

비록 전문적인 실력을 갖추지 않은 아마추어 합창단이었지만, 모두가 마음을 하나로 모아 화음을 이룰 때, 그것은 여느 합창단 못지않은 울림을 주었다. 나는 그런 살아 있는 음악을 하고 싶었다. 그래서 퇴소하던 날, 동기 중 하나가 다가와 좋은 지휘자가 되길 바란다고 말했을 때 나는 이렇게 답했다.

"난 유명한 오케스트라를 지휘하는 것보다 너희들처럼 음악을 사랑하는 이들이 있는 오케스트라를 지휘하고 싶어."

그 순간만큼은 그것이 나의 진심이었다. 어쩌면 음악이 진정으로 힘을 발휘하는 곳은 음향시설이 완벽하게 갖춰진 뮤직홀이 아닐지도 모른다. 훈련병들의 화음은 다듬어지지 않았고, 투박하기 그지없었지만, 거기에는 살아 있는 음악만이 전해줄 수 있는 감동이 있었다.

그 기억은 오랫동안 내게 각인되어 내 음악적 지향에 영향을 미쳤다. 음악가라면 누구나 좋은 뮤직홀에서 품격 있는 연주를 하기를 꿈꾼다. 하지만 좋은 음악홀에서 뛰어난 연주자들과 함께한다고 해서 반드시 감동적인 연주를 선사할 수 있는 것은 아니다. 유명한 오케스트라를 지휘하는 것도 좋고, 대단한 음악적 성과를 거두는 것도 의미 있는 일이지만, 나는 무엇보다 살아 있는 음악을 하고 싶었다. 많은 사람들과 하모니를 이루면서 음악으로 교감하는 것, 내가 진심으로 하고 싶은 것은 그런 음악이었다.

나는 클래식 음악이 활짝 꽃핀 유럽 한복판에서, 세계 최고의 음악가들이 어떤 식으로 음악을 받아들이고 화음을 만들어 가는지, 또 청중들은 그것을 어떻게 향유하는지를 보았다. 그리고 그 현장을 통해 음악에서 가장 중요한 것이 무엇인지를 배웠다. 그것은 음악이 자기 실력을 뽐내거나 누군가에게 과시하려고 하는 것이 아니라 청중들과 교감하고, 감동을 나누기 위해 존재한다는 사실이었다.

한데 우리나라 클래식 애호가들 중에는 자신의 취향과 지식으로 클래식 음악을 성역화시키는 이들이 더러 있다. 그런 태도가 틀렸다고 말하고 싶진 않지만, 그들이 진심으로 클래식을 사람들과 나누고자 하는 마음에서 그런 주장을 펴는 것인지 스스로 돌아볼 일이다.

물론 우리나라 클래식 음악계에도 대중들이 잘 모르는 작품을 소개하고 음악적 기교와 완성도를 추구하는 음악가들이 필요할 것이다. 다만 분명한 건 그것이 내가 지향하는 음악은 아니라는 사실이다.

값비싼 명품으로 온몸을 치장하고 있다고 해서 자기 자신이 명품이 되는 것은 아니다. 오히려 자신이 걸친 것이 명품이 아닐지라도 자신의 예술적 감각과 아이디어로 명품처럼 보이게 할 수 있는 능력이 진짜 예술가의 능력 아닐까. 나는 1퍼센트의 고급 청중을 위한 음악을 하고 싶은 것이 아니라 99퍼센트의 사람들과 함께 호흡하는 음악가로 남고 싶다. 누구도 해보지 않은 음악을 하다가 죽는 것이 아니라 많은 청중들에게 사랑받는 음악가로 기억되면서 그들의 가슴 속에 오랫동안 살아 있고 싶다.

솔드아웃 되는 예술가를 꿈꾼다

나는 지난해 연말 삼 년여 동안 몸담았던 인천시립예술단 예술감독 직을 마무리하고, 올해 초부터 성남시립교향악단으로 자리를 옮겼다. 성남시에서는 단순히 성남시향의 오케스트라만을 지휘하는 것이 아니라 성남시의 예술총감독으로서 시의 예술정책을 총괄하는 새로운 일을 맡게 됐다. 인천시립예술단의 임기가 아직 남아 있었지만, 성남시에서 시도해보고 싶은 것이 많아 사의를 표하고 자리를 옮기게 됐다.

인천시향에서의 마지막 연주는 제야음악회로 인천종합문예회관 대공연장에서 있었다. 감사하게도 이 음악회가 모든 회차 전석 매진이 되었다. '솔드아웃Sold Out' 스티커가 붙은 포스터를 보다 보니 문득 인천시향에 처음 왔던 날이 떠올랐다.

경기도립오케스트라를 지휘하다 인천에 왔을 때 나는 인천시향을 어떻게 성장시켜야 할지 고민이 많았다. 단원들도 내가 인천시향을 맞게 되자 걱정이 많은 눈치였다.

그럴 만도 한 것이 내가 경기도립오케스트라에 있을 때 오케스트라의 성향에 맞지 않는 단원들을 구조 조정한 일이 있었다. 기존에 운영되던 팝 오케스트라를 정통 클래식 오케스트라로 성장시키려다 보니 어쩔 수 없는 선택이었다. 인천시향 단원들은 자기들도 그렇게 될까봐 몸을 사리는 듯했다. 나는 그들에게 말했다.

"걱정하지 말고 나를 잘 따라와 주기 바랍니다. 여러분은 지금까지 나름대로 음악 공부를 해왔을 것입니다. 이제부터는 나와 함께 박사 코스를 밟는다는 생각으로 임해주었으면 합니다."

내가 인천시향에서 이루고 싶은 목표는 단 하나였다. 인천시향이 인천시민들에게 사랑받는 오케스트라가 되는 것. 시향은 시민들의 세금으로 운영되는 조직이다. 당연히 시민들이 자랑스러워하는 오케스트라가 되어야 하고, 그들에게 좋은 음악을 들려줄 의무가 있다. 나는 그런 사실을 잊어서는 안 된다고 생각했다.

그런데 많은 이들이 이런 기본적인 사실을 간과한다. 자신들이 얼마나 대단한 음악가인지에 관심이 있을 뿐 시민들을 위해 무엇을 해야 할지를 고민하지 않는다. 나는 우리 오케스트라가 청중들이 항상 찾을 수 있는 사랑받는 오케스트라가 되기를 꿈꿨다.

마침 취임하자마자 첫 연주회 일정이 잡혔다. 다행히 음악회의 반응이 나쁘지 않아 티켓이 잘 나가고 있었다. 이런 상태로 간다면 무리 없이 매진이 될 것 같았다. 나는 사무국에 지시했다.

“어서 솔드아웃 스티커를 제작하세요.”

그들은 왜 그런 것을 찍으라고 하는지 이해하지 못하겠다는 표정이었지만, 새로 온 지휘자가 하라고 하니 군말 없이 스티커 제작에 들어갔다. 그리고 며칠 후 정말로 연주회가 매진이 됐다.

“지난번 제작한 솔드아웃 스티커 있죠? 어서 공연 포스터에 붙이세요.”

내가 말하자 그들은 그제야 내 의도를 이해한 듯 포스터에 스티커를 붙이기 시작했다.

“한 군데만 붙이지 말고 보이는 포스터마다 붙이세요. 전부!”

공연 포스터마다 노란 바탕에 까만 글씨의 솔드아웃 스티커가 차례로 붙었다. 아마 시향의 연주를 들으러 온 청중들은 이렇게 생각했을 것이다.

‘하마터면 공연을 못 볼 뻔했네. 다음부터는 서둘러 예매해야겠다.’

나는 클래식 음악가라고 해서 무게 잡고 품위를 지키는 것이 능사가 아니라고 생각한다. 우리 음악회가 매진이 됐다면 그 정도로 들을 가치가 있다는 것을 적극적으로 알려야 한다. 그런 이슈들이 관객을 불러 모으고 클래식 음악을 찾게 만드는 계기가 된다.

그런 노력들이 하나하나 더해져 이제는 인천시향을 찾는 청중들이 부쩍 늘었다. 보통 지방 악단의 음악회가 매진되는 사례는 그리 많지 않다. 빈자리를 채우기 위해 지인들을 초대하는 경우도 많다. 그런데 그런 노력을 하지 않고도 인천시향은 삼 년 내내 90퍼센트 이상 매진되곤 했다. 시향의 연주가 거듭될수록 청중의 수준도 달라졌다. 사람들은 오케스트라 연주 수준에만 관심이 있지만 나는 그렇지 않다. 회가 거듭할수록 청중의 수준이 높아지고 있다는 것 또한 무척이나 고무적인 일이다.

나를 더욱 기쁘게 한 것은 비로소 오케스트라 단원들이 웃기 시작했다는 사실이다. 처음 봤을 때 걱정이 가득했던 그들의 얼굴에 이제 웃음이 가시지 않는다. 항상 청중이 찾는 사랑받는 오케스트라가 되었으니 당연한 일이다.

인천시향의 마지막 연습을 마치고 나오는 길에 솔드아웃 스티커가 붙은 포스터가 벽에 붙어 있었다. 나는 그 포스터를 핸드폰으로 촬영해 고이 저장해두었다. 비록 인천시향에서는 마지막 연주가 될 테지만, 유종의 미를 거둘 수 있게 돼 어느 때보다 마음이 흡족했다.

'솔드아웃'은 관객에게 사랑받는 오케스트라가 되기 위한 노력이 주는 값진 보상이다.

좋은 음악이 우리 사회의 밑거름이 될 수 있다는 믿음

오래전 아내에게 프러포즈를 할 때, 나는 가난한 음악가로서 당장 해줄 수 있는 것이 많지 않았다. 하지만 설사 국수 장사를 하게 되는 한이 있더라도 절대 아내를 굶기지 않겠다고 장담했었다. 믿지 않을지 모르겠지만, 나는 정말로 국수를 팔더라도 하루하루 신나게 살았을 거라고 생각한다. 무엇을 하느냐보다 어떻게 사느냐가 더 중요하다는 것을 알기 때문이고, 사람의 가치는 그가 하는 일보다는 그가 취하는 삶의 태도에서 드러난다고 믿기 때문이다.

그럼에도 불구하고 나는 내가 지휘자라서 참 다행이라고 생각한다. 세상의 많은 직업 중에서 클래식 음악가로 살고 있기에, 사회를 더 건강하게 하고, 풍요롭게 만드는 일에 동참하고 있다고 느끼기 때문이다.

오래전에 우리 오케스트라에서 도서관 연주회를 한 적이 있었다. 도서관을 찾는 지역주민들을 위한 무료 연주회였다. 이 연주회를 기획하게 된 데는 그만한 사연이 있다.

벤처 오케스트라를 창단하고 나서 급하게 사무실과 연습실을 구하러 다닐 때였다. 우연히 서초동 국립도서관에 500석 규모의 중극장이 있다는 사실을 알게 되었다. 그 극장은 일 년에 몇 번 사서들의 연수에 쓰이는 것 말고는 항상 비어 있었다. 나는 '서울 영 앙상블' 때 그랬던 것처럼 국립도서관에 무작정 찾아가 그 장소를 빌려 쓰기로 했다. 물론 한 달에 한 번씩 도서관 홀에서 연주회를 해주기로 하고 말이다.

어찌 보면 도서관 음악회는 연습실을 빌려쓰는 임대료와 같은 것이었다. 그래서인지 단원들이 처음에는 그 연주회를 대하는 태도가 좀 낯설어 보였다.

음악 하는 이들 중에는 고급 뮤직홀이냐 아니냐에 따라 혹은 관객들의 수준에 따라 연주 태도가 달라지는 이들이 적지 않다. 나는 음악을 잘 모르는 도서관 이용객들이라고 해서 연주에 열정을 쏟지 않는 것은 음악가의 태도가 아니라고 생각했다. 청중의 사회적인 위치보다는 그들이 받는 감동의 크기, 즉 음악 자체의 영향력을 중요하게 여기는 내 관점에서는 곱게 보기 어려운 태도였다. 그래서 단원들에게 말했다.

"여러분이 보기에 도서관에 오는 이용자들이 변변치 않아 보일 수도 있습니다. 하지만 모든 사람의 마음속엔 우주가 있어요. 그들을 겉모습만으로 차별해서는 안 됩니다. 그게 어렵다면 이렇게 한번 생각해보세요. 지금 도서관에 오는 사람들 중에 십 년, 이십 년 후에 우리나라의 오피니언 리더가 될 사람들이 있을 수 있습니다. 또 그들 중에 판검사나 고위공무원이 나올 수도 있지요. 여러분은 지금 그저 도서관 이용객들에게 무료로 연주를 해주는 게 아니라 우리나라의 미래를 책임질 이들에게 음악이라는 선물을 주고 있는 것입니다."

아닌 게 아니라 나는 우리가 하는 연주회가 사회를 위해 좋은 씨앗을 뿌리는 일이라고 생각했다. 먼 훗날 그들이 사회의 리더가 되었을 때 도서관에서 잠시 휴식을 취하면서 들었던 음악을 기억해준다면 그 또한 보람 있는 일 아닐까. 혹은 힘들고 앞이 보이지 않는 순간에 우연히 들었던 음악 한 곡이 버틸 힘이 되어준다면 그것만으로도 충분히 가치 있는 일일 것이다.

내가 지치지 않고 어떤 연주든 기꺼이 할 수 있는 것은 이처럼 음악이 가지고 있는 잠재적인 영향력을 믿기 때문이다. 이런 무형의 씨앗들이 어떻게 뿌리를 내리고 성장하는지 즉각적으로 확인하기는 어렵지만 나는 그러한 음악의 힘이 이 사회를 건강하게 하리라고 진심으로 믿고 있다.

그건 내가 독일에서 직접 확인한 것이기도 하다. 그곳에서 내가 겪은 음악은 일종의 교육이었다. 음악을 가르치고 배우는 일은, 어떤 의미에선 사회적인 환경을 아름답게 하는 인간교육에 다름 아니었다. 음악은 다른 사람들과 의사소통을 가능하게 하고, 서로를 이해하는 도구가 되었다. 그저 머리로 듣고 이해하는 것이 아니라 오감으로 체험하고 실제로 연주하는 과정을 통해 조화를 체득하고 감성을 일깨우기 때문이다.

그래서 우리를 둘러싼 음악적인 환경은 다른 사회적인 환경 못지않게 중요하다. 좋은 음악은 맑은 공기와 같아서 우리의 삶에 없어서는 안 될 필수적인 것이다. 도시에 사는 사람들은 평소에 맑은 공기를 마시지 못하기에 주말에 일부러 맑은 공기를 마시러 산과 숲으로 나간다. 클래식 음악은 이처럼 스트레스에 시달리는 현대인의 숨통을 트이게 해주는 맑은 공기와 같은 것이다.

어디서든 좋은 음악이 흘러나오고, 항상 음악을 들을 수 있는 환경이 갖춰진다면 우리가 사는 이 사회도 훨씬 건강한 공동체가 될 수 있지 않을까. 독일은 음악의 나라답게 어디를 가든 음악이 흘러넘쳤다. 나는 그런 환경이 사람들의 인성에, 사회적인 분위기에 긍정적인 영향을 미친다는 사실을 직접 체험했다.

그러다 보니 나도 그들에게 배운 대로 열정을 가지고 클래식 음악을 전해야겠다는 결심을 하게 됐다. 그래서 한국에 돌아왔을 때, 어떤 연주회든 차별하지 않고 열정을 다해 청중들에게 다가가고자 했다. 어찌 보면 내 꿈은 단순하기 이를 데 없다. 좋은 음악이 좋은 사회의 밑거름이 될 수 있다는 믿음을 실천에 옮기는 것이 전부다. 십오 년간 유로아시안 필하모닉 오케스트라를 이끌면서 단원들과 그 가치를 공유할 수 있었기에 우리의 연주는 어디서든 청중들의 환호를 받을 수 있었다.

선택된 자들만이 향유하는 음악을 거부한다

매년 8월이 되면 나는 바쁜 일정을 뒤로 하고 농어촌 청소년들과 4박 5일 오케스트라 연주를 위한 합숙에 들어간다. 세종문화회관에서 열리는 연주회를 준비하기 위해서다. 경제적으로, 문화적으로 소외 받는 농어촌 청소년들이 세종문화회관에서 연주를 하는 경험은 평생 잊을 수 없는 최고의 선물이 될 것이다.

합천, 진안, 땅끝마을, 신안 등 전국 이십여 개 군에서 모인 아이들이 오케스트라 연주를 할 수 있게 된 것은 농어촌희망재단이 후원하는 '농어촌 희망 청소년 오케스트라Korean Young Dream Orchestra'가 생기고 나서부터다.

2011년, 한국마사회 산하 농어촌희망재단의 이진배 단장이 불쑥 나를 찾아왔다. 그는 문화적 혜택에서 소외된 농어촌 청소년들을 위해 전국 이십 개 군에서 오케스트라를 조직해 연합체를 구성했다면서 나에게 지휘를 부탁했다.

"선생님, 음악교육이 대도시와 일부 계층에만 집중돼 있는 것을 잘 아실 겁니다. 소외된 농어촌 청소년들에게도 음악을 배울 기회를 주고 싶습니다. 선생님이 나서서 멘토 겸 지휘자로서 재능 나눔을 좀 해주십시오."

농어촌 아이들을 위한 오케스트라. 눈 코 뜰 새 없이 바쁜 일정이었지만, 그것은 내 예술 정신에 딱 들어맞는 프로젝트였다. 그래서 매년 초가 되면 유로아시안 필하모닉 단원들을 이끌고 나는 전국 20개 군을 돌며 농어촌 청소년 오케스트라를 지도하게 됐다.

매년 여름이면 각 지역 키도 오케스트라에서 선발된 이백 명의 아이들과 4박 5일의 합숙 훈련을 하고 그 결과를 세종문화회관에서 발표한다. 사실 악기를 배운 지 얼마 안 된 청소년들이 세종문화회관에 선다는 것은 불가능에 가까운 일이었다. 하지만 그들에게 가장 필요한 것이 무엇일지 생각했을 때 나는 그 도전을 감행하기로 했다.

농어촌 아이들에게 단순히 서울 구경을 시켜주는 정도는 누구나 할 수 있는 일이고, 어떤 면에서는 그저 일회성의 생색내기 식 후원에 불과할지도 모른다. 그렇다면 아이들에게 자기가 연습한 곡을 세종문화회관에서 연주할 기회를 주는 건 어떨까. 단 한 번의 기회일지라도 그런 경험은 아이들이 진정한 삶의 주인으로 서는 데 도움이 될 것이다.

물론 전문 음악인도 소화하기 어려운 곡을 아이들이 연주하는 것은 쉬운 일이 아니다. 그만큼 연습이 필요하다. 키도 소속 오케스트라에는 단장과 지휘자가 따로 있고, 우리는 그들을 대상으로 일 년에 두 차례에 걸쳐 세

미나를 연다. 연주곡도 미리 정해 학생들이 지역에서 충분히 연습하고 올 수 있도록 한다. 현실적으로 꿈을 키워나가기 어려운 환경에서 자란 농어촌 청소년들이 그간 연습한 곡을 세종문화회관에서 연주한다면 평생 잊을 수 없는 추억이 될 것이다. 그런 경험을 통해 아이들이 어려운 환경 속에서도 무엇이든 해낼 수 있다는 희망을 품게 된다면 더 바랄 나위가 없었다. 나는 그런 의미를 알기에 군 단위로 산재해 있는 20여 개의 오케스트라를 직접 찾아가 지도하는 것이 육체적으로는 버거워도 어떤 일보다 사명감을 가지고 추진하게 되었다.

베네수엘라에는 청소년 예술교육 시스템인 '엘 시스테마El Sistema'라는 게 있다. 과거 세계 5위의 석유수출산업국이었던 베네수엘라는 오일쇼크를 겪으면서 극심한 빈부 격차가 일어났다. 그로 인해 많은 아이들이 가난과 마약, 범죄의 위험에 내몰리게 되었다. 이를 안타깝게 여긴 경제학자이자 아마추어 음악가인 호세 안토니오 아브레우가 전과 5범의 소년에게 클라리넷을 쥐어주기 시작한 것을 계기로 총소리가 난무한 카라카스 거리에 음악학교가 생겼다. 그것이 바로 '엘 시스테마'의 시작이었다.

가난이 대물림되는 곳에서 희망을 갖기란 쉬운 일이 아니다. 그럼에도 불구하고 엘 시스테마는 암울한 빈민가 아이들의 삶을 바꿨다. 엘 시스테마가 운영된 지 35년이 지난 지금, 마약과 범죄의 땅이었던 베네수엘라는 백여 개의 오케스트라가 운영되는 음악의 나라로 탈바꿈했다. 열한 명으로 시작했던 음악학교는 29만 7천 명의 아이들이 음악을 배우는 거대한 조직으로 성장한 것이다.

엘 시스테마를 통해 배출된 젊은 음악가도 적지 않다. 세계적인 지휘자 클라우디오 아바도가 차세대 지휘자로 지목한 구스타보 두다멜은 LA필하모닉 상임 지휘자로 활약하고 있다. 고작 열일곱 살에 베를린 필하모닉의 최연소 단원이 된 에딕슨 루이즈는 더블 베이스를 배우면서 마약 운반이 아닌 새로운 삶을 시작할 수 있었다고 한다.

베네수엘라만큼 심각한 수준은 아니지만, 우리나라도 사정은 다르지 않다. 빈부 격차는 갈수록 커져가고 농어촌 아이들은 문화적 혜택을 좀처럼 받지 못하는 실정이다. 엘 시스테마가 국제적으로 명성을 얻고 나서 우리나라에도 엘 시스테마를 표방하는 오케스트라가 많이 생겼지만, 대부분 수도권 청소년들을 대상으로 하고 있다. 키도처럼 전국에 흩어져 있는 군 단위 농어촌 청소년들을 대상으로 하는 곳은 흔치 않다.

키도는 창단된 지 삼 년 만에 전국적으로 지도자가 152명에 이르고, 단원이 천여 명에 달하는 등 농어촌 청소년들에게 지대한 관심을 받고 있다. 키도 소속의 청소년들을 지도하면서 가장 감동적인 순간은 뭐니 뭐니 해도 주눅들어 있는 아이들의 표정에 생기가 살아나는 것을 목격할 때다.

전남 해남의 땅끝 마을 오케스트라에서 오보에를 연주하던 소년이 있다. 그 소년은 처음에는 잘 나서지 않는 소극적인 성격이었는데, 키도 활동을 하면서 점점 자신감을 찾기 시작했다. 해남 인근에서 또래 중에 유일하게 오보에를 할 줄 안다는 것이 그 소년에게 자부심을 심어준 것이다. 자신감이 생기니 학교생활도 달라졌다. 반에서 중간이던 성적이 어느새 상위 10퍼센트대로 훌쩍 뛰어올랐다. 아이들은 이처럼 아주 작은 관심과 성취만으로도 충분히 변할 수 있다. 실제로 한 번도 주목 받아본 적 없고 늘 구경꾼에 머물던 아이들이 자기 파트를 연습하면서 존재감을 찾아가는 과정은 어느 성장 드라마보다 감동적인 데가 있다.

또 한 소녀는 요즘 농촌에서 흔히 볼 수 있는 다문화 가정의 아이였다. 원래 성격은 아주 밝은 아이인데, 유색 인종 혼혈이라는 이유로 학교에서 따돌림을 받다 보니 조용하고 주눅든 모습을 보였다. 하지만 음악은 사람을 차별하지 않는다. 오케스트라 연주를 할 때 아이들은 피부색이나 가정환경에 따라 차별하지 않고 누가 시키지 않아도 서로 마음을 연다. 그 소녀는 오케스트라 연주를 하면서 비로소 친구들을 사귈 수 있었고, 그러자 본래의 밝고 환한 미소를 되찾을 수 있었다. 환한 얼굴로 활짝 웃는 소녀의 얼굴을 보고 나는 음악의 힘이 결코 작지 않다는 것을 실감할 수 있었다.

끊임없이 세습되는 가난은 사람을 무기력하게 만든다. 태어나면서부터 공기처럼 호흡했던 패배의식과 절망은 더 나은 삶을 꿈꿀 수 있는 상상력마저 죽여버린다. 하지만 음악은 무한한 가능성과 비옥한 정서적 토양을 만들어준다.

베네수엘라의 엘 시스테마가 35년 만에 전국 각지에 퍼져 30만 명에 가까운 청소년들에게 새로운 삶을 전해주었듯이 키도가 할 수 있는 일도 적지 않을 것이다. 사실 엘 시스테마는 아이들에게 연주만 가르친 게 아니라 음악으로 자신을 표현하는 법을 가르쳤다. 키도의 청소년들 또한 음악을 통해 궁극적으로 삶을 대하는 태도를 배우게 될 것이다. 그런 의미에서 키도는 내가 평생 해왔던 모든 도전을 아우를 만큼 중요한 프로젝트라고 생각하고 있다.

키도KYDO는 음악이라는 토양 위에서 자존감을 찾아가는 아이들의 성장 드라마다.

솔리스트보다 오케스트라가 사랑받는 사회를 꿈꾸며

2010년 3월, 학교에서 아마추어 오케스트라 활동을 하던 대학생 두 명이 조금은 엉뚱한 생각을 하게 된다.

"음악을 좋아하고 악기를 다룰 줄 아는 대학생들이 함께 모여 기억에 남을 만한 연주회를 해보면 어떨까?"

그들은 단지 생각에 머물지 않고 그 아이디어를 실행에 옮긴다. 다른 대학 아마추어 오케스트라 단장과 악장들에게 연락해 프로젝트에 동참할 생각이 있는지를 물었고, 지휘자를 수소문했다. 그리고 곧 나에게 이메일을 보내왔다.

대학생 오케스트라의 지휘를 맡아달라는 메일을 받았을 때 나는 대학 시절, 오케스트라 지휘를 하고 싶어 친구들을 끌어 모았던 내 모습이 떠올랐다. 음악을 전공하지 않은 학생들이 자발적으로 연주회를 기획했다는 사실이 무척 대견했다. 나는 곧 그들을 만나기로 했다.

나는 누가 시키지 않아도 자발적으로 아이디어를 내서 그것을 실현하려고 하는 젊은이들을 무척 반긴다. 나 자신이 바로 그런 사람이기 때문이다. 그래서 그들을 만나 이렇게 격려했다.

"21세기에는 한 분야만 잘해서는 리더가 되기 어렵습니다. 음악을 전공하지 않는데도, 이렇게 음악적인 열정을 실현하려고 하는 것이야말로 진정한 리더로서의 소양이지요."

'한국대학생연합오케스트라Korea United College Orchestra'는 그렇게 두 열정적인 대학생의 아주 작은 아이디어에서 비롯됐다. 그들이 기대하는 것은 세 가지였다. 내가 지휘봉을 잡는 것, 예술의전당같은 연주장에서 공연을 하는 것, 그리고 어려운 곡을 연주할 수 있게 되는 것이었다. 창단 당시 명칭은 서울경기대학 아마추어 페스티벌 오케스트라였다. 단원들이 수도권 소재 대학에 집중돼 있었고, 학생들이 같이 모여 연습을 하기에도 지역적인 제약이 따랐기 때문이다. 그러다 프로젝트가 진행되면서 카이스트와 포스텍의 대학생들이 합류했고, 결국 '한국대학생연합오케스트라'라는 공식 명칭으로 최종 결정되었다.

쿠코는 25개 대학에서 60여 개의 다른 전공을 공부하고 있는 백여 명의 대학생들이 모여 이루어진 아마추어 오케스트라다. 음악을 전공하지 않은 학생들이 함께 모여 오케스트라 연주를 한다는 것은 상당히 의미 있는 도전이었다. 쿠코는 일 년여의 연습 끝에 2011년 1월 22일 예술의전당 콘서트홀에서 창단 연주회를 가졌다.

창단 연주회에서는 〈차이코프스키 교향곡 4번〉과 라벨 편곡의 〈무소르그스키 전람회의 그림〉을 연주했다. 다음해 두 번째 연주회에서는 〈라흐마니노프 피아노 협주곡 2번〉과 〈쇼스타코비치 교향곡 5번〉을 연주했다. 사실 이 곡들은 전문 오케스트라도 연주하기가 쉽지 않은 곡으로, 아마추어 연주자들에게는 무모한 도전에 가까웠다.

하지만 나는 쿠코가 비록 아마추어 오케스트라라고 해도 연주 수준까지 아마추어이도록 내버려두지 않았다. 음악을 전공하지 않았다고 해서 유명한 음악당에서 연주 한번 했다는 것에 만족해서는 안 된다는 것이 내 생각이었다. 그런 안일한 생각이었다면 애초에 그들의 지휘를 맡지 않았을 것이다.

음악이 본업이 아닌 이들이 하나의 하모니를 만들어가는 과정은 결코 쉽지 않았다. 특히나 요즘 대학생들은 취직을 위해 학점과 스펙 쌓기를 대단히 중요하게 여긴다. 그런 삭막한 분위기 속에서 전공과 하등 상관없는 오케스트라 연주에 몰두하는 것은 어찌 보면 의미 없고 무모한 일일 수도 있었다. 하지만 쿠코 단원들은 도전정신과 음악에 대한 순수한 열정으로 이런 난관들을 극복해 나갔다. 그리고 마침내 음악을 전공한 학생들도 쉽지 않은 곡을 훌륭하게 소화해내 청중들의 진심어린 박수를 받았다.

창단 연주회가 끝나고 나서 누구보다 나 자신이 행복했고, 보람을 느꼈다. 요즘 젊은 세대가 나약하고 지나치게 현실지향적이라는 말을 많이 하는데, 나는 쿠코 단원들을 보면서 제대로 된 목표가 주어졌을 때 그들이 얼마나 대단한 열정과 에너지를 내는지를 직접 목격했다. 학교도 전공도 다른, 게다가 음악을 전공하지 않은 이들이 만나 '음악'으로 하나 되는 경험은 한마디로 설명하기 어려운 짜릿한 희열을 선사해주었다.

연주회가 끝나고 나서 우리는 일회성 프로젝트로 생각했던 쿠코를 정기적인 연주회를 하는 단체로 운영하기로 의기투합했다. 올해로 5기째를 맞은 쿠코는 매년 정기 연주회를 열고 있으며 다양한 무대에 서고 있다. 서울여대 개교 50주년 기념 연주회를 했고, 2011년 8월에는 인천 송도에서 열린 세계모의UN대회에 초청받기도 했다. 반기문 UN사무총장을 비롯해 각국의 주요 인사들과 61개국 대학생들이 참가한 이 행사에서 쿠코는 한국 대학생들을 대표해 축하 연주를 선보였다.

키도가 농어촌 아이들에게 꿈과 희망을 심어주기 위한 것이라면, 쿠코는 미래 우리 사회의 리더들을 키우는 일이다. 미래의 리더들에게 필요한 소양은 무엇일까. 나는 그것이 열정과 도전정신이라고 생각한다. 그래서 쿠코의 공연은 단순히 음악을 배우거나 악기를 잘 다루는 데 머물지 않는다. 나는 그들이 오케스트라 연주를 통해 목표에 대한 순수한 열정, 그리고 무모하리만큼 큰 꿈에 도전해 그것을 이뤄가는 과정을 배우기를 바란다.

재미있는 것은 오케스트라 연주를 하느라 학점 관리에 소홀할 것 같은 이들이 오히려 연주회를 통해 자극을 받아 전공 공부도 더 열심히 한다는 사실이다. 비전공자가 소화하기 어려운 목표에 도전하면서 될 때까지 연습하는 끈기를 배우게 되고, 자기 분야만 고집하는 것이 아니라 다양한 분야에 도전하면서 유연한 사고를 갖추게 된다.

나는 쿠코의 단원들에게 항상 조화와 화합을 강조한다. 그들이 오케스트라 연주를 통해 혼자 빛나는 것이 아니라 하모니를 이뤄가는 방식을 배우기를 원하기 때문이다. 오케스트라 연주는 스펙 경쟁 속에서 학점 챙기기에 급급한 대학생들에게 함께 이뤄가는 것이 얼마나 가슴 벅찬 일인지를 경험하게 한다. 서로 다른 악기가 각자의 영역에서 고유의 소리를 내면서 하나의 큰 선율을 그려나갈 때, 몰입감 속에서 경험하는 일체감은 오케스트라가 아니고서는 경험하기 어려운 것이다. 나는 쿠코와 같은 오케스트라 활동이 단순히 그들만의 리그에 머물지 않고 아마추어 음악계에도 신선한 변화의 바람을 일으키기를 기대하고 있다.

지금 우리 사회의 리더들에게 필요한 것은 이러한 조화와 화합의 정신일 것이다. 사회가 세분화되고 전문 영역이 나뉘면서 각자 자기 분야에만 관심을 갖다 보니 사회 전체를 통합할 수 있는 동력이 사라지고 있다. 요즘처럼 무한 경쟁과 승자독식의 사회 분위기 속에서는 특히나 조화와 화합의 의미를 아는, 큰 그림을 그릴 줄 아는 리더가 절실하다. 십 년, 이십 년 뒤 쿠코의 단원들이 사회의 리더로 성장했을 때, 각자의 분야에서 오케스트라를 통해 체득한 소양을 펼칠 수 있다면 그것만큼 보람 있는 일은 없을 것 같다. 그들은 분명 음악의 가치를 충분히 이해하는 창조적인 리더로 성장해 있을 것이다.

음악을 전공하지 않은 대학생들이 모여 만든 아마추어 오케스트라 쿠코KUCO. 학점과 스펙에 상관 없이 순수한 열정으로 만든 하모니는 이 시대 청춘들의 가능성 그 자체다.

서울예술고등학교에서 행해지는 다양한 교육 실험들

2006년 어느 날, 서울예고 서영림 교장이 만나자는 연락을 해왔다. 서울예고는 나의 모교이면서 젊은 시절 잠시 교편을 잡은 곳이기도 하다. 하지만 그렇기에 아쉬움도 많이 가지고 있었다. 서울예고가 우리나라에서 가장 재능 있는 학생들이 모인 곳이기는 하지만, 우리나라 예술 발전에 그만큼 기여하고 있는가를 묻는다면 흔쾌히 그렇다고 답하기 어려웠기 때문이다.

나는 썩 내키지 않는 마음으로 교장을 만났다. 그리고 그 자리에서 그동안 갖고 있던 예고에 대한 아쉬움을 털어놓았다. 뜻밖에 교장도 내 뜻에 공감한다고 했다. 그는 이렇게 말했다.

"무슨 말씀인지 압니다. 제가 선생님을 보자고 한 것도 그런 이유에서입니다. 저 또한 서울예고가 다양한 예술적인 시도를 하는 데는 소극적이었다고 생각합니다. 그래서 말인데, 내년에 우리 학생들이 비엔나에 가서 연주를 할 예정입니다. 금 선생님이 아이들을 좀 지도해주십시오."

나는 전에도 덕원예고와 경북예고의 오케스트라를 지도한 적이 있었다. 그들을 맡았을 때 내가 가르치고 싶었던 것은 뛰어난 기교가 아니었다. 입시 위주 교육에 지친 학생들이 음악을 연주할 때 얼마나 행복할 수 있는지를 경험하게 하고 싶었다. 비엔나 연주 또한 서울예고 학생들에게 그런 기회가 되기를 바라면서 교장의 제안을 받아들였다.

서울예고 학생들을 이끌고 비엔나에 갔을 때, 나는 나름대로 느낀 것들이 있었다. 예고 학생들이 실력 면에서는 나무랄 데 없었지만, 대부분 독주 위주의 훈련만 받은 탓에 실내악이나 오케스트라 같이 함께 연주하는 데는 서툴다는 사실이었다. 나는 독주 연주에서 맛볼 수 없는 음악적 감수성을 일깨워주기 위해 그 후로 일 년에 한 번씩 학생들과 정기연주회를 가졌다.

서울예고 교장으로 부임하고 나서 가장 중요하게 생각하는 것 역시 학생들이 넓은 시야를 가진 창조적인 예술가로 성장하도록 돕는 것이다.

이제는 우리나라 예술계의 전반적인 수준이 상당히 높아졌다. 내가 유학하던 시절과 달리 해외 콩쿠르에 나가 상을 타오는 사례도 많아졌고, 굳이 유학을 가지 않더라도 맘만 먹으면 국내에서 세계적인 거장들의 마스터 클래스를 시청할 수 있다. 지휘과의 유학 정보를 어디서도 구할 수 없었던 내 시대와는 달라도 너무 다른 환경이다.

이러한 시대에 맞는 창의적인 예술교육이 뒷받침된다면 우리나라에서도 얼마든지 세계적인 예술가가 나올 수 있다. 나는 서울예고 교장으로 있으면서 그런 인재들을 길러내고 싶다.

문제는 우리나라 예술교육의 방향이다. 우리의 예술교육은 여전히 솔리스트 위주의 기교만을 단련시키는 교육에 머물러 있다. 실제로 우리나라는 기능 올림픽 같은 데서는 출전했다 하면 금메달을 따오지만 노벨상 영역에서는 좀처럼 수상자를 배출하지 못하고 있다. 노벨상은 한 분야에서 깊은 지식을 가지고 있다고 해서 탈 수 있는 것이 아니다. 자신이 가진 능력으로 얼마나 인류와 사회에 기여했는지를 중요한 판단 기준으로 삼는다. 우리나라 같은 승자 중심의 경쟁 사회에서는 자신의 재능으로 사회에 기여하는 인재가 나오기 쉽지 않다. 자기가 하는 일이 어떤 사회적 가치를 창조할 수 있을지 사유하지 못하는 사람은 아무리 재주가 뛰어나도 기능공 이상의 능력을 발휘하기 어렵다.

우리 사회에는 연주 능력이 뛰어난 음악가도 많고, 표현력이 뛰어난 미술가와 무용가가 차고 넘친다. 이런 시대에 좋은 예술가가 되기 위해서는 뛰어난 재능 못지않게 자기만의 예술 철학으로 우리 사회에 창조적인 에너지를 불어넣을 줄 알아야 한다.

나는 서울예고가 단순히 실력 있는 예술가를 배출하는 데 만족하지 않고 세계 어디에 내놔도 충분히 자기 역할을 할 수 있는 창조적인 인재를 길러내기를 바란다. 그래서 기존에 시도하지 않았던 다양한 예술교육을 실험하고 있다.

예를 들면 우리 학교가 가지고 있는 다양한 예술적 요소들을 적극적으로 융합하고 연동해 새로운 예술 수업을 진행하는 것도 한 방법이다. 이 시대는 어느 한 가지만 파고드는 것이 아니라 다양한 분야의 요소를 긴밀하게 접목하고 융합해 창조적인 결과물을 내놓기를 요구하고 있다. 주어진 숙제만 열심히 하는 정도로는 그러한 요구에 부응하기 어렵다. 나는 예고 학생들이 인접 예술 분야와 연계한 다양한 시도를 통해 창조적인 아이디어를 착안하는 방법을 배우기를 바란다. 이를 위해 바이올린 솔로 연주에 무용 공연을 접목한다든지, 음악을 감상하고 나서 그 느낌을 그림으로 표현하는 예술 수업 등이 이루어지고 있다.

또 우리 학생들이 음악을 진심으로 즐기고 사랑하는 방식을 알아가기를 바란다. 더 좋은 대학에 들어가기 위해 한 곡을 달달 외워 틀리지 않는 음악을 하기보다는 자신의 열정을 온전히 쏟아부을 수 있는 다양한 방식의 음악적 자극을 받기를 바라는 것이다.

아직까지 우리나라 연주자들은 대부분 솔리스트를 꿈꾼다. 스포츠로 비유하자면 농구나 축구 선수는 기피하고 전부 골프 선수가 되려고 하는 꼴이다. 하지만 이제는 시대가 바뀌고 있다. 더 이상 솔리스트만이 각광받는 시대가 아니다. 클래식 음악이 풍요로워지려면 다양한 방식의 실내악 연주자들이 나와야 한다. 듀엣이면 듀엣, 이중주, 사중주 등 다양한 연주 형태를 학생들이 직접 경험해보고 그 묘미를 맛볼 수 있어야 한다.

그런 의미에서 우리 음악계에 만연해 있는 솔리스트 양성 교육보다는 상대적으로 부족한 실내악 연주나 오케스트라 연주를 비중 있게 다루려고 한다. 학교에 부임하자마자 입학식 기념 공연을 오케스트라 연주로 바꾼 것도 그런 이유 때문이다.

그동안 서울예고의 입학식 공연은 서울예고가 배출한 선배 솔리스트들의 연주로 채워졌었다. 나는 이를 서울예고 재학생들을 주축으로 한 오케스트라 공연으로 대체했다. 뿐만 아니라 봄에는 실내악 콩쿠르를, 가을에는 현악 사중주 콩쿠르를 열 예정이다. 필요하다면 칼라치 스트링 콰르텟 같은 유능한 연주자들을 초빙해 학생들을 가르칠 것이다. 그런 경험을 통해 학생들이 자기 것만 아는 음악가에 머물지 않고, 다양한 분야의 감각을 깨우고, 다른 사람들과 마음을 맞춰 연주할 수 있는 예술가로 성장하기를 바란다.

마지막으로 예고 학생들을 단순히 연주만 잘하는 기능공으로 키우지 않겠다는 것이다. 보통 예고 학생들은 부모들이 뒷바라지를 다해주고 학생들은 악기 연주 하나만 잘하면 된다는 생각이 강하다. 하지만 그런 교육으로는 좋은 예술가가 되기 어렵다. 연주자들 중에는 연주 실력만 좋으면 다른 건 문제되지 않는다고 믿는 이들이 종종 있는데, 나는 절대 그렇지 않다고 생각한다. 우리 학생들이 일상에서 배어나는 태도와 몸가짐, 지성인으로서의 교양을 놓치지 않는 예술가로 성장할 수 있도록 다양한 교육을 병행할 것이다.

기악과에는 악기 마스터 클래스를 도입하고, 성악과에서는 성악뿐 아니라 연기력까지 트레이닝할 수 있는 오페라 과정을 강화하려고 한다. 서양에서는 음악가가 단순히 연주만 배우는 것이 아니라 자기가 연주하는 악기와 관련된 다양한 것들을 배운다. 악기 제작 과정이나 피아노 조율 방법 등을 배우다 보면 예술가가 자기가 하는 영역에만 매몰되지 않고, 관련된 영역들을 이해하게 되며, 보다 폭넓은 분야에 관심을 갖게 될 것이다.

궁극적으로는 예술을 하고 싶어 하고 그에 부합하는 재능이 있는 학생들이 경제적인 여건에 연연하지 않고 꿈을 펼칠 수 있도록 지원하고 싶다. 나 자신이 레슨비 한 푼 없이도 배우고 싶은 것을 마음껏 배울 수 있었던 것처럼 나는 우리나라에서도 재능 있는 학생들이 경제적인 부담을 느끼지 않고 다양한 예술 교육을 받을 수 있는 풍토를 만들어가고 싶다.

내가 서울예고에 부임하고 나서 가장 먼저 한 일은 교장실을 리뉴얼한 것이다. 기존의 칙칙하던 교장실 집기를 다 들어내고 밝고 화사한 컬러로 페인트칠을 했다. 여유로워진 빈 공간에 삼익악기에서 제공해준 그랜드 피아노를 들여놓았다. 언제든 복도에 오가는 학생들을 불러 오디션을 보고, 수시로 실내악 합주를 할 수 있는 분위기를 만들기 위해서였다.

오십여 년 전 서울예고에 다니던 시절, 나는 '내가 교장이라면 어떻게 할까?'를 생각하던 맹랑한 소년이었다. 그리고 서울예고 교장이 된 지금은 '내가 서울예고 학생이라면 학교가 무엇을 해주기를 바랄까?'를 항상 염두에 두고 있다. 우리나라 예술교육이 한순간에 바뀌지는 않겠지만, 그런 실험들이 변화의 계기가 되기를 바라고 있다.

솔리스트 양성 위주의 우리 클래식 음악 교육의 방향을 다시 생각한다.
서울예고 오케스트라의 비엔나 공연 현장.

틀리지 않기 위해 하는 음악은 틀렸다

새로운 사람들을 만나는 건 언제나 즐거운 일이다. 몇 년 전에 KBS에서 했던 〈남자의 자격〉에서도 그랬지만 얼마 전 종영한 tvN 〈바흐를 꿈꾸며 - 언제나 칸타레〉에서도 새로운 분야의 다양한 사람들을 만날 수 있었다. 특히 이 프로그램을 통해 음악적 열정이 가득한 젊은 친구들을 만난 건 아주 신선한 자극이었다. 칸타레 제작진은 프로그램을 기획하던 중에 내게 이런 제안을 해왔다.

"선생님, 저희가 이번에 클래식 음악 관련 프로그램을 기획하고 있습니다. 시청자들이 클래식을 좀 더 가까이 즐길 수 있을 만한 프로그램을 만들려고 하는데…… 선생님이 좀 도와주셨으면 합니다."

그들은 조심스럽게 내 의사를 물어왔다. '마에스트로' 칭호를 받는 내가 과연 케이블 방송의 예능 프로그램에 출연할지 확신이 없었던 것이다. 하지만 늘 그렇듯이 내 대답은 분명했다.

"한번 해봅시다."

나는 그간 유로아시안 필하모닉 오케스트라뿐 아니라 수원시향, 경기필하모닉 오케스트라, 청주시향, 대전시향, 인천시향 등 여러 시향의 오케스트라를 지휘해왔다. 올해부터는 성남시향으로 자리를 옮겼고, 또 포항시향의 명예지휘자도 맡고 있다. 하지만 그런 와중에도 아마추어 오케스트라를 육성하는 데 적지 않은 노력을 기울이고 있다. 음악이 전공자들의 전유물이 아니라 우리 생활 곳곳에 흘러넘쳐야 한다는 생각에서였다. 농어촌 아이들을 대상으로 하는 키도KYDO나 아마추어 대학생들이 주축이 된 쿠코KUCO를 지휘한 것도 같은 맥락이다.

어쨌든 프로그램에 출연하기로 결정하고 나서 어떻게 하면 이 프로가 더 좋은 프로가 될 수 있을지 궁리했다. 원래 이 프로그램은 모 기업 음료 프로모션 차원에서 연예인 몇 명을 데리고 유럽에 가서 '커피 칸타타'를 연주한다는 아이디어에서 비롯됐다. 나는 거기서 한 발 더 나아가 여러 가지 이유로 음악을 포기한 사람들이 오케스트라 연주를 통해 성장하는 이야기를 담으면 어떻겠느냐고 제안했다. 개인적인 사정으로 음악의 꿈을 접었지만, 여전히 음악에 대한 열정을 갖고 살아가는 이들이 무대에서 연주할 기회를 갖는다면 클래식에 대한 관심이 한층 높아질 거라고 생각했다. 또 악보를 보지 못해도, 악기가 익숙하지 않아도 누구나 음악을 즐길 수 있다는 메시지를 전하고 싶었다.

물론 처음 오케스트라에 참가할 단원들을 만났을 때는 걱정이 이만저만이 아니었다. 아무리 취지가 좋다고 해도 클래식 연주가 열정만으로 되는 것이 아니라는 사실을 잘 알았기 때문이다. 하지만 서툰 연주 실력에도 불구하고 단원들은 누구보다 열심히 하고자 하는 열망이 있었다. 나는 그들이 짧은 기간 동안 최고의 역량을 발휘할 수 있도록 강하게 밀어붙였다.

특히 헨리나 벤지처럼 클래식 음악을 전공한 경력이 있는 친구들, 재즈 피아니스트 신지호 같은 젊은 음악인들의 재기발랄한 재능과 열정에는 나조차 동화되는 느낌이었다. 그들은 자신들이 가진 재능을 마음껏 드러내면서도 음악을 통해 청중과 어떻게 커뮤니케이션할지를 늘 염두에 두고 음악을 했다. 실력도 실력이지만, 그런 진지한 태도와 아이디어들이 무대를 살아 있게 하고 빛나게 했다. 이들이 가진 솔직함과 유쾌함, 그리고 재기발랄함 등이 합쳐지면 세계를 깜짝 놀라게 할 수도 있다.

아쉽게도 클래식 음악계에는 그런 노력을 기울이는 음악가들이 많지 않다. 다양한 청중과 소통하려 하기보다 상위 1퍼센트의 애호가들을 위한 음악을 하는 데 주력하는 모습이다. 그런 음악에서는 살아 있는 생기를 찾아보기 어렵다.

클래식을 전공하는 학생들에게도 그런 열정이 필요하다. 그들처럼 자유분방하고 해맑은 표정으로 예술을 할 수 있다면 얼마나 좋을까. 클래식 음악계에도 관객들과 소통하려는 열정적이고 적극적인 태도가 필요하다. 그래서 나부터 무대 위에서 우아하게 무게를 잡기보다는 청중과 교감하기 위해 항상 재기발랄한 아이디어를 내려고 노력했다.

예를 들어 칸타레 콘서트에서 아람 하차투리안의 가면무도회 모음곡 중 하나인 갤럽을 연주할 때의 일이다. 이 곡은 현란한 리듬으로 장난치듯 연주하는 것이 매력이다. 그런데 이 곡을 틀리지 않기 위해 정석대로 무게를 잡고 연주한다면 어떨까?

나는 연주자들이 연주할 때 즐겁고, 그 즐거움이 청중들에게 전달될 때 진정한 음악적 교감이 이루어진다고 믿는다. 그래서 이 곡을 연주할 때는 연주자들이 흥에 겨워 앉았다 일어나면서 연주해도 된다고 주문했다. 틀리지 않는 음악이 아니라 진심으로 즐기면서 하는 연주를 바랐기 때문이다.

우리나라 연주자들 중에는 클래식 음악을 즐기기보다는 신봉하는 이들이 더러 있다. 그들은 음악을 대하는 태도가 지나치게 엄숙해서 정석대로 연주하지 않으면 거부감을 느낀다. 나는 그런 이들에게 이렇게 말한다.

"내가 하차투리안한테 전화할 테니 걱정 말아요."

음악은 배운 대로 정확하게 연주하는 게 중요한 게 아니라 얼마나 생생하게 청중들과 교감할 수 있느냐 중요하다. 새로운 시도를 하고, 상황에 따라 다양한 방식으로 청중과 소통하려는 노력 속에서 살아 있는 음악이 창조되는 것이다.

예술가를 꿈꾸는 젊은이들에게

tvN 〈바흐를 꿈꾸며 - 언제나 칸타레〉를 하면서 느낀 것 중의 하나는 벤지나 헨리 같은 친구들이 무대에서 누구보다 살아 있다는 사실이었다. 우리 사회에, 그리고 우리 음악계에 필요한 것이 바로 그런 에너지다.

서울예고 학생들은 실력이 매우 우수한데도 불구하고 음악을 할 때 그들처럼 살아 있는 에너지를 내뿜지 않는다. 왜 그럴까. 스스로가 진심으로 원해서 음악을 하는 것이 아니라 부모에 의해서, 선생님이 이끄는 대로 수동적으로 음악을 해왔기 때문이다.

좋은 예술가가 되기 위해서는 자기 분야만 잘해서는 안 되고 다양한 분야에 관심을 가져야 한다. 새로운 분야에서 자극을 받으려면 무엇이든 겁없이 시도할 수 있는 용기가 필요하다. 예술은 부모님을 만족시키기 위해서 하는 것도 아니고 틀리지 않기 위해서 하는 것도 아니기 때문이다. 주어진 숙제만 열심히 하고, 하던 연주만 계속해서는 더 이상 좋은 예술가가 될 수 없다.

나는 우리 예고 학생들에게 자기가 다루는 악기 하나만 잘해서는 좋은 예술가가 될 수 없다고 말한다. 뮤지컬이나 재즈 등 다른 예술 분야에서는 대중과 소통하기 위해 창조적인 아이디어를 접목하고 있는데, 유독 클래식 분야만 현실을 제대로 보지 못하고 제자리에 머물러 있다. 그러는 사이 청중들은 클래식을 외면할 것이고, 머지않아 설 자리를 잃고 말 것이다.

그래서 나는 예술가를 지망하는 학생들에게 무엇이든 시도하기를 두려워하지 말라고 강조한다. 두려움 없이 다양한 분야에 관심을 갖고 직접 경험해야 창조적으로 생각하는 방식을 배울 수 있기 때문이다. 서울예고 안에서 음악과, 미술과, 무용과가 따로 동떨어져 있지 않고 서로 자극을 받으면서 협업하도록 하는 것도 그런 이유에서다. 음악을 한다고 해서 음악만 하는 것이 아니라 미술 작품도 많이 접하고, 음악과 춤이 어우러진 작품을 선보이기도 하는 등 서로 적극적으로 영향을 받으면서 상상력과 창의성을 계발하기를 바라는 것이다. 그런 시도 속에서 새로운 아이디어가 나오고, 살아 있는 예술을 할 수 있는 예술가가 나온다고 믿는다.

특히 나는 재능 있는 학생들을 발굴해 무대에 세우기를 좋아한다. 얼마 전에 종로구민을 위한 송년음악회를 한 적이 있다. 그때 서울예고 2학년 남학생을 무대에 올렸는데, 이 친구가 처음에는 긴장하는 듯하더니 며칠 후 두 번째 연주에서는 청중들의 박수를 받으며 신나게 연주를 하는 것이었다. 연주가 끝나고 나서 그는 환하게 웃으며 말했다.

"선생님, 너무 재미있었어요!"

우리나라 예술가들은 이런 경험을 할 기회가 별로 없다. 항상 선생님들 앞에서 시험 치듯 연주를 해왔기에 연주가 즐겁고 재미있다는 사실을 느낄 겨를이 없는 것이다. 예술가들에게는 무대에서 청중들과 소통하면서 즐길 수 있는 경험이 무엇보다 중요하다. 하지만 그런 연주는 점수를 매길 수 없기에, 선생들은 자신들이 채점하기 편한 방식으로 시험을 본다. 학생이 진심으로 즐기면서 연주할 수 있도록 가르치기보다 틀리지 않는 연주를 강요한다. 그래가지고는 창조적이고 독창적인 예술가가 나오기 어렵다.

나는 재능 있는 학생들에게 기존에 해보지 않은 것을 해보도록 자주 권하는 편이다. 그럴 때 학생들의 반응은 대개 두 가지로 갈린다.

작년에 예원학교에 다니는 여학생의 오디션을 본 적이 있다. 오디션을 하는 과정에서 내가 중요하게 보는 것은 얼마나 음악에 대해 열정을 갖고 있느냐 하는 것이다. 우리나라 예술가 지망생들은 대부분 어릴 때 부모의 권유로 처음 악기를 시작하기 때문에 음악을 하는 자기만의 이유가 부족한 경우가 많다. 그리고 선생님 앞에서 틀리지 않는 연주를 주로 했기 때문에 연주를 하는 즐거움이 표정에서 잘 드러나지 않는다. 안타까운 일이다. 그런 음악으로는 아무리 실력이 뛰어나다 해도 청중의 마음을 사로잡기 어렵다. 그런데 그 친구는 음악에도 관심이 많고 연주를 할 때 표정이 살아 있는 것이 인상적이었다. 나는 그 여학생에게 제안했다.

"라흐마니노프의 〈두 대의 피아노를 위한 조곡〉을 연주해보겠니?"

그러자 그 학생은 눈빛을 빛내며 말했다.

"오, 좋아요. 재밌겠네요!"

나는 그 여학생이 음악을 좋아하고, 적극적으로 배우려고 한다는 것을 느낄 수 있었다. 그래서 그를 여러 연주회에 데리고 다니면서 연주할 수 있는 기회를 주었다. 관객과 만나면 만날수록 그 여학생의 표정은 살아났고, 그런 에너지가 관객에게도 그대로 전해졌다. 그런 것이 바로 살아 있는 교육이다. 그런 감각은 실제로 무대 위에서 경험으로 배울 수밖에 없는 것이다.

반면, 어떤 친구들은 안 해본 것을 해야 할 때 기대감보다는 두려움이 앞선다. 얼마 전에 피아노 치는 남학생에게 이런 제안을 한 적이 있다.

"우리나라에서 한 번도 연주된 적 없는 십 분짜리 콘체르토가 있는데, 한번 쳐볼래?"

그러자 그 학생은 망설이면서 이렇게 말하는 것이었다.

"저기, 선생님, 저는 시간도 부족하고..."

그 남학생은 누구보다 피아노를 잘 치는 학생이었는데도 불구하고 처음 쳐보는 곡에 대한 부담감으로 선뜻 하겠다고 나서지 않았다. 그럴 때 나는 이렇게 대답할 수밖에 없다.

"그래? OK."

기회는 오디션을 보았던 다른 여학생에게 돌아갔다. 같은 제안을 했을 때 그 여학생은 눈빛을 빛내며 이렇게 대답했다.

"선생님, 걱정하지 마세요. 제가 2주 안에 이 곡을 연습해오겠습니다."

사실 실력 면에서는 여학생보다 남학생이 조금 더 뛰어났다. 하지만 기회는 여학생에게 돌아갔다. 여학생은 룩셈부르크 왕자와 경제 부총리 그리고 오십여 명의 경제인단이 한국에 방문했을 때 디너에 초대돼 듀엣 연주를 한 적이 있는데, 룩셈부르크 왕자 일행은 여학생의 연주를 감상한 후 이렇게 말했다.

"한국이 경제적으로만 발전한 나라인 줄 알았는데, 문화적으로도 이렇게 훌륭한 인재들을 키우고 있다니 놀랍습니다."

아마도 룩셈부르크 왕자 일행은 우리나라에 대해 상당히 좋은 인상을 받고 돌아갔을 것이다. 그리고 더 중요한 것은 그 여학생에게 그런 경험들이 앞으로 좋은 예술가로 성장하는 데 커다란 동기부여가 될 거라는 사실이다.

나는 이처럼 무엇을 제안하든 용기 있게 하려고 하는 젊은이들에게 희망이 있다고 믿는다. 모두가 늘상 연주하는 모차르트나 베토벤 콘체르토만 하는 것이 아니라 새로운 곡에 기꺼이 도전할 수 있는 사람. 실수를 감수하고 새로운 것을 시도하는 사람에게 미래의 가능성이 열려 있다.

한데 요즘 학생들은 좋은 기회를 주어도 선뜻 하겠다고 나서지 않는다. 심지어 이렇게 말할 때는 안타깝기까지 하다.

"선생님, 엄마하고 얘기해봤는데, 안 하는 게 좋을 것 같아요."

주어진 기회를 수동적으로 받아들일 뿐 적극적으로 하고자 하는 의지를 보이지 않는 이들에게 나도 더는 강요할 수 없다.

서울예고에 부임하고 나서 가장 먼저 교장실에 피아노를 들인 이유도 언제든 학생들을 불러 오디션을 하고 싶었기 때문이다. 예정된 오디션만 보는 것이 아니라 틈틈이 복도를 지나가는 학생들을 불러 깜짝 오디션을 보겠다는 것이 내 의도였다. 그것은 수시로 학생들을 평가하겠다는 것이 아니라 언제 어디서든 학생들이 기꺼이 자기가 가진 재능을 펼쳐 보일 수 있는 준비된 예술가로 성장하기를 바라는 마음에서였다.

클래식의 본고장인 서양에서는 결코 점수를 잘 받기 위한 음악을 가르치지 않는다. 그들은 현장에서 경험을 통해 배우는 것을 무엇보다 중요하게 생각한다. 나는 예술가를 지망하는 젊은이들이 부디 청중과 교감하면서 살아 있는 음악을 하기를 원한다. 현장을 통해 배우는 것, 내가 실현하고 싶은 것은 바로 그런 교육이다.

자녀를 예술가로 키우고 싶은 부모들에게

서울예고 교장이 된 후로 나는 매년 신입생과 학부모를 대상으로 토크 콘서트 형식을 빌려 간담회를 열고 있다. 이제 막 예고에 입학하는 학생들과 학부모에게 해주고 싶은 말, 또 듣고 싶은 말이 많고, 무엇보다 그들과 소통하고 싶기 때문이다.

아이들이 좋은 예술가로 성장하기 위해서는 부모들의 역할이 중요하다. 내가 우리 부모님을 통해 삶에서 중요한 교훈들을 배웠듯이 자녀를 예술가로 키우고 싶은 부모들이라면 한번쯤 귀담아 들었으면 하는 이야기들이 있다.

그중의 하나는 아이들이 잘하든 못하든 충분히, 마음으로 박수 쳐주는 부모가 되었으면 한다는 것이다. 우리나라 사람들은 유독 박수에 인색하다. 음악회에 가면 음악을 즐기려는 사람보다는 심판관이 되어 음악을 평가하려는 사람들이 더 많다. 그리고 누군가 유명해지고 나서야 비로소 아낌없는 찬사와 지원을 보낸다. 나도 카라얀 콩쿠르에 입상하기 전에는 어린 나이에 무슨 지휘냐며 국내 여러 오케스트라에서 푸대접을 받았다. 재능 있는 인재들에게 필요한 것은 그들의 재능을 일찌감치 알아봐주고 응원해줄 수 있는 사람들이다. 그런 분위기가 형성되지 않는다면 창조적인 관점으로 새로운 시도를 하는 예술가들이 나오기 어렵다.

1957년에 한 캐나다 출신 피아니스트가 모스크바 주립음악원의 그랜드 홀에서 피아노 연주회를 가졌다. 냉전의 시대에 찾아온 서방의 낯선 피아니스트를 아는 모스크바 사람들은 거의 없어서, 연주회 일정 초반에는 천 석이 넘는 홀에 겨우 이백 명 정도만 들어찼다. 그런데 회가 거듭할수록 청중이 늘기 시작했고, 후반에는 그 넓은 홀이 꽉 찼다고 한다. 달리 홍보를 한 것도 아니었는데, 어떻게 그런 일이 일어났을까? 그건 초반에 연주를 들었던 청중들이 그의 파격적이고 생동감 넘치는 연주를 듣고 자발적으로 입소문을 냈기 때문이다. 그 소식을 들은 다른 사람들이 공연을 보러 와 객석을 메웠던 것이다. 수차례의 앙코르와 열렬한 환호, 청중들의 이러한 성원에 힘입어 그 캐나다 출신 피아니스트는 세계적인 명성을 얻을 수 있었다. 바로 글렌 굴드의 일화다.

나는 우리나라에도 그런 청중이 많아져야 한다고 생각한다. 예술가는 혼자 크는 것이 아니다. 사회 전체에 무르익은 문화적 수준이 그들을 키워내는 것이다.

나는 자녀를 예술가로 키우고 싶어 하는 학부모들이 자녀를 해외 유명 콩쿠르에 내보내는 데만 관심 갖는 것이 아니라 이제 막 시작하는 예술가들의 작은 연주회에도 관심과 격려를 보내주기를 바란다.

서울예고에서도 작년에 음악과 학생들이 〈베토벤 피아노 소나타〉 전 곡과 협주곡 전 곡을 연주한 적이 있었다. 이 연주회는 서울예고의 성격에 부합하는, 예고만이 할 수 있는 것이 무엇일까를 고민하다가 시도한 것이었다. 작년의 연주회를 찾은 청중의 수는 아주 적었지만, 우리는 개의치 않고 올해도 베토벤이든 쇼팽이든 라흐마니노프든 전 곡을 연주하려고 한다.

이런 연주회가 있을 때 부모들이 자기 자녀가 연주하는 연주회만 보러 오는 것이 아니라 예술을 전공하는 학생들의 연주에 자주 찾아와 아낌없는 격려와 박수를 보내주는 분위기가 무르익었으면 한다.

또 하나는 자녀들이 실패에 유연해질 수 있고, 새로운 것에 도전할 수 있도록 격려하라는 것이다. 누구나 사고 없이 건강하게 살면서 공부도 잘하고 원하는 것을 뜻대로 이루기를 바란다. 하지만 인생이 매번 그렇게 마음먹은 대로 흘러가는 것은 아니다. 때로는 경쟁에서 질 수도 있고, 본의와 다르게 타인에게 모욕을 당할 수도 있다. 그럴 때 어떻게 다시 원래 노선으로 돌아오느냐가 매우 중요한데, 나는 그것을 우리 부모님을 통해 배웠다.

많은 사람들이 예상하는 것과 달리 나는 그렇게 부유한 환경에서 자라지 못했다. 아버지가 한 분야에서 일가를 이룬 것이 아니라 여러 가지 일들을 하셨고, 현실에 타협하기보다는 소신껏 일을 하는 과정에서 경제적인 부분을 챙기지 못하셨기 때문이다. 어머니는 그런 아버지를 대신해 유치원을 운영하셨다. 하지만 그런 상황에서도 우리 가족은 늘 유머를 잃지 않았다. 나는 그런 부모님을 통해 인생이 잘 풀릴 때 그것을 유지하는 것보다 실패했을 때 어떻게 극복하고 자기 페이스를 찾아가느냐가 훨씬 중요하다는 사실을 배웠다. 그것이 어쩌면 내가 실패를 두려워하지 않고 평생 새로운 것에 도전할 수 있었던 동력이 되었는지도 모른다.

다른 분야도 마찬가지지만, 우리나라 예술교육은 지나치게 일등이 되는 것, 승자 중심의 교육에 맞춰져 있다. 콩쿠르와 입시 위주의 교육, 한 곡을 달달 외워 점수를 잘 받는 것이 목적인 기교 중심 교육 속에서는 한 번의 실패도 용납되지 못하고, 아이들에게 크나큰 좌절감을 줄 수 있다. 그럴 때 실패를 받아들이는 유연한 태도와 어려움 속에서도 자기 페이스를 찾을 수 있는 회복 탄력성을 배울 수 있다면 자녀들이 예술가로 살아가는 데 큰 힘이 될 것이다.

덧붙여 남보다 좋은 점수를 받는 것, 경쟁에서 이기는 음악 교육이 더 이상 우리나라 음악 발전에 도움이 되지 않는다는 사실을 부모들이 먼저 깨달아야 한다. 한 해에 수백 명의 음악가가 배출되지만 그들이 전부 솔리스트가 될 수는 없는 노릇이다. 현실적으로 모두가 솔리스트가 될 수 없는데, 모든 학생들이 솔리스트 양성 교육을 받는다는 것은 합리적이지 않다. 그런 교육은 구조적으로 많은 음악가 지망생을 불행하게 만들 뿐이다.

나는 그보다는 우리 학생들이 음악을 즐기고, 음악을 연주하는 즐거움을 아는 연주자가 되기를 바란다. 대부분의 연주자들이 어렸을 때부터 습관처럼 음악을 했을 뿐, 음악을 통해 사람들과 소통하고 교감하는 방법을 알지 못한다. 이런 환경에서는 음악을 정말 사랑하고, 다른 사람들과 행복을 나누는 음악가가 나오기 어렵다. 서울예고 교장 자리를 선뜻 수락한 것은 그런 교육 환경을 바꿔나가고 싶은 마음에서였다. 그리고 이제는 그런 교육이 필요하다는 데 많은 사람들이 공감하고 있다.

학부모 중에는 자녀들이 앙상블이나 오케스트라 등 다양한 경험을 해보고 싶어 할 때 그런 시도가 시간 낭비라고 생각하는 이들이 있다. 하지만 지금은 시대가 변하고 있다. 솔리스트 교육만으로는 한계가 있다. 주어진 것만 열심히 하는 것으로는 절대로 좋은 음악가가 될 수 없다. 클래식 음악을 전공하고 있더라도 재즈에 관심이 있다면 재즈를, 작곡에 재능이 있다면 작곡도 해봐야 한다. 아이들이 다양한 분야에 호기심을 보일 때 부모들이 시도할 수 있도록 권장해야 아이들이 두려움 없이 새로운 분야에 마음을 열 수 있다. 지나간 시대의 패러다임에 갇혀 아이들을 등수 경쟁의 노예로 만들지 않도록, 재능이 단순히 재능 자체에 머물지 않도록 감수성을 깨워주어야 한다.

우리 아이들이 자신의 예술적 감수성을 마음껏 실험하면서 다양한 방식으로 자신을 드러낼 때, 그것을 아낌없이 격려하고 박수쳐줄 수 있는 여유가 필요하다는 말이다. 그러려면 부모가 먼저 바뀌어야 한다. 세계적인 음악가가 되기 위해서 테크닉 위주의 연주로는 한계가 있다는 사실을 이해해야 한다. 그것이 자녀를 예술가로 키우고 싶은 부모들이 가져야 할 가장 중요한 마음자세일 것이다.

어린 예술가 지망생들에게 가장 필요한 것은 다양한 기회와 전폭적인 지원이다.
미국 바드Bard 대학에서 있었던 서울예고 현악 앙상블 연주회 모습.

1966년, 서울예고 졸업식에서.
왼쪽부터 아버지와 나, 임원식 교장 선생님 그리고 어머니.

언제나 칸타레, 나의 노래는 계속된다

어린 시절, 나는 작고 왜소한 소년이었다. 형제 중에서도 별로 눈에 띄지 않는 둘째였고, 학교에서도 그리 특별한 학생은 아니었다. 하지만 내 마음속에는 늘 노래가 흘러 넘쳤다. 나는 그 노래를 품고 사는 작은 새였다.

나는 하늘을 우러러
화살을 쏘았네
화살은 빛살처럼 날아서
어딘가로 사라지고

화살이 머무는 곳 아는 이 없었네

나는 하늘을 우러러
노래를 불렀네
노래는 하늘을 맴돌다
어딘가로 사라지고

노래가 머무는 곳 아는 이 없었네

먼 훗날 참나무 등걸에
화살은 부러지지 않은 채 박혀 있었고
노래는 처음부터 끝까지
친구의 마음속에 새겨져 있었네

미국 시인인 헨리 롱펠로Henry Wadsworth Longfellow, 1807~1882의 '화살과 노래The arrow and the song'라는 이 시는 그 시절 내가 늘 읊조리며 품고 다니던 노래였다. 나는 이 노래처럼 살고 싶었다. 아니 어쩌면 나는 이 노래 자체가 되고 싶었는지도 모른다. 그러나 먼 훗날 내가 화살이 될지 노래가 될지는 아무도 알지 못했다.

한때는 서울대를 졸업하고도 뭘 해야 할지 모르는 평범한 청년이었고, 서울예고의 음악교사로 평생을 보내게 될지도 모르는 직장인이었다. 하지만 나는 언제까지고 작은 새에 머물고 싶지 않았다. 내 마음 속에는 누구도 멈출 수 없는 노래가 꿈틀거리고 있었다.

나는 그 노래들을 외면하지 않았고, 그 노래가 이끄는 방향으로 긴 여행을 떠났다. 지휘를 배우고 싶다는 막연한 생각으로 독일에 갔고, 카라얀 콩쿠르에 나갔으며, 다시 한국으로 돌아와 KBS교향악단의 최연소 지휘자가 되었다. 그런데도 내 노래는 거기서 멈추지 않았다. 그 노래는 더 흥미롭고 새로운 길을 따라 수원시향에서 경기도로, 경기도에서 인천으로 다시 성남으로 자리를 옮겼다. 그렇게 많은 곳을 여행하면서도 노래는 좀처럼 멈출 줄 몰랐다. 그리고 여전히 나를 다음 단계의 삶으로 이끌고 있다.

세상에는 이미 쓰인 책 같은 인생을 사는 사람들이 있는가 하면 한 번도 써진 적이 없는 삶을 스스로 써나가는 사람들이 있다. 나는 적어도 써놓은 책을 답습하는 삶을 살고 싶지는 않았다. 내가 만약 시나리오 작가라면 그저 그런 뻔한 사건들이 전개되는 진부한 스토리보다는 흥미롭고 재미있는 이야기를 쓰는 것이 더 행복할 것이다. 삶의 순간순간마다 복선과 반전 장치들을 심어두고, 그것들이 기가 막히게 얽히고설켜 전혀 예상하지 못한 곳으로 나를 이끌어주기를 바랐다. 무엇보다 나는 내 삶이 다음 장이 못 견디게 궁금한, 그런 이야기이기를 바랐다.

그리고 어느 순간, 내 인생이 정말 매일 매일이 새로 써지는 책처럼 흥미진진해지기 시작했다. 행복하고 재미있는 이야기를 고민하면 할수록 나만 좋은 게 아니라 많은 사람들이 함께 행복해지는 풍성한 이야기를 써나갈 수 있게 되었다.

사람들은 이렇게 현실에 만족하지 않고 끊임없이 새로운 스토리를 써온 나에게 '음악계의 스티브잡스'라는 별명을 붙여주었다. 나는 이 애칭이 제법 마음에 든다.

탁월한 경영자는 숫자를 남기지만, 위대한 경영자는 성장 가능한 문화와 시스템을 남긴다고 한다. 스티브 잡스는 단순히 애플의 매출 성장에만 기여한 것이 아니라 애플 컴퓨터에서 아이팟, 아이폰에 이르기까지 혁신적인 제품을 내놓아 우리 라이프스타일 자체를 바꿔놓았다.

나 또한 유로아시안 필하모닉 오케스트라를 통해 재정 지원 없이도 1년에 130회가 넘는 연주를 할 수 있는, 유례를 찾아보기 어려운 오케스트라의 모델을 제시했다. 그리고 그보다 더 중요한 것은 한국 클래식 음악의 저변을 확장하고, 누구나 클래식을 즐기고 사랑할 수 있는 문화를 만들어가고 있다는 사실이다. 나는 앞으로도 내 힘이 다하는 날까지 클래식 음악이 도처에 흐르고 누구나 예술을 사랑하고 즐기는 성숙한 사회를 일구고 싶다.

물론 어떤 이에게는 이런 꿈이 가닿기 어려운 이상향으로 느껴질 수도 있을 것이다. 나는 그런 사람들의 냉소와 비판에는 되도록 무신경하려고 한다. 내가 상상하는 것들을 현실에 이루는 데만도 시간이 부족하기 때문이다. 실제로 지금까지 내가 마음속에 품었던 꿈들, 시도했던 모든 도전들이 처음에는 다소 엉뚱해 보이고, 무모하기까지 하며, 누군가는 불가능하다고 여겼던 것들이었다. 베를린에 가서 유학을 할 때도, 존폐 위기에 놓인 수원시향을 살리기 위해 KBS를 나올 때도, 재정 지원 한 푼 없이 벤처 오케스트라를 창단할 때도 그것이 가능하다고 믿는 사람은 많지 않았다.

하지만 나는 인생이 내게 준 과제들을 한 번도 외면한 적이 없었다. 내가 가진 모든 창조력과 상상력, 예술성과 도전정신을 쏟아 부어 내가 원하는 것들이 현실에 자리 잡도록 심혈을 기울였다. 그럴 때 인생은 어김없이 내게 새로운 길을 열어주곤 했다.

그리고 이제 다시 나는 성남시향에서 또 하나의 새로운 이야기를 써나가려고 한다. 성남은 인천보다 인구 수가 적은 도시지만 내게 그런 것은 전혀 중요하지 않다. 나는 이곳에서 지금까지 축적해온 음악적 역량을 모두 펼쳐 새로운 시도들을 해보려고 한다. 운 좋게도 성남시에는 그럴 만한 인프라가 잘 갖춰져 있다. 나는 성남시에서 단순히 오케스트라만 지휘하는 것이 아니라 국악오케스트라, 합창단, 소년 합창단을 아우르는 예술 정책을 총괄한다. 평소 각각의 예술단체가 서로 화합하는 것을 중요하게 여겨온 만큼 이 단체들을 아우르는 다양한 콜라보레이션 무대를 선보일 예정이다. 무엇보다 성남시향에서는 다른 오케스트라가 벤치마킹하고 싶어 하는 오케스트라, 단원들을 스카우트 하고 싶어 하는 오케스트라를 만들고 싶다. 나는 성남시향에서의 내 행보가 내 인생의 클라이맥스가 될 것이라고 기대하고 있다.

이제까지 그래왔듯 창조적인 예술가로서 나는 내가 가진 모든 것을 가지고 도전할 것이다. 이 세계는 에누리가 없어서 부딪치고 깨지면서 도전하는 만큼이 자신의 삶이 된다. 내가 이곳에서 써내려가는 이야기가 부디 많은 사람들을 행복하게 하고, 설레게 하는 것이었으면 좋겠다. 이제 다음 장을 넘겨야 할 시간이다. 언제나 칸타레, 나의 노래는 여전히 끝나지 않았다.

더 많은 청중과의 행복한 만남을 꿈꾸며.
2014년 명동 야외 콘서트 현장.

TEENIE WEENIE
the SAEM
TEENIE WEENIE

모든 가능성을 지휘하라

지은이 금난새
펴낸이 한병화
펴낸곳 도서출판 예경
기획 유승준
편집 김희선
구성 전채연
표지디자인 마가림
본문디자인 Studio Marzan 김성미

초판 1쇄 인쇄 2015년 2월 24일
초판 1쇄 발행 2015년 3월 2일

출판 등록 1980년 1월 30일 (제300-1980-3호)
주소 서울시 종로구 평창2길 3
전화 02-396-3040~3 | 팩스 02-396-3044 | 전자우편 webmaster@yekyong.com
홈페이지 http://www.yekyong.com

ISBN 978-89-7084-527-2 (03810)